DESEO

AF274817

MICHELLE CELMER

LA PRINCESA INOCENTE

HARLEQUIN™

Editado por Harlequin Ibérica.
Una división de HarperCollins Ibérica, S.A.
Avenida de Burgos, 8B - Planta 18
28036 Madrid
www.harlequiniberica.com

© 2025 Harlequin Ibérica, una división de HarperCollins Ibérica, S.A.
N.º 572 - 28.11.25

© 2010 Michelle Celmer
La princesa inocente
Título original: Virgin Princess, Tycoon's Temptation

© 2010 Michelle Celmer
El corazón de la princesa
Título original: Expectant Princess, Unexpected Affair
Publicadas originalmente por Harlequin Enterprises, Ltd.
Estos títulos fueron publicados originalmente en español en 2010

I.S.B.N.: 979-13-7000-801-7
Depósito legal: M-18020-2025
Impreso en España por Liber Digital
Fecha impresión Argentina: 27.5.26
Distribuidor exclusivo para España: LOGISTA
Distribuidores para Argentina: Interior, DGP, S.A. Pienovi 211 - Avellaneda
Cap. Fed./Buenos Aires y Gran Buenos Aires, VACCARO HNOS.

MIXTO
Papel | Apoyando la
silvicultura responsable
FSC™ C134275
FSC
www.fsc.org

Capítulo Uno

La princesa Louisa Josephine Elisabeth Alexandra, incurable romántica, estaba convencida de que algún día conocería al hombre de sus sueños. Y cuando sus miradas se cruzaron bajo el titilante baldaquín de luces rojas y blancas y cientos de globos en forma de corazón, tuvo la convicción de que la tierra sufría una sacudida bajo sus pies.

Era él.

Sabía que su familia le recordaría que ya había sentido lo mismo con otros hombres; Aaron se reiría de ella llamándola ingenua; Chris, el mayor, sacudiría la cabeza con gesto de resignación, y Anne la miraría por encima del hombro. Pero aquello era distinto. Louisa podía sentirlo como si un hilo cósmico tirara de su alma.

Se trataba del hombre más atractivo, guapo y alto del baile de beneficencia. Con su cabello negro como el azabache, la piel cetrina y unos rasgos marcados, no podía pasar desapercibido.

¿Sería un hombre de negocios italiano o un príncipe mediterráneo? Quienquiera que fuera, su actitud y el traje que llevaba indicaban que era rico y poderoso. Nadie se atrevía a mirar a un miembro de la familia real abiertamente, mientras que él mantenía sus negros ojos fijos en ella como si se conocieran del pasado. Pero Louisa sabía que no había coincidido nunca con él. No era alguien fácilmente olvidable. Quizá él, por más que la diadema que llevaba la identificara como tal, no era consciente de que era miembro de la realeza.

Cualquier otra mujer habría esperado a que el hombre diera el primer paso, o habría conseguido que sus caminos se cruzaran casualmente, pero a Louisa no le gustaba tontear. Se trataba de otra de las características que hacía que sus hermanos vivieran pendiente de ella. Al ser la hermana pequeña, por apenas una diferencia de cinco minutos con su gemela, Anne, la consideraban demasiado inocente y, en consecuencia, la trataban como a una niña. Pero en contra de lo que ellos pensaban, no todos los hombres iban tras su título y su riqueza, y aquéllos que sí lo hacían, eran reconocibles a simple vista.

Dejó la copa de champán vacía en la bandeja de un camarero y fue hacia el hombre, que mantuvo la mirada fija en ella hasta que, cuando llegó a su lado, inclinó la cabeza a modo de saludo y con una voz tan profunda como dulce, dijo:

—Su Alteza está encantadora esta noche.

Louisa pensó que era una buena manera de iniciar la conversación y detectó un acento muy similar al suyo. Pero si era de la Isla Thomas, ¿por qué no habían coincidido con anterioridad?

—Estoy en desventaja. Tú me conoces, pero yo a ti no.

Cualquier otro hombre se habría disculpado

por mirarla tan directamente, pero aquél no tenía aspecto de pedir perdón por nada.

—Es que nunca hemos coincidido —dijo.

—Eso lo explica todo —replicó la princesa, sonriendo.

De cerca parecía algo mayor que de lejos. Debía tener más de treinta, quizá diez más que ella, pero a Louisa le gustaban los hombres maduros y con experiencia. También era más alto y corpulento, aunque no había en él un gramo de grasa. Incluso vestido, tenía el sólido aspecto de un gladiador. Y no llevaba alianza.

No cabía duda: el destino estaba interviniendo.

Le tendió la mano.

—Soy la princesa Louisa Josephine Elisabeth Alexander.

Él la tomó entre las suyas y, llevándosela a los labios, la besó con delicadeza. Louisa no supo si la tierra se sacudía o si sólo se trataba de su corazón.

—¿Y usted es…?

—Es un honor conocerla, Alteza.

O desconocía las normas de etiqueta o actuaba de manera esquiva.

—¿Su nombre es…?

Con una sonrisa con la que le dio a entender que bromeaba, él dijo:

—Garrett Sutherland.

El nombre le resultó familiar a Louisa, y recordó haberlo oído en boca de su hermano. Se trataba de un gran terrateniente, con casi tantas propiedades como las de la familia real. No sólo era el hombre más rico del país, sino también el más misterioso, y jamás acudía a eventos sociales. Dada su posición, era evidente que no estaba interesado en su dinero.

–Señor Sutherland, su reputación lo precede. Es un placer conocerlo.

–El placer es mío, Alteza. No suelo acudir a este tipo de acontecimientos, pero al saber que era en beneficio de la investigación cardiológica, he decidió venir en honor de su padre.

Una prueba de que era un hombre generoso y compasivo. Alguien a quien le gustaría llegar a conocer mejor.

Su mirada la dejó por una fracción de segundo para recorrer la sala.

–No he visto al rey esta noche. ¿Se encuentra bien?

–Dadas las circunstancias, muy bien. Quería venir pero los médicos se lo han prohibido.

El padre de Louisa, el rey de la isla Thomas, sufría del corazón y llevaba nueve meses conectado a una máquina de baipás portátil diseñada para ayudarle a recuperar su funcionamiento autónomo. Louisa se enorgullecía de haber sugerido la organización de un baile de beneficencia en su honor. Normalmente su familia desestimaba sus ideas como absurdas o utópicas, pero aquélla la habían aceptado, aunque en cuanto propuso organizarla ella misma, la excluyeron a favor de un equipo profesional.

Aun así estaba convencida de que poco a poco conseguiría que dejaran de tratarla como a una delicada flor. Al otro lado del salón, la orquesta empezó a tocar su vals favorito.

–¿Le gustaría bailar, señor Sutherland?

Él arqueó una ceja con sorpresa. Las mujeres no solían dar el primer paso, pero Louisa no era una mujer normal. Además, estaba convencida de que se trataba del destino, y que no habría ningún mal en ayudarlo un poco.

–Será un honor, Alteza –respondió él, ofreciéndole el brazo.

Según avanzaban hacia la pista de baile, Louisa temió que alguno de sus protectores hermanos les cortara el paso, pero Chris y su esposa, Melissa, embarazada de trillizos, actuaban de anfitriones en ausencia de sus padres; y Aaron permanecía pegado a Olivia, su mujer, una científica que en cuanto abandonaba el laboratorio se sentía como pez fuera del agua.

Louisa buscó a Anne con la mirada y le sorprendió verla charlar con el hijo del primer ministro, que no era de su agrado.

Ni un solo miembro de su familia le estaba prestando atención, y Louisa apenas podía creer que fuera a bailar con un hombre sin que antes le hicieran una radiografía. Sutherland la tomó en sus brazos, y Louisa, a pesar de que estaban rodeados de gente, sintió que el mundo a su alrededor desaparecía. Sus cuerpos se desplazaron en perfecta sincronía, y él en ningún momento apartó sus ojos negros de los de ella. Olía maravillosamente y su cabello parecía tan suave que Louisa tuvo la tentación de comprobarlo con los dedos, igual que estaba deseosa de comprobar a qué sabían sus labios, aunque estaba segura de que resultarían deliciosos.

Cuando la canción concluyó y empezó otra más lenta, él la estrechó contra sí. Dos canciones se convirtieron en tres. Luego en cuatro.

Ninguno de los dos habló porque las palabras parecían innecesarias. Los ojos y la media sonrisa de Sutherland expresaban lo que estaba pensando y sintiendo. Sólo la soltó, y como si lo hiciera en contra de su voluntad, cuando la música cesó. Entonces la condujo fuera de la pista y Louisa, cuando notó vagamente que los observaban, tuvo la seguridad de que todos se daban cuenta de que estaba hechos el uno para el otro.

–¿Le gustaría salir a la terraza? –preguntó Louisa.

Él señaló las puertas que daban acceso al jardín.

–Detrás de usted, Alteza.

El aire había refrescado al ponerse el sol y desde la costa soplaba una brisa fresca y salada. Con excepción de los dos guardas apostados a ambos lados de la salida al jardín, estaban solos.

–Hace una preciosa noche –dijo Garrett, alzando la mirada al cielo estrellado.

–Sí –asintió ella. Junio era su mes favorito, en el que el mundo revivía y se llenaba de color. ¿No era también el mejor momento para conocer al hombre de sus sueños, a su alma gemela?–. Hábleme de usted, señor Sutherland.

—¿Qué quiere saber? –preguntó él, sonriendo.

Cualquier cosa. Todo.

–¿Vive en la isla Thomas?

–Desde que nací. He vivido siempre en las afueras del pueblo Varie, al otro lado de la isla.

Ese pueblo era modesto, y no el lugar de procedencia de una familia rica. Pero a Louisa eso le traía sin cuidado.

—¿A qué se dedican sus padres?

—Mi padre era granjero y mi madre, modista. Actualmente, ambos están jubilados y viven en Inglaterra, con mi hermano y su familia.

Costaba creer que un hombre tan adinerado tuviera un origen tan humilde.

—¿Cuántos hermanos tiene?

—Tres. Yo soy el mayor.

Louisa siempre había deseado saber qué se sentía al ocupar esa posición en la familia y ser la persona a la que los demás recurrían en busca de consejo.

Una ráfaga de aire frío hizo temblar a Louisa, que se frotó los brazos desnudos para darse calor. Lo sensato sería entrar para no enfriarse, pero Louisa no quería privarse de aquel momento de placer.

—Tiene frío —dijo él.

—Un poco —admitió ella, segura de que él sugeriría entrar. Pero en lugar de eso, se quitó la chaqueta del esmoquin y la envolvió en ella.

Louisa habría querido que la abrazara y la besara en aquel mismo instante. Estaba segura de que sus labios serían firmes pero delicados; su boca, dulce. Había vivido aquella escena mentalmente miles de veces desde su adolescencia. El beso perfecto. Pero ningún hombre había estado a la altura de sus fantasías. Garrett sí lo estaría. Y lo comprobaría aunque tuviera que ser ella quien diera el primer paso.

Estaba intentando decidir cómo hacerlo, cuando una figura apareció en el umbral de la puerta. Al volverse, Louisa vio a su hermano Chris observándolos con gesto severo.

–Señor Sutherland –dijo–. Me alegro de comprobar que finalmente ha aceptado una invitación.

–Alteza –saludó Garrett con una inclinación de cabeza.

Chris se aproximó y le tendió la mano, aunque en su actitud se apreciaba cierta tensión.

¿Garrett no le gustaba? ¿Desconfiaba de él? ¿O actuaba con su habitual sentido protector hacia ella?

–Veo que ha conocido a la princesa –dijo Chris.

–Es una mujer encantadora –contestó Garrett–. Aunque temo haberla monopolizado en exceso.

Chris lanzó una mirada a Louisa.

–Tiene deberes que atender.

Como princesa, su deber era socializar con todos los invitados, especialmente en ausencia de sus padres. El deber era el deber.

Tendría que esperar a otro momento y otro lugar.

–Dame un minuto –pidió Louisa a su hermano.

Chris aceptó a regañadientes y dijo al señor Sutherland:

–Espero que lo pase bien.

Y se marchó.

Louisa dirigió a Garrett una sonrisa incómoda.

–Siento que parezca brusco. Tanto él como el resto de mi familia tienden a protegerme.

–Si yo tuviera una hermana tan encantadora, actuaría de la misma manera –dijo él, comprensivo.

–Supongo que debo entrar y mezclarme con los invitados.

Garrett le dio a entender con la mirada que compartía su desilusión.

–Lo comprendo, Alteza.

Louisa se quitó la chaqueta y se la devolvió.

–¿Le gustaría venir a cenar a palacio?

Una sonrisa curvó los maravillosos labios de Garrett.

–Me encantaría.

–¿Está libre este viernes?

–Si tengo algún compromiso, lo cancelaré.

–Cenamos a las siete, pero puede venir sobre las seis y media.

–Allí estaré –Garrett tomó su mano, besándola de nuevo con delicadeza–. Buenas noches, Alteza.

Le dedicó una luminosa sonrisa y, dando media vuelta, entró en la sala. Louisa lo observó hasta que se perdió entre la masa, mientras pensaba que hasta que volviera a verlo y pudiera perderse en la profundidad de sus hipnótica mirada, los días se le harían eternos.

Capítulo Dos

Garrett bebió un sorbo de champán mientras recorría la sala sin apartar los ojos del objeto de su interés. Todo había salido según lo planeado.

—¡Qué gran interpretación! —dijo alguien a su espalda.

Al volverse, Garrett encontró a Weston Barnes, su mejor amigo y director ejecutivo de su empresa.

—¿Quién dice que haya sido una interpretación? —preguntó Garrett con fingida inocencia.

Wes lo miró dándole a entender que no necesitaba disimular. Trabajaban juntos desde que Garrett compró su primer terreno, diez años atrás, y sabía que no habría acudido a la fiesta de no haber tenido un interés oculto.

—No me queda nada por conseguir —añadió Garrett.

Wes frunció el ceño.

—¿Qué quieres decir?

—Soy dueño de todos los terrenos comerciales de la isla. La única propiedad que no me pertenece es la de la familia real, así que sólo me queda una opción.

—¿Cuál?

–Hacerme con el control de los terrenos de la familia real.

Wes desplegó una sonrisa de complicidad.

–Y para conseguirlo has de casarte con alguien de la familia.

–Exactamente.

Tenía dos opciones. La princesa Anne, a la que la prensa se refería como La Temperamental; o su gemela, la princesa Louisa, conocida por su dulzura e inocencia. La decisión estuvo clara desde el principio, aunque por la manera espontánea y abierta con la que Louisa había reaccionado a su tacto, no estaba seguro de que fuera tan inocente.

Wes sacudió la cabeza.

–Hasta para tus estándares resulta maquiavélico. Supongo que todo vale para engordar la cartera.

No se trataba de dinero. Garrett tenía todo el que quería. Se trataba de poder. Para casarse con la princesa, tendrían que otorgarle un título nobiliario, con toda seguridad el de duque, y así se convertiría en noble. El hijo de un granjero y una modista llegaría a ser uno de los hombres más poderosos del país. Si jugaba bien sus cartas, tal y como acostumbraba a hacer, algún día controlaría toda la isla.

–Hablaremos de ello en otra ocasión –dijo Garrett–. Después de todo, también te afecta a ti.

–Es una noticia inesperada teniendo en cuenta de que siempre has dicho que ni te casarías ni tendrías hijos.

—A veces un hombre ha de sacrificarse —dijo Garrett, encogiéndose de hombros.

—¿Y qué tal ha ido?

—Muy bien.

—Si eso es cierto, ¿por qué tú estás aquí y ella al otro lado de la sala?

—Porque ya he conseguido lo que quería —Garrett sonrió con sorna.

—Me da miedo preguntar qué es.

Garrett rió quedamente.

—¡Qué poca imaginación tienes! Me refiero a una invitación para cenar en palacio.

Wes enarcó las cejas.

—¿De verdad?

—Este viernes, a las seis y media.

—¡Eres increíble! —dijo Wes, sacudiendo la cabeza.

—Es un don —Garrett se encogió de hombros—. Las mujeres me encuentran irresistible. Si no, pregúntaselo a la tuya.

Wes se volvió hacia Tia, su mujer desde hacía cinco años, que estaba en un círculo con otras mujeres.

—Será mejor que la rescate antes de que beba demasiado.

—Deberías sacarla más a menudo.

—¡Ojalá se dejara!

Tia era la típica madre primeriza que no soportaba estar separada de su bebé más de un par de horas. De hecho, aquél era el primer acto social que atendían desde el nacimiento de Will, hacía tres meses.

−¿Te vienes con nosotros? −preguntó Wes, señalando en la dirección de Tia.

Garrett lanzó una última mirada a la princesa, que charlaba con varios jefes de estado, y siguió a su amigo. Tenía toda una estrategia en marcha. Sabía lo que le diría y cuándo se besarían por primera vez. El truco con una mujer como aquélla era no darse prisa. Estaba seguro de que pronto, quizá el viernes siguiente, la princesa caería rendida a sus pies.

Louisa no se había equivocado. La semana se le había hecho interminable y el viernes, eterno. Finalmente, a las seis y media en punto, un coche deportivo negro se detuvo ante las puertas del palacio y de él bajó Garrett.

Louisa lo observó desde la biblioteca, sorprendiéndose de que alguien con su fortuna no tuviera chófer y preguntándose qué se sentiría al ir en un coche como aquél. Tal vez algún día, pensó esperanzada, lo comprobaría. Aunque tuviera que ir rodeada de sus guardaespaldas, que no la abandonaban ni a sol ni a sombra desde que, el verano anterior, la familia había empezado a recibir amenazas.

Louisa continuó observando a Garrett desde detrás de la cortina. Estaba guapísimo con un traje gris milrayas. Y le asombró comprobar que era aún más alto de lo que recordaba.

A Chris no le había gustado que esperara hasta aquella misma mañana para anunciarle que tenían un invitado a cenar. Pero Louisa estaba segura de que, de haberlo notificado con anterioridad, sus hermanos la habrían torturado durante toda la semana. Y con un día había tenido bastante. En cuanto lo supo, Chris empezó a cuestionar los motivos de Garrett, como si ningún hombre pudiera interesarse en ella más que por su dinero o su posición; Aaron señaló su inquietud respecto a la diferencia de edad, que era de unos diez años; y Anne, que estaba especialmente malhumorada desde la fiesta, le advirtió que un hombre como Garrett Sutherland estaba fuera de sus posibilidades y que sólo podía mostrarse interesado en ella por una razón.

Y como tantas otras veces, Louisa deseó con todas sus fuerzas que sus hermanos la dejaran en paz.

Cuando Chris se casó con una princesa ilegítima, nadie había dicho nada, y la boda había sido aceptada por el bien del país. Cuando Aaron se casó con una científica huérfana, apenas se habían oído algunas voces contrarias. Así que, ¿qué objeción podía haber a que ella saliera con un hombre de negocios rico y exitoso?

Por curiosidad, había buscado información sobre él y lo poco que había averiguado, era bueno. Pero estaba segura de que Chris habría ordenado a Randall Jenkins, el jefe de seguridad, que recabara la mayor información posible sobre Garrett. Aun así, Louisa no estaba preocupada. Se consideraba una gran juzgadora de carácter, y estaba convencida de que Garrett era una buena persona.

Sonó el timbre y corrió a sentarse en el sofá mientras el mayordomo, Geoffrey acudía a abrir la puerta. Louisa se estiró la falda del vestido rosa sin mangas e irguió la espalda. El corazón le latía desbocado.

En cualquier otra circunstancia habría elegido una indumentaria más conservadora, pero aquella noche quería ofrecer su mejor aspecto. Pareció pasar un siglo antes de que se abriera la puerta de la biblioteca y Garrett entrara. Louisa se puso en pie y fue a su encuentro.

Garrett hacía gala de una seguridad en sí mismo que resultaba refrescante en comparación con los jóvenes de la nobleza cuya arrogancia, basada en un apellido que les abría todas las puertas, solía irritar a Louisa. Ella y sus hermanos habían crecido rodeados de riqueza y privilegios, pero sus padres les habían enseñado a ser humildes y valorar las cosas. Con los últimos acontecimientos y la enfermedad de su padre, también había aprendido que la vida era muy frágil y que la familia importaba más que nada en el mundo.

Y aunque pudiera engañarse, estaba convencida de que Garrett compartía esos mismos principios.

Cuando él la vio, una espléndida sonrisa iluminó su rostro.

—Alteza, es un placer volver a verla —saludó con una inclinación de cabeza.

—Me alegra que haya podido venir —dijo ella, aunque no había dudado ni por un momento que acudiría. Después de todo, su encuentro estaba escrito en las estrellas.

—¿Desea beber algo el señor? —preguntó Geoffrey.

–Un whisky, por favor –dijo Garrett.

Y su buena educación hizo sonreír a Louisa, que no soportaba a la gente que trataba al servicio con displicencia y sobre todo a Geoffrey, que llevaba en la familia desde antes que ella naciera.

–¿Vino blanco, Alteza? –le preguntó Geoffrey.

–Sí, muchas gracias –Louisa indicó a Garrett el sofá–. Siéntese, por favor.

Garrett se sentó en actitud relajada, como si visitara a la realeza a diario, aunque Louisa sabía que apenas hacía vida social. Ella ocupó el otro extremo del sofá, conteniendo a duras penas el nerviosismo que la poseía. Una vez les sirvió las bebidas, Geoffrey los dejó, por fin, a solas.

–Me hubiera gustado que mis padres lo conocieran, pero no cenarán con nosotros esta noche.

–¿Su padre no se encuentra bien? –preguntó Garrett con gesto preocupado.

–Pronto van a hacerle unas pruebas a las que debe llegar en las mejores condiciones posibles. Cuanta menos gente vea, menos riesgos tiene de enfermar. Su sistema inmunológico está muy debilitado.

–Entonces, nos conoceremos en otra ocasión –dijo él.

¿Era su manera de insinuar que quería volver a verla? Aunque Louisa no lo dudara, aquellas palabras fueron música para sus oídos.

–Le advierto de que esta noche puede parecerse más a un tribunal de la Inquisición que a una cena –comentó.

Garrett sonrió.

–Lo suponía. No tengo nada que ocultar.

–Tengo que reconocer que lo he buscado en Google.

Su sinceridad pareció sorprender a Garrett.

–¿De verdad?

–Sí. Pero no he encontrado casi nada.

–No hay mucho que contar. Soy un hombre corriente, Alteza. Hay quien incluso me consideraría aburrido.

Louisa lo dudaba. Para ella, todo en él era intrigante. Era serio y adusto, pero al mismo tiempo tenía una sonrisa cálida y generosa. Le gustaban las arruguitas que se le marcaban al sonreír y el hoyuelo que se le formaba en la mejilla izquierda.

Abrió la boca para decir que a ella nunca podría parecerle aburrido, pero antes de que pudiera hablar, se abrió la puerta y apareció toda su familia. Al completo. Ni siquiera podían dejarle un minuto a solas con el hombre con el que pensaba casarse.

Garrett se puso en pie y Louisa hizo las presentaciones.

–Si no me equivoco, ya conoce a mis hermanos, el príncipe Christian y el príncipe Aaron.

–Es un placer volver a verlos –Garrett inclinó la cabeza y luego estrechó la mano de ambos hombres. En la firmeza de su apretón, Garrett interpretó que le daban la bienvenida pero que también le advertían que estaban evaluándolo.

–Ésta es mi cuñada, la princesa Melissa –dijo Louisa.

–Sólo Melissa –dijo la mencionada. Y estrechó la

mano de Garrett con una firmeza que contradecía su aparente fragilidad–. Es un placer conocerlo, señor Sutherland. He oído hablar mucho de usted.

–Por favor, llámeme Garrett. Enhorabuena por su embarazo. Tengo entendido que dará a luz pronto.

–Gracias. Sólo faltan unas semanas, pero con los embarazos múltiples nunca se sabe –dijo ella, acariciándose el voluminoso vientre–. Espero que sea pronto porque me siento como un elefante.

–En mi opinión, no hay nada más hermoso que una mujer embarazada –dijo Garrett con sinceridad.

Melissa sonrió de oreja a oreja y Louisa supo que la había conquistado.

Aaron dio un paso adelante.

–Ésta es mi mujer, Olivia.

Liv sonrió con timidez. Todavía no se había acostumbrado a su papel como miembro de la realeza. Se trataba de una bióloga genetista dedicada a la investigación, reservada y estudiosa, que prefería analizar el ADN de las plantas que relacionarse con la gente.

–Encantada de conocerlo –saludó, estrechando la mano de Garrett.

Anne decidió presentarse a sí misma.

–Yo soy Anne.

Estrechó la mano de Garrett con tanta energía que Louisa temió que fuera a retarlo a un pulso. ¿Qué demonios le pasaba?

Pero si Anne esperaba desconcertar a Garrett con su agresiva presentación, se había equivocado.

–Es un placer conocerla, Alteza –dijo él con una encantadora sonrisa que desactivó la tensión que Anne había creado.

–Tengo que reconocer que cuando Louisa me ha anunciado esta mañana que venía, me ha sorprendido –dijo Chris.

Louisa habría querido darle un puñetazo por hacer creer a Garrett con aquel comentario que se avergonzaba de él. Pero en lugar de parecer molesto, Garrett le dedicó una adorable sonrisa antes de decir:

–La sorpresa fue mía cuando recibí la invitación –sus ojos se clavaron en los de ella con una expresión tan dulce que Louisa estuvo a punto de derretirse–. No podía creer mi buena fortuna al haber llamado la atención de la mujer más hermosa del baile.

Que hablara de sus sentimientos hacia ella tan abiertamente delante de su familia hizo que Louisa deseara besarlo allí mismo, pero ¿cómo iba a desperdiciar de aquella manera su primer beso?

Geoffrey anunció desde la puerta que la cena estaba lista.

Melissa alargó la mano hacia Chris para que él le ofreciera el brazo.

–Adelántate –dijo él–. Quiero tener unas palabras con nuestro invitado.

Louisa sintió que el corazón se le paraba y rezó para que no dijera algo que pudiera ofender o ahuyentar a Garrett. Pero sabía que, si protestaba, sólo empeoraría las cosas.

Al ver que Melissa vacilaba, Chris añadió:

–No tardaremos ni un minuto.

Louisa dedicó a Garrett una mirada a modo de disculpa, pero él se limitó a sonreír mientras Melissa animaba a los demás a seguirla al comedor.

Con un poco de suerte, pensó Louisa, Garrett seguiría interesado en ella en lugar de pensar que conquistar a una princesa era una tarea demasiado laboriosa.

Capítulo Tres

Garrett siguió con la mirada al resto de la familia real mientras salían de la habitación, y se preguntó si el príncipe Christian consideraría aquella conversación necesaria de haber sido noble.

–En circunstancias normales, sería el rey quien mantuviera esta conversación con usted –dijo Chris.

–Lo comprendo –dijo Garrett, aunque no sabía si eso representaba una ventaja o un inconveniente.

El príncipe indicó el sofá con la mano y, cuando Garrett se sentó, él ocupó el sillón de enfrente.

–Como medida de precaución, he hecho que le investiguen.

Garrett lo había previsto. Como le había dicho a Louisa, no tenía nada que ocultar.

–¿Ha descubierto algo interesante?

–Hay poca información. Como hombre de negocios es implacable, pero se mantiene dentro de la legalidad; y parece ser un jefe justo. Dona parte de sus ingresos a obras sociales relacionadas con la educación y los menos favorecidos, y ni siquiera le han puesto una multa de tráfico.

–Parece sorprendido.

–Pudiera ser que un hombre tan reservado tenga algo que ocultar.

–No pretendo ser reservado, si no que llevo una vida muy simple. Mi trabajo es mi pasión.

–Es evidente. Sus logros son dignos de admiración.

–Gracias.

El príncipe hizo una pausa antes de continuar, como si se sintiera incómodo con lo que tenía que decir.

–Aunque no veo razón para preocuparme, debo preguntarle, en nombre del rey, cuáles son sus intenciones en relación a la princesa Louisa.

Para Garrett resultaba absurdo que Louisa, con veintisiete años, no pudiera tomar decisiones propias respecto a su vida.

–La princesa me invitó a cenar y yo acepté.

El príncipe pareció sorprenderse con la simplicidad de su respuesta.

–¿Eso es todo?

–Tengo que admitir que encuentro a su hermana fascinante.

–Louisa es… especial –dijo el príncipe, como si se tratara de un impedimento.

Y Garrett, aunque no supo explicarse por qué, sintió la necesidad de defenderla.

–No he conocido a nadie como ella –dijo.

–Es un poco ingenua en lo que respecta al sexo opuesto. Los hombres se han aprovechado de ella.

Quizá, si su familia dejaba de sobreprotegerla,

aprendería a ser menos inocente. Sin embargo, esa característica lo beneficiaba, así que Garrett no lo consideraba un problema.

–No se preocupe. Siento el mayor respeto por la princesa y me considero un hombre de honor. Nunca haría nada que la comprometiera.

–Me alegro, pero comprenderá que tenga que hablarlo con el rey.

–Por supuesto, Alteza.

El príncipe esbozó una sonrisa.

–Nos conocemos desde hace mucho tiempo Garrett. Llámame Chris.

Aquella sugerencia bastó a Garrett para saber que prácticamente era ya un miembro de la familia. Que Chris tuviera que hablar con su padre no era más que un trámite.

–Confío en que pronto nos conozcamos mejor –dijo.

–Lo mismo digo –replicó Chris, antes de añadir con expresión solemne–: Pero si te aprovechas de mi hermana, tendrás que asumir las consecuencias.

Que permaneciera inmutable pareció impresionar positivamente a Chris, pero Garrett sabía que tendría que cortejar a Louisa con cautela. Chris se puso en pie.

–¿Nos reunimos con los demás?

Garrett lo siguió al comedor.

Cuando entraron se estaba sirviendo el primer plato. Louisa se incorporó de un salto e indicó a Garrett la silla que tenía al lado.

–Lo siento muchísimo. Espero que Chris no

haya sido demasiado severo —le susurró en cuanto se sentaron.

—En absoluto —dijo él con una sonrisa tranquilizadora.

Pero si Garrett creía que lo peor había pasado, estaba equivocado.

—Tengo entendido que su padre era granjero —dijo Anne, como si ello lo convirtiera en un ser inferior.

Garrett sabía que más tarde o más temprano se mencionaría su humilde origen, pero no era algo de lo que se avergonzara, aunque nunca había entendido por qué sus padres no se habían esforzado por progresar.

—Así es. De pequeño trabajaba con él en el campo.

—Sin embargo, no siguió sus pasos —apuntó Anne, en un tono acusatorio que recordó a Garrett la reacción de su padre cuando le anunció que dejaría la isla para ir a la universidad.

—No. Quería estudiar una carrera.

—¿Qué opinó su padre?

—¡Anne! —exclamó Louisa, avergonzada por la actitud de su hermana.

—¿Qué? —peguntó Anne con fingida inocencia.

Garrett no supo a qué se debía el comportamiento de Anne, pero tuvo la certeza de haber elegido a la hermana adecuada. Quien se casara con Anne estaría abocado a una vida desdichada.

—No seas tan cotilla —dijo Louisa.

—¿Cómo quieres que lleguemos a conocer al señor Sutherland? —dijo Anne encogiéndose de hombros.

–Por favor, llámeme Garrett –dijo Garrett–. Y para responder su pregunta, mi decisión no le gustó nada a mi padre. Él quería que me quedara con la granja cuando se jubilaran, pero yo quería mejorar en la vida.

–Y lo has conseguido –dijo Chris en un tono que Garrett interpretó como admiración.

–Si he aprendió algo en la vida –dijo Garrett–, es que uno ha de tomar sus propias decisiones –lanzó una mirada de complicidad a Louisa–, y que ha de seguir los dictados del corazón.

–Estoy de acuerdo –dijo Olivia, poniendo la mano sobre la de su esposo–. Aaron va a empezar Medicina en otoño.

–Me lo habían comentado –dijo Garrett.

Siempre se informaba minuciosamente sobre sus adversarios. Que Aaron fuera a dejar el negocio familiar dejaba la puerta entreabierta para que él se ofreciera a ocupar su lugar.

–Va a ser un médico fabuloso –dijo Olivia, sonriendo con orgullo.

Era una mujer corriente, muy joven y sencilla, pero tenía una bonita sonrisa y, por lo que Garrett sabía, era una brillante científica. El otoño anterior, las cosechas de la isla se habían visto afectadas por una plaga desconocida, y Olivia había sido contratada por la familia real para encontrar una cura ecológica.

–Tengo entendido que su genialidad salvó a los terratenientes del país –dijo Garrett–. Yo incluido.

Olivia sonrió tímidamente y se ruborizó. Garret se había ganado a tres cuartos de las mujeres presentes. Anne era, por el momento, una causa perdida. Respecto a Chris y a Aaron, no estaba seguro, pero parecían accesibles. Había llegado el momento de cambiar de tema, y él había hecho los deberes.

—Tengo entendido que usted pasó bastante tiempo en los Estados Unidos —dijo a Melissa.

—Nací en la isla Morgan, pero crecí en Nueva Orleans.

—Una ciudad preciosa —comentó él.

—¿La conoce?

—He ido a menudo por trabajo —Garrett sacudió la cabeza—. Los efectos de Katrina fueron devastadores.

—Así es. He creado una fundación para financiar la rehabilitación de la ciudad.

—No lo sabía. Me encantaría hacer una donación.

—Sería fantástico, gracias —dijo ella, sonriente.

—Le haré llegar un cheque la semana que viene.

—¿Qué más lugares ha visitado? —preguntó Louisa.

Y se inició una conversación sobre viajes al extranjero y sobre los países favoritos de cada uno de los presentes.

A Garrett le sorprendió gratamente que se tratara de un grupo, con excepción de Anne, agradable y poco estirado. El tono de la conversación le recordó a las reuniones familiares de su juventud. Y para cuando se sirvió el postre, se dio cuenta de que estaba pasándolo realmente bien.

Louisa permaneció callada la mayoría del tiempo, observándolo como si estuviera hipnotizada.

Al concluir la cena, Chris se puso en pie.

–¿Te apetece una partida de póquer? –preguntó a Garrett.

–Garrett y yo vamos a dar un paseo por el jardín –se anticipó a contestar Louisa.

Garrett hubiera preferido ir a jugar una partida, pero supo que tenía que aceptar la sugerencia de Louisa.

–Tendrá que ser otro día –contestó a Chris.

–De acuerdo –dijo éste, y mirando a Louisa con gesto serio, añadió–: No vayáis lejos y volved antes de que anochezca.

–Ya lo sé –dijo Louisa en un tono de exasperación que no extrañó a Garrett.

Louisa lo tomó del brazo, sonriente.

–¿Listo?

Garrett agradeció la cena y siguió a Louisa al exuberante jardín. Soplaba una brisa cálida y Louisa lo sujetaba con firmeza, como si temiera que fuera a huir.

–Siento mucho lo de mi familia –dijo a modo de disculpa–. Habrá notado que me tratan como a una niña. Es humillante que me consideren una ingenua.

Garrett pensó que quizá no estaban tan equivocados. En cualquier caso, era lo bastante inocente como para haber caído en su trampa de seducción sin cuestionárselo. Afortunadamente para ella, no tenía la menor intención de maltratarla ni de comprometer su honor. Nunca haría sufrir a su esposa.

–Estoy seguro de que tienen las mejores intenciones.

–Supongo que sí –admitió Louisa–. Pero las cosas han empeorado desde que comenzaron las amenazas. Chris cree que todo el mundo es un espía.

–He oído en las noticias que un hombre no identificado se saltó las medidas de seguridad y llegó hasta la habitación del rey en el hospital.

–Se hace llamar El Hombre Esquivo. Todo empezó el verano pasado, con un correo electrónico. Entró en nuestro sistema informático y nos envió desde nuestras propias cuentas versiones violentas de rimas infantiles.

–¿De canciones infantiles? No suena muy amenazador.

–La mía decía: «Te quiero, te abrazo y te beso. Te abrazo y te beso, y te pongo una soga alrededor del cuello. El cuello la soga apretará cuando al fondo caerás. Cuando al fondo caerás, para siempre dormirás» –Louisa miró a Garrett con una sonrisa de tristeza–. La he memorizado.

Resultaba un tanto siniestra.

–¿Cómo eran las demás?

–No las recuerdo literalmente, pero el tema común era la muerte.

No era de extrañar que la familia se mostrara tan cauta.

–Inicialmente, pensamos que era una broma de mal gusto, hasta que consiguió colarse en palacio.

Eso explicaba las extremas medidas de seguridad el día del baile.

–¿Atacó a alguien?

–No, pero dejó una nota: *Corred, corred tanto como queráis. No podréis dar conmigo; soy El Hombre Esquivo.* Por eso sabemos su apodo. Llevamos tiempo sin saber de él, pero eso no significa que haya parado. Pasan unos meses en calma, y cuando creemos que se ha dado por vencido, nos hace llegar otra nota o un mensaje. Envió una cesta llena de fruta podrida en Año Nuevo, y un ramo de flores para felicitar a Melissa y a Chris por el embarazo semanas antes de que se hiciera oficial. Incluso sabía que se trataba de trillizos.

–Tiene que ser alguien de dentro.

–Eso pensábamos, pero hemos investigado a todo el mundo.

Al menos la obsesión de su familia por proteger a Louisa adquiría sentido, aunque Garrett confiaba en que no interfiriera en sus planes.

–Pero dejemos de hablar de mí –dijo Louisa, haciendo un ademán con la mano como si ahuyentara un insecto–. ¿Cómo es su familia?

–Sencilla –dijo Garrett–. Dos de mis hermanos poseen un negocio en Inglaterra de material para la agricultura. El tercero, el más joven, es un… aventurero. Lo último que sé de él es que estaba trabajando en un rancho en Escocia.

–Me encantaría conocerlos –dijo Louisa con un entusiasmo que sorprendió a Garrett–. Podrían venir todos un día a palacio.

–No creo que sea una buena idea.

–¿Se avergüenza de ellos? –preguntó Louisa, frunciendo el ceño.

–Al contrario: ellos se avergüenzan de mí, o al menos no están de acuerdo con la vida que he elegido.

–¿Cómo es eso posible con el éxito que ha conseguido? ¿No se sienten orgullosos?

Garrett se había hecho esa misma pregunta numerosas veces sin llegar nunca a comprenderlo.

–Es… complicado.

Louisa le dio una palmadita en el brazo.

–Yo creo que es excepcional. Lo supe en cuanto lo vi.

Garrett sabía que era sincera y habría querido pensar lo mismo de ella. Pero estaba seguro de que era una mujer especial y que algún día llegaría a descubrir sus cualidades.

–Dígame la verdad: ¿le ha asustado mi familia?

Garrett intuyó la preocupación que sentía, pero él era un hombre con una misión y nada lo apartaría de su camino. Le apretó el brazo afectuosamente.

–Claro que no.

–Menos mal –Louisa sonrió aliviada–. Porque me gusta usted mucho, Garrett.

Garrett nunca había conocido a una mujer tan abierta y tan sincera respecto a sus sentimientos, y aunque era una característica que le gustaba, también le causaba inquietud. Su padre le había enseñado que los hombres no debían mostrar sus sentimientos para no parecer débiles, pero sabía

que, si quería que aquella relación se consolidara, tendría que hacer un esfuerzo para expresar-
se. Al menos hasta conseguir un título nobiliario
y poner una alianza en el dedo de Louisa.

—El sentimiento es mutuo, Alteza —dijo con su
más cálida sonrisa.

Capítulo Cuatro

Louisa miró a Garrett con tanta dulzura e inocencia que éste se sintió culpable.

–Creo que ha llegado el momento de que me llames Louisa.

–Muy bien, Louisa.

–¿Podemos hablar abiertamente?

–¿No es lo que haces siempre?

Louisa se ruborizó.

–Lo siento. Tengo la espantosa costumbre de decir lo que pienso. Sé que puede resultar muy irritante.

–No te disculpes, a mí me gusta. Es un rasgo raro en una mujer.

–Debo advertirte que no me interesa una relación pasajera. Quiero formar una familia –Louisa hizo una breve pausa antes de continuar–. Necesito saber si tú sientes lo mismo o si sólo estás jugando.

–Tengo treinta y siete años, Louisa. Creo que ya he jugado lo suficiente.

–Entonces debemos hablar sobre hijos.

Desde luego que Louisa no se andaba con rodeos, y aunque Garrett sospechaba que no iba a gustarle lo que iba a oír, agradecía que fuera tan directa.

–Quiero una gran familia –dijo ella. Apretó el brazo de Garrett como si temiera que fuera a salir huyendo–. Al menos seis. Quizá más.

Por una fracción de segundo, Garrett pensó que bromeaba o que estaba poniéndolo a prueba, pero de inmediato se dio cuenta de que hablaba completamente en serio. ¿Seis hijos? No era de extrañar que siguiera soltera. ¿Quién iba a estar dispuesto a tener tantos hijos? A pesar del horror que le producía la idea, dedujo que no se trataba de un punto negociable, así que eligió sus palabras con cautela.

–Tengo que reconocer que nunca me había planteado tener una familia tan numerosa, pero todo es posible.

Una sonrisa de alivio iluminó el rostro de Louisa y Garrett sintió un destello de culpabilidad que aniquiló al recordar que se trataba de un asunto de negocios. Una vez se casaran, la convencería de que con dos hijos tenían bastante. O quizá ella misma cambiaría de idea después del primero.

Louisa alzó el rostro con gesto de ensoñación.

–Ahora puedes besarme –dijo. Y añadió precipitadamente–: Si quieres.

Claro que quería. Con una intensidad que lo sorprendió. Había planeado esperar hasta la siguiente cita, pero Louisa parecía decidida a trastocar todos sus planes.

–¿Estás segura de que eso es lo que quieres?

–Que mi familia me trate como si fuera una niña no quiere decir que lo sea.

Para demostrar que no había nada de infantil en ella, Louisa posó la mano en su nuca, lo atrajo hacia sí y lo besó. Garrett encontró sus labios firmes y suaves, y pensó que su olor era deliciosamente femenino.

Aunque había planeado darle un beso breve y controlado, se sintió atraído hacia ella como si una cuerda invisible anclada en su pecho tirara de él. La rodeó con sus brazos, y al acariciar la piel desnuda de su espalda sintió una descarga eléctrica. Louisa debió de sentirla también, pues gimió y enredó sus dedos en el cabello de Garrett al tiempo que le acariciaba los labios con la lengua. Entonces Garrett supo que quería probar su sabor y cuando lo hizo comprobó que, tal y como sospechaba, sabía tan dulce como un caramelo.

Era consciente de que estaban yendo demasiado deprisa, pero cuando Louisa se apretó contra él fue incapaz de detenerla. Nunca se había excitado tanto con un solo beso.

Aquello no tenía nada que ver con lo que había esperado de la mujer con fama de dulzura e inocencia.

Louisa deslizó las manos por sus hombros y por dentro de su chaqueta, y le acarició el pecho a través de la camisa. Garrett, consciente de que si seguía adelante perdería el control, rompió el beso, jadeante y con el corazón acelerado.

Louisa dejó escapar un suspiro tembloroso y apoyó la cabeza en su pecho.

—¡Menudo beso!

Garrett estaba de acuerdo, pero recordó que

el objetivo de aquella cita era demostrar a la familia de Louisa que sus intenciones eran puras. Por eso rezó para que, si los estaban observando, hubieran notado que ella hacía el primer movimiento y que era él quien la frenaba.

Louisa frotó la nariz contra su pecho y él notó su cálido aliento. Tuvo que apretar los puños para no hundir los dedos en su cabello e inclinarle la cabeza hacia atrás para volver a besarla.

—Supongo que no es apropiado decirlo —dijo Louisa—, pero estoy deseando verte desnudo.

Atónito, Garrett la tomó por los hombros y la separó de sí antes de cometer una locura, como arrastrarla entre los arbustos y poseerla.

—¿Nunca te callas lo que piensas?

—Sólo te he dado la versión censurada —dijo ella, sonriendo con picardía—. ¿Quieres que te cuente lo que estoy pensando de verdad?

Claro que Garrett lo hubiera querido, pero no eran ni la ocasión ni el lugar apropiados.

—Usaré mi imaginación —alzó la mirada al cielo. Estaba oscureciendo—. Se está haciendo tarde. Debemos volver.

—No vaya a ser que me convierta en calabaza —dijo ella, suspirando con resignación a la vez que, con la mayor naturalidad, lo tomaba de la mano y caminaba con él hacia el palacio.

—Lo he pasado muy bien —dijo él.

—Yo también. Aunque tengo la impresión de que no soy como imaginabas.

—Tienes razón: eres más fascinante de lo que podía imaginar.

Cuando Louisa lo miró sonriente, Garrett se dio cuenta de que quizá era lo más sincero que había dicho en toda la noche.

Louisa se quedó mirando por la ventana del despacho hasta perder de vista el coche de Garrett. Suspiró profundamente y apoyó la frente en el cristal. Aquélla había sido una de las mejores noches de su vida. El beso de Garrett había sido maravilloso, aunque ella hubiera tenido que tomar la iniciativa.

Definitivamente, era su hombre.

—Te está utilizando.

Louisa se volvió y vio a Anne apoyada en el quicio de la puerta, de brazos cruzados y con gesto adusto.

—¿Qué te hace pensar eso?

—Que es lo que haría un hombre como él. Usan a las mujeres como nosotras. Nos engañan y luego nos abandonan.

Louisa sabía que, como ella, Anne había tenido mala suerte con los hombres, pero le extrañó la dureza con la que se expresaba.

—¿Te encuentras bien, Anne?

—Te va a hacer daño.

Louisa sacudió la cabeza.

—Garrett es diferente.

Anne suspiró y sacudió la cabeza como si sintiera lástima por su hermana. Louisa se habría enfadado de no saber que Anne la atacaba porque estaba enfadada por algún motivo que desconocía.

–Puedo cuidar de mí misma –dijo con firmeza.

Anne se encogió de hombros como si le resultara indiferente.

–Luego no digas que no te he advertido.

–¿Te ha pasado algo? –preguntó Louisa. Y creyó ver un fogonazo de dolor en la expresión de Anne antes de que ésta compusiera un gesto impasible.

–¿Crees que no me gusta Garrett porque me pasa algo?

–Anne, puedes contármelo. Deja que te ayude.

–Tú eres la que necesita ayuda si verdaderamente crees que ese hombre siente algo por ti –con una última sacudida de cabeza, Anne se marchó.

Louisa se quedó convencida de que su hermana estaba sufriendo y lo sintió por ella, pero al mismo tiempo le irritó que quisiera arruinar su felicidad. ¿Por qué no podía alegrarse? Tal vez estuviera celosa. Quizá Anne quería a Garrett para sí. O tal vez, como la misma Louisa, necesitaba que alguien la quisiera por ella misma y no por su posición social. Aunque Anne pudiera ser a menudo impertinente, también era dulce, y sobre todo, leal hasta la muerte.

–Algún día tú también conocerás a la persona adecuada –susurró Louisa a la puerta vacía. Y lo creía sinceramente.

Sin librarse de la preocupación que su hermana le había causado, fue a buscar a su Shih Tzu, Muffin, que había pasado el día con su entrenador. De camino, se topó con Chris.

–¿Ya habéis acabado la partida?

–Melissa estaba cansada y Liv quería acercarse al laboratorio. Por lo que parece, lo has pasado bien –comentó él. Louisa asintió con una amplia sonrisa–. ¿Tienes un minuto?

–La verdad es que iba a recoger a Muffin.

Chris se puso serio.

–Supongo que sabes lo que ha hecho con los almohadones del sofá. Hemos encontrado relleno por todas partes.

–Sí. Lo siento mucho –respondió Louisa, haciendo una mueca de contrariedad.

–Y el día anterior a eso, mordisqueó los zapatos de Aaron.

–Lo sé. Me he ofrecido a comprarle otro par.

–Es un peligro. Vamos a tener que instalarlo en una caseta en el jardín.

–Lo vigilaré mejor –prometió Louisa–. ¿De qué querías hablar?

–Vayamos al despacho.

Louisa no sabía si sería una charla buena o mala, pero sospechaba que giraría en torno a Garrett.

Se sentó en el sofá mientras Chris se servía una copa. Preparado para el papel de futuro rey, siempre había sido el hermano más responsable; a veces, en perjuicio de sí mismo. Y a Louisa no dejaba de admirarle la naturalidad con la que estaba sustituyendo a su padre. No le cabía la menor duda de que sería un gran rey.

–Quiero que sepas –empezó Chris, de espaldas a ella– que no me ha gustado que esperaras hasta esta mañana para anunciarme que Garrett venía a cenar.

Así que la había convocado para amonestarla. ¡Qué mala suerte!

—¿Puedes culparme? ¿Te imaginas lo que habría pasado si llego a decirlo antes?

Chris se volvió hacia ella, dio un sorbo a la copa y dijo:

—Podrías haber puesto a la familia en peligro.

Louisa puso los ojos en blanco.

—¡Pero si conoces a Garrett desde hace años! Si fuera peligroso, lo sabríamos.

—Aun así, debes seguir las normas. Todos estamos haciendo sacrificios, Louisa.

¡Cómo si no lo supiera! Pero si no la trataran como a una niña, no tendría por qué ocultarles información. Estaba harta de ser la princesa obediente.

—Estoy segura de que comprobaron sus credenciales antes de dejarle pasar.

—Por supuesto.

—Sabía que lo harían sin necesidad de activar el sistema de seguridad.

Chris sacudió la cabeza como si pensara que se trataba de una causa perdida. Cruzó la habitación y se sentó a su lado.

—He hablado esta mañana con papá para conocer su opinión.

Louisa contuvo el aliento. Si el rey no daba su aprobación, le prohibirían ver a Garrett. Ésas eran las normas.

—¿Y?

—Delegó la decisión en mí.

Louisa no estaba segura de si eso la beneficiaba o la perjudicaba. Al menos sabía que su padre sería justo, mientras que temía que Chris le prohibiera ver a Garrett para darle una lección.

–¿Y qué has decidido? –preguntó con mirada expectante.

Chris la miró con severidad antes de sonreír de oreja a oreja.

–Que claro que puedes verlo.

Louisa dio un gritito y abrazó a su hermano.

–¡Gracias! ¡Gracias!

–Pero… –añadió Chris. Y Louisa se preparó para lo peor–. No vuelvas a engañarme.

–Te juro que no lo haré. Te lo juro –dijo ella con vehemencia.

–Y siempre que salgas de palacio llevarás un mínimo de dos escoltas –Chris esperó a que Louisa asintiera para continuar–: Y exijo máxima discreción. No queremos que la prensa airee el tema.

Louisa tuvo que contenerse para no protestar.

–Nunca he dado lugar a rumores.

–No me preocupas sólo tú.

–Tampoco debería hacerlo Garrett. Es un auténtico caballero. Tanto, que he tenido que ser yo quien le diera un beso.

Chris hizo una mueca.

–No necesito ese tipo de detalles. Espero que seas… diplomática.

¿Diplomática? Chris hablaba como si Garrett y ella fueran a asociarse. Pero ella sabía que Melissa y él no habían sido precisamente diplomáticos cuando se conocieron. Lo que Chris quería decir era que esperaba que se comportara como la inocente e ingenua princesa que el pueblo creía que era. Algún día su familia tendría que aceptar que no era una niña. No quería imaginar cómo reaccionaría Chris de saber la curiosidad que sentía por el sexo y todo lo que había aprendido en Internet. No debía de haber muchas mujeres que llegaran a los veintisiete años vírgenes, y ella estaba deseando dejar de serlo desde que había bailado con Garrett.

—No debes preocuparte ni por mí ni por Garrett —dijo con solemnidad.

Chris suspiró aliviado.

—Quiero que sepas que Garrett me gusta.

—¿Pero…?

—No hay «peros». Creo que hacéis una buena pareja.

—¿Aunque no sea noble? —preguntó Louisa con escepticismo.

—Liv tampoco lo es.

Pero Louisa sabía que las normas eran más relajadas cuando se trataba de un varón. A una princesa se le exigía elevar su estatus. Que Garrett fuera rico jugaba a su favor.

—Dados sus conocimientos, podría ser el sustituto perfecto de Aaron cuando éste vuelva a la universidad. Si es que os casarais, claro.

De eso Louisa no tenía la menor duda. Y saber que Chris pensaba en incluirlo en el negocio familiar lo convertía prácticamente en un hecho.

—¡Qué gran idea!

—Sin embargo —añadió Chris, solemne—, espero que no actúes precipitadamente.

Era imposible acelerar o frenar el destino, así que los plazos eran irrelevantes. Por otro lado, Chris no estaba en condiciones de exigir nada, puesto que él había pedido a Melissa en matrimonio a las dos semanas de conocerla porque, como ella y Garrett, estaban destinados el uno al otro.

Louisa tuvo una visión de los dos al cabo de un año, con su primer hijo. Algunas mujeres soñaban con una carrera profesional o con viajar. Ella siempre había querido ser, por muy anticuado que resultara, esposa y madre.

—Por cierto, Melissa y yo vamos a navegar este domingo. Si quieres venir con Garrett seréis bienvenidos.

Sus padres iban a Inglaterra ese mismo día para visitar a un médico y Anne los acompañaría. Si conseguía librarse de Aaron y de Liv, podría pasar el día a solas con Garrett.

—Quizá en otra ocasión —dijo—. Ya he hecho planes.

O los haría en cuanto llamara a Garrett.

Capítulo Cinco

Garrett acababa de entrar en casa cuando sonó el móvil. Miró la pantalla y le sorprendió que fuera Louisa, que parecía decidida a quitarle la iniciativa.

—¿Te llamo en mal momento? —preguntó ella cuando Garrett contestó.

—Claro que no —Garrett dejó la cartera y las llaves sobre la encimera de la cocina, se quitó la chaqueta y la colocó en el respaldo de una silla—. Acabo de llegar.

—Quería volver a decirte que lo he pasado maravillosamente.

—Yo también —las cosas iban a mucha mayor velocidad de lo que había esperado.

—¿Qué haces el domingo? ¿Quieres venir a palacio?

Garrett rió.

—Veo que no vas a dejar que sea yo quien algún día te invite a salir.

—¿Soy demasiado lanzada? —preguntó Louisa en tono preocupado.

—En absoluto. Me gusta que una mujer sepa lo que quiere.

—Quería adelantarme a que hicieras planes.

—Si los tuviera, los cancelaría. Y si a tu familia le parece bien, me encantará ir.

—Claro que les parece bien. Te adoran.

Eso significaba que había superado el primer y principal obstáculo.

—Podríamos hacer un picnic —sugirió Louisa.

—¿Los dos solos?

—Mis padres y Anne se marchan a Inglaterra; Chris y Melissa van a navegar, y Liv y Aaron estarán en el laboratorio. Mientras no salgamos de los terrenos de palacio, no necesito guardaespaldas, así que estaremos solos.

A Garrett no le pasó desapercibido su tono insinuante, y se preguntó qué esperaba que sucediera durante el picnic

—Bueno, Muffin estará con nosotros —añadió.

—¿Quién es Muffin?

—Mi perro. Un Shih Tzu.

Así que Muffin era uno de esos perros enanos que Garrett tanto odiaba. Para él un perro de verdad era grande y fuerte, como los que solía haber en la granja de sus padres.

—A veces es un poco pesado —continuó Louisa—, pero es muy mono, y te va a encantar.

—Seguro que sí —dijo Garrett, diciéndose que el perro sería otro de los cambios que tendría que introducir cuando la relación se consolidara.

Sonó el timbre de la puerta y frunció el ceño preguntándose quién lo visitaría tan tarde y sin previo aviso.

—¿Han llamado a tu puerta? —preguntó ella.

—Sí, pero no esperaba a nadie.

–¿Puede ser una amiga? –Louisa mantuvo un tono neutro, pero Garrett percibió cierta inquietud.

–Tú eres la única mujer en mi vida –la tranquilizó. Y supo que Louisa sonreía al otro lado del teléfono.

El timbre sonó de nuevo. Debía tratarse de alguien impaciente.

–No te retengo –dijo Louisa.

–¿A qué hora me esperas el domingo?

–¿Sobre las once? Así tendremos todo el día por delante.

–Perfecto –dijo Garrett, aunque, no siendo partidario de los picnics habría preferido llevarla a un buen restaurante.

Se despidieron y, para cuando Garrett llegó a la puerta, llamaron una tercera vez. Garrett abrió bruscamente y contuvo un gemido al ver de quién se trataba.

–¿No te alegras de ver a tu hermano pequeño?

En absoluto. Garrett tuvo que hacer un gran esfuerzo para disimular su irritación.

–Lo último que supe de ti fue que estabas en un rancho en Escocia.

–Me aburrí –dijo Ian, encogiéndose de hombros–. Además, ahora tengo un plan fabuloso.

Debía de tratarse de otro de sus proyectos para hacerse rico instantáneamente. Otro proyecto que, como los anteriores, fracasaría.

–¿No vas a invitarme a pasar? –preguntó en tono animado, aunque su aspecto desaliñado y la barba de varios días indicaban que no se trataba de una mera visita de cortesía.

Dejar entrar a Ian era como hacer pasar a un vampiro. Tenía la habilidad de drenar a su anfitrión económica y emocionalmente, y la molesta costumbre de prolongar en exceso su estancia.

A Garrett le costaba creer que el dulce niño al que contaba cuentos y que hasta los ocho años lo seguía a todas partes como una sombra, se hubiera convertido en aquel adulto.

—¿Te han echado papá y mamá? —preguntó. Y por la mirada de Ian dedujo que había acertado.

Ian dejó de fingir y en tono implorante dijo:

—Por favor, Garrett, he gastado todo el dinero que me quedaba en el billete de barco para venir y llevo días sin comer.

Y por cómo olía, Garrett dedujo que tampoco se había duchado.

A pesar de sus reticencias, recordó que era su hermano y, de hecho, el único miembro de la familia con el que mantenía algún contacto. Aunque tuvo la seguridad de que se arrepentiría, se echó a un lado para dejarle pasar. La fresca brisa que entró tras él, hizo que Garrett sintiera un escalofrío. Ian dejó en el suelo el saco que llevaba al hombro.

—¡Qué espacioso! —dijo, mirando a su alrededor—. Veo que te va bien.

—No toques nada —las cosas tendían a desaparecer misteriosamente cuando Ian estaba cerca—. Y quítate las botas. No quiero que llenes la casa de barro.

—¿Puedo darme una ducha? —Ian se quitó las botas y dejó a la vista unos calcetines sucios y llenos de agujeros.

–Puedes ducharte en el baño de invitados –era el que tenía menos objetos valiosos–. Está en el piso de arriba; primera puerta a la derecha. Mientras, te prepararé algo para cenar.

Ian asintió, tomó el saco y subió las escaleras. Por su parte, Garrett fue a la cocina, reunió algunos restos de la comida que le preparaba la asistenta y preparó un plato con carne asada, patatas y zanahorias, que metió en el microondas.

Mientras esperaba, vio su cartera sobre la mesa y se la metió en el bolsillo. No le preocupaba tanto el metálico como las tarjetas. La última vez que Ian había estado en casa de su hermano Victor, se había llevado su Mastercard, a la que había cargado compras por varios miles de libras antes de que Vic notara su falta. Se trataba sobre todo de equipos electrónicos, que habría revendido para conseguir dinero.

Por eso Garrett no pensaba correr ningún riesgo. A la mañana siguiente le ofrecería dinero y le animaría a marcharse. Con un poco de suerte, no volvería a verlo en mucho tiempo.

Ian salió media hora más tarde, afeitado y vestido con ropa arrugada, pero limpia.

–Ha sido la mejor ducha de toda mi vida –comentó.

–Te he hecho un té.

Ian miró la taza con desagrado.

–¿No tienes algo más fuerte?

–Lo siento –dijo Garrett, encogiéndose de hombros.

Si quería evitar que su mueble bar quedara vacío, tendría que cerrarlo con llave mientras estuviera su hermano. Además, no dudaba de que tendría una o dos botellas en el fondo del saco. Si le daban a elegir entre comer o una botella de whisky barato, siempre elegía lo segundo.

–Está bien. Me tomaré el té –dijo Ian–. ¿Acabas de llegar del trabajo?

–¿Por qué lo preguntas?

–Porque he venido antes y no estabas. Te he esperado en el parque de enfrente.

Era milagroso que no lo hubieran detenido por mendicidad. Las autoridades eran muy estrictas en aquel vecindario.

–No estaba trabajando.

–¿Tienes una amiguita? ¿Alguien que yo conozca?

Garrett tuvo que contener la risa al imaginar a Ian relacionándose con la familia real.

Sonó el timbre del microondas y sacó el plato. Ian, que sabía que Garrett no tenía ni idea de cocina, lo miró con desconfianza.

–¿Lo has hecho tú?

–No, mi asistenta.

–Entonces pásamelo –dijo Ian, frotándose las ásperas manos con entusiasmo.

Garrett le vio meterse un enorme bocado en la boca sin tan siquiera sentarse a la mesa.

–¡Qué bueno! –farfulló Ian con la boca llena.

Y terminó de comer dando muestras de unos modales deplorables que habrían avergonzado a su madre, quien, por muy pobres que fueran, los había educado con dignidad.

–¿Y por qué te han despedido en esta ocasión? –preguntó Garrett.

–¿Quién dice que me hayan despedido? –dijo Ian, indignado.

–No intentes engañarme.

Tras una pausa, Ian admitió:

–El dueño del rancho me encontró en el cobertizo con su hija pequeña.

–¿Cómo de pequeña?

–¿Diecisiete años?

Garrett estuvo a punto de preguntarle qué demonios hacía con una mujer a la que llevaba diez años, pero se dio cuenta de que era la misma diferencia que había entre él y Louisa. Aun así, la situación no era comparable. Louisa era una adulta y él pensaba casarse con ella, mientras que su hermano sólo estaría utilizando a aquella joven.

–No me mires con esa cara de desaprobación –se defendió Ian–. Fue ella quien me sedujo.

Por supuesto. Ian nunca tenía la culpa de nada.

–¿No se te pasó por la cabeza decirle que no?

–Si la vieras, te darías cuenta de que tú tampoco lo habrías hecho.

Al contrario que su hermano, Garrett podía dominar sus hormonas y tenía principios. No se aprovechaba de las mujeres. Ni siquiera iba a hacerlo con Louisa, a la que pensaba proporcionar todo lo que deseara. Con la excepción de unos cuantos hijos.

–¿Qué vas a hacer ahora? –preguntó.

–Como te he dicho, tengo una gran idea. Sólo necesito un poco de dinero para ponerla en marcha.

No necesitó decir lo que pensaba para que Garrett lo supiera.

—A mí no me mires. Ya he perdido bastante dinero en tus proyectos.

—Tú te lo pierdes —Ian se encogió de hombros. Pero Garrett lo dudaba.

Ian acabó la comida sin dejar una miga.

—¡Delicioso! ¡Lo mejor que he comido en semanas!

—Supongo que necesitas un sitio para dormir.

Ian se apoyó en la encimera y se cruzó de brazos.

—Hay un banco muy cómodo en el parque donde podría dormir.

—Puedes usar la cama del cuarto de invitados por una sola noche —dijo Garrett—. Y espero que cuando te vayas, todo se quede tal y como está.

—Hasta haré la cama —bromeó Ian.

—¡Bueno! Me voy a la cama.

—¿Ya? Pensaba que tomarías una copa.

—Tengo una reunión a primera hora.

Ian lo miró desconcertado.

—¿Trabajas los sábados?

—A veces, incluso los domingos —era difícil que Ian lo entendiera porque siempre había trabajado lo menos posible—. Sírvete lo que quieras del frigorífico. Y puedes ver la televisión. Hasta mañana.

—Hasta mañana —repitió Ian.

Garrett no se sentía cómodo dejando a su hermano solo, pero a no ser que estuviera dispuesto a pasar la noche en blanco, no tenía otra opción.

Ni siquiera lo vio a la mañana siguiente, pues

para cuando se levantó, Ian ya se había marchado... con la mitad del mueble bar y su coche.

Louisa vio el correo el sábado por la tarde. Al no ver nada escrito junto a «Asunto» fue a borrarlo creyendo que sería publicidad, pero luego se dio cuenta de que el remitente era H.E., y el corazón le dio un vuelco.

Tenía que ser él. Pero ¿por qué? Tomó aire y lo abrió. Sólo decía: *¿Me has echado de menos, princesa?*

Aunque no contenía ni amenazas ni extrañas rimas, Louisa se estremeció. La seguridad se elevaría al máximo grado en palacio, lo que le impediría ver a Garrett a solas. ¿Por qué habría elegido El Hombre Esquivo aquel momento para reiniciar su acoso?

Fue a llamar a seguridad pero se dio cuenta de que el correo era del día anterior y le extrañó que sus hermanos no hubieran dado la voz de alarma. ¿Habría sido ella la única receptora del mensaje? Y si era así, ¿por qué lo recibía justo cuando empezaba a ver a Garrett? ¿Intentaba El Hombre Esquivo complicarle la vida?

Se reclinó en el respaldo de la silla preguntándose qué hacer. El correo no era amenazador. Sólo un recordatorio de que no había desaparecido. Si de verdad pensaba hacer daño a alguien, ¿no lo habría hecho ya?

¿Era imprescindible que se lo contara al servicio de seguridad? ¿Cambiarían en algo las cosas?

Se quedó quieta con el dedo sobre la tecla de borrar. Si sus hermanos también lo habían recibido, podría decir que lo había borrado por error. Odiaba mentir, pero se jugaba su futuro. Aunque el destino la hubiera unido a Garrett, ¿qué hombre querría cortejar a una mujer que no podía salir de su casa, y que ponía en peligro su vida?

Quizá lo mejor sería que nadie conociera la existencia de aquel mensaje.

Antes de cambiar de opinión, Louisa apretó la tecla, prometiéndose que, si volvía a recibir cualquier mensaje, del tipo que fuera, se lo contaría a su familia.

Hasta ese momento, sería su secreto.

Capítulo Seis

Garrett no acabó hasta las seis. Iba en la limusina de camino al club para jugar al squash con Wes cuando recibió una llamada de la policía anunciándole que su coche estaba implicado en un accidente. Por lo visto, en la urgencia de alejarse de su casa, Ian se había salido de la carretera y había chocado contra un árbol.

–Ha sufrido muchas contusiones, pero estaba consciente cuando lo subieron a la ambulancia.

A pesar de todo, a Garrett le alivió saber que Ian no estaba grave.

–¿Le ha contado cómo sucedió? –preguntó al oficial

–Dice que dio un volantazo para esquivar un animal, y que perdió el control del vehículo.

Puesto que Ian siempre había sentido debilidad por los perros, era una excusa razonable.

–¿Había bebido? –preguntó en tensión.

–Originalmente pensamos que sí porque había varias botellas de alcohol rotas en el interior. Él lo negó. Estamos esperando el resultado del análisis toxicológico. Me temo que el coche está destrozado.

No era ni el primero ni el último coche que Ian destrozaba. Garrett lo había dado por perdido porque no pensaba denunciarlo a la policía y asumía que Ian lo vendería en cuanto pudiera. Así que tenía la ventaja de que el seguro le pagaría parte del valor del coche, y que Ian tendría que asumir su responsabilidad.

Agradeció la llamada al inspector y pidió al chófer que lo condujera al hospital antes de llamar a Wes y cancelar el partido. Con un poco de suerte, la noticia no sería publicada en los periódicos. Aunque no tuviera por qué rendir cuentas por su hermano, a la familia real no le gustaría verse implicada en un escándalo.

El chófer lo dejó a la entrada del hospital y Garrett preguntó el número de habitación de Ian en la recepción. Cuando atravesó la puerta se quedó paralizado. Había imaginado que Ian estaría magullado y con alguna herida, pero no estaba preparado para encontrar a su hermano pequeño completamente amoratado, con la nariz roja y los ojos morados; el brazo derecho en cabestrillo y la pierna del mismo lado escayolada y suspendida en el aire con una polea.

En lugar de ver al Ian provocador, conflictivo y problemático, pensó en el pequeño que solía acudir a él cuando se hacía heridas en las piernas, y no pudo evitar enternecerse.

–¿Garrett Sutherland? –preguntó alguien a su espalda.

Se volvió y vio a un médico en la puerta.

–Sí.

–Soy el doctor Sacsner –dijo, estrechándole la mano–, el cirujano de su hermano.

–¿El cirujano?

–Ortopédico –el médico señaló el corredor–. ¿Podemos hablar?

Garrett lo siguió.

–Su hermano es un hombre afortunado a pesar de lo que pueda parecer –comenzó el médico–. Es un milagro que no haya sufrido daños internos.

–¿Y la pierna?

El médico frunció el ceño.

–Ahí no tuvo tanta suerte. Quedó aplastada bajo el salpicadero. En el impacto se rompió la tibia y el peroné en tres partes. Está atravesado por clavos.

–Pero se recuperará.

–Claro, con tiempo y rehabilitación, completamente. Las seis primeras semanas serán las más difíciles. Es imprescindible que apenas toque el suelo y que mantenga la pierna elevada.

–Entonces, ¿se quedará en el hospital?

–Un par de días. Luego le darán el alta.

¿El alta? ¿Y dónde iba a ir? Por cómo le miraba el médico, Garrett concluyó que esperaba que llevara a Ian a su casa.

¡Qué inconveniente! Garrett no sentía que debiera nada a su hermano y menos en un momento tan inoportuno. Pero por otro lado, ¿quién, sino él, podría ocuparse de Ian?

–Sé que es un sacrificio –dijo el médico–, pero si el dinero no es un problema, puede contratar ayuda veinticuatro horas –sonó su busca y leyó el mensaje–. Vendré a verle más tarde.

–Antes de irse, ¿saben ya si el alcohol tuvo algo que ver con el accidente?

–Por cómo olía, eso fue lo que pensamos en un principio, pero él juró que no había bebido y las pruebas han dado negativas para alcohol o cualquier tipo de drogas.

Así que sólo iba conduciendo demasiado deprisa. Así era Ian: siempre intentaba llegar más allá de los límites de lo posible. Si había un árbol demasiado alto, se empeñaba en alcanzar la última rama. Para cuando cumplió ocho años, se había roto más huesos y le habían dado más puntos que a cualquier otra persona en toda su vida. ¿Habría por fin aprendido la lección?

–No hacía falta que vinieras –oyó decir a su hermano con la voz soñolienta de la anestesia.

Garrett fue hasta la cama.

–Alguien tenía que pagar la cuenta.

Ian entornó los ojos con la mirada perdida.

–Supongo no sirve de nada que diga que lo siento.

–Puede que sí, si creyera que lo dices sinceramente –pero Garrett sospechaba que Ian no lamentaba todos los problemas que había causado, sino que lo hubieran pillado–. Iba a devolvértelo.

–¿Las botellas o el coche?

–Las dos cosas.

Garrett habría querido creerlo.

–Me había alejado unos kilómetros de tu casa cuando empecé a sentirme culpable.

Eso resultaba aún más increíble.

–Tú nunca te sientes culpable.

–Parece ser que ahora sí. Pensé que, si me daba prisa, llegarían antes de que te levantaras. Entonces se cruzó un maldito perro en la carretera –hizo una pausa–. No me crees.

–¿Por qué debería hacerlo?

Ian suspiró.

–Me creas o no, estoy harto de vivir así. Te juro que esta vez voy a cambiar.

Garrett le habría creído de no haber oído aquellas palabras con anterioridad.

–Por ahora, concentrémonos en que te recuperes. El médico dice que debes mantener la pierna en alto durante seis semanas. Con lo ocupado que estoy, tendré que contratar una enfermera para que cuide de ti.

–No quiero molestarte.

–¿Y dónde piensas ir? ¿Crees que mamá y papá te acogerían?

Ian expresó con la mirada que la respuesta era negativa. Aunque su madre todavía sintiera debilidad por él, su padre se habría negado.

–Ya se me ocurrirá algo –dijo Ian.

–¿Tienes algún amigo que pueda ocuparse de ti?

Ian guardó silencio. Los dos sabían que no le quedaba ninguno porque los había traicionado a todos. Sólo le quedaba Garrett.

–Tendrás que venir conmigo.

–Ya te debo demasiado –dijo Ian. Y Garrett deseó que el arrepentimiento que se intuía en su voz fuera sincero. Pero no podía confiar en ello.

–Asúmelo, Ian, no hay otra solución. Si de verdad estás dispuesto a cambiar…

—Lo juro.

—Entonces puedes demostrarlo durante las próximas seis semanas.

Louisa se despertó temprano el domingo para organizar el picnic con Garrett, pero al oír el rumor de truenos y la lluvia golpeando los cristales fue hasta la ventana y corrió las cortinas. Densas nubes de tormenta avanzaban desde el oeste, y el viento agitaba las ramas de los árboles.

Suspiró. Aunque sólo eran las siete y el tiempo podía cambiar, la humedad les impediría ir de picnic. Estaba tan convencida de que gozarían de un día soleado que no había pensado en un plan alternativo, y dado que para salir de palacio con Garrett tenía que avisar a Chris con dos días de antelación, le quedaban pocas opciones. Por otro lado, dudaba que Chris y Melissa salieran a navegar en aquella tormenta. Así que debía olvidarse de estar a solas con Garrett. Si se veían en palacio, siempre habría alguien observándolos.

Frunció el ceño. Ser de la realeza, sobre todo cuando se vivía bajo arresto domiciliario, era un problema. Pero si se esforzaba, acabaría ocurriéndosele algo que hacer y que les apeteciera a ambos. Quizá un recorrido por palacio, o una partida de billar. O tal vez bastaría con sentarse y charlar.

Al ir hacia la ducha, pasó junto al ordenador y tuvo la tentación de comprobar si tenía un nuevo mensaje del acosador. Puesto que nadie había dicho nada, podía asumir que el último contacto lo había establecido con ella exclusivamente, y no pudo evitar preguntarse si estaría relacionado de alguna manera con su relación con Garrett o si no sería más que una mera casualidad.

Dio un paso hacia el ordenador y se detuvo. Si le había escrito, no podría hacer nada al respecto, así que sería mejor no averiguarlo. Lanzó al ordenador una última mirada y fue al cuarto de baño.

Usó su gel preferido y se peinó con especial cuidado, dejándose el cabello suelto en lugar de recogerlo en su habitual moño. Se puso unos pantalones rosas, un jersey crema y unas bailarinas rosas. Finalmente, se aplicó rímel y lápiz de labios rosa. Se miró en el espejo con satisfacción y pensó que a Garrett le gustaría.

La ilusión dio vuelo a sus pasos, y bajó al comedor para desayunar, con Muffin pisándole los talones. Geoffrey la interceptó al pie de la escalera.

—El príncipe Christian ha pedido que le llame en cuanto pueda.

—¿Que le llame? —Louisa frunció el ceño—. ¿Han ido a navegar?

—No, Alteza. Ha llevado a la princesa Melissa al hospital esta mañana.

A Louisa le dio un vuelco el corazón.

—¿Para qué?

—No me lo ha dicho. Sólo me ha pedido que le llame.

—¿Se han levantado ya Aaron y Liv?

–Todavía no.

Luisa fue a decirle que los despertara, pero decidió que no tenía sentido preocuparlos antes de saber qué sucedía.

–¿Puede ocuparse de Muffin?

–Claro. ¡Ven, Muffin!

El perro se limitó a mirarlos alternativamente, hasta que Geoffrey dijo:

–A desayunar.

Y lo siguió.

Louisa volvió a su dormitorio precipitadamente y llamó a su hermano.

–¿Qué pasa? ¿Melissa está bien? ¿Los niños? –preguntó en cuanto Chris contestó.

Chris rió quedamente.

–Melissa empezó a tener contracciones anoche.

–¿Por qué no me despertasteis?

–No podías hacer nada y no quisimos molestarte.

–¿No es pronto para el parto?

–Sí. Por eso están intentando frenarlo, pero ha dilatado ya dos centímetros y debe estar inmovilizada hasta que dé a luz.

–Lo siento, Chris. ¿Puedo hacer algo?

–Sí. Melissa ha hecho una lista con las cosas que necesita. ¿Puedes traérnoslas?

–Por supuesto –dijo Louisa, tomando nota–. Iré enseguida.

–Quiero estar aquí lo más posible, así que necesito que te pongas en contacto con mi asistente y que me sustituyas en los actos a los que debía acudir en los próximos días.

Louisa enmudeció por unos segundos. Jamás hubiera imaginado que su hermano le otorgara tanta responsabilidad. Estuvo a punto de preguntar por Aaron o Anne, pero temió que Chris lo interpretara como que no quería hacerlo.

–Claro. Lo que haga falta –dijo.

–Gracias Louisa. Hasta luego.

Louisa colgó y ya iba salir de la habitación cuando recordó a Garrett y se paró en seco. Por más que quisiera verlo, la familia estaba primero. Y más cuando Chris la trataba como a una adulta. Tendría que llamarle y quedar otro día.

Tomó el teléfono y marcó mientras mascullaba algo sobre la inoportunidad de los acontecimientos, pero al poner la oreja en el teléfono vio que no daba tono de llamada. Casi se cayó al suelo al sobresaltarla una voz:

–¿Hola?

–¿Garrett?

–Qué cosa tan rara.

–¿Que ha pasado?

–He marcado tu teléfono, pero antes de que sonara, he oído tu voz.

–¡Y yo acababa de marcar tu número!

Garrett rió.

–Debemos tener telepatía.

–Tienes razón, ¿por qué llamabas?

–Me temo que tengo que cancelar nuestra cita.

Louisa rió.

–¿De verdad?

–No me esperaba que reaccionaras así –dijo él, desconcertado.

–Me río porque yo llamaba para lo mismo. Podríamos vernos en algún otro momento esta semana.

–Muy bien. La primera mitad estoy muy ocupado. ¿Qué te parece el jueves por la noche?

A Louisa le pareció que faltaba un siglo, pero por otro lado, le dejaría tiempo para visitar a Melissa.

–Por si acaso, debes saber que para salir de palacio tengo que avisar con dos días de antelación. Es el tiempo que se necesita para organizar el dispositivo de seguridad.

–Muy bien, llamaré el martes –se oyeron voces de fondo y lo que sonó como un anuncio por megafonía, pero Louisa no pudo discernir lo que decía–. Lo siento, Louisa, tengo que dejarte. Hablamos el martes.

Al colgar, Louisa se dio cuenta de que no le había preguntado por qué había cancelado la cita y supuso que tendría que esperar al martes para averiguarlo.

Y aunque le desesperaba tener que esperar tanto a verlo, estaba segura de que el retraso sólo incrementaría la felicidad del encuentro.

Capítulo Siete

El domingo por la mañana fue un hervidero de médicos, enfermeras y asistentes sociales del servicio privado que Garrett había contratado para ocuparse de Ian en las siguientes semanas.

Si quería recuperar la pierna y no ser sometido a más operaciones, tendría que obedecer a los médicos y levantarse exclusivamente para ir al cuarto de baño. Y por más irresponsable que fuera, Garrett estaba seguro de que, por una vez, Ian obedecería.

Para cuando todo quedó arreglado y los documentos correspondientes firmados, eran casi las tres. Garrett se dirigía al ascensor cuando alguien lo llamó. Al volverse, vio a Louisa flanqueada por dos guardaespaldas.

Extrañamente, su primer instinto fue abrazarla y besarla, y lo habría hecho de no haber temido la reacción de sus dos fornidos acompañantes.

—Me había parecido que eras tú —dijo ella con una sonrisa de oreja a oreja—. ¿Has venido a ver a Melissa?

Garrett la miró desconcertado.

—No. ¿Está aquí?

—En la zona privada —Louisa señaló a su espalda

con un gesto de la mano–. La trajeron anoche porque se puso de parto. Por eso cancelé nuestra cita.

–No lo sabía. He venido a ver a un… socio, que ha sufrido un accidente.

–¿Cómo se encuentra?

–Un poco maltrecho, pero se recuperará.

–¿Por eso cancelaste nuestra cita?

–Sí.

–De haberlo sabido podríamos haber venido en el mismo coche –bromeó Louisa.

Garrett sonrió.

–Excepto que yo ya estaba aquí cuando te llamé.

–Debe de ser un amigo muy especial para que hayas pasado todo el día con él.

–Nos conocemos de toda la vida –Garrett suponía que debía decir la verdad, pero no quería dar explicaciones. Con suerte, Ian se recuperaría y desaparecería de su vida antes de que la familia real conociera su existencia–. ¿Cómo está Melissa?

–Bajo observación. Y debe permanecer en el hospital las próximas cuatro semanas.

–Dale recuerdos de mi parte.

–Ahora mismo le están haciendo unas pruebas, pero estoy segura de que le encantaría que la visitaras. Apenas lleva unas horas ingresada y ya está harta.

Garrett pensó que sería una buena oportunidad para quedar bien y, por otro lado, Melissa le había caído bien desde el primer momento. Igual que Liv, o Louisa. Ninguna de ellas era un típico miembro de la familia real. O quizá eran sus prejuicios los que le habían hecho creer que se comportarían con arrogancia o altivez.

–Me encantaría. Pero sólo si no es una molestia.

–Claro que no. Chris y Melissa te aprecian mucho. De hecho, Chris me ha dicho… –Louisa apretó los labios.

–¿Qué?

Louisa se ruborizó.

–Olvídalo.

Garrett sonrió.

–Alteza, te estás ruborizando.

–No debería habértelo dicho.

Garrett se cruzó de brazos. Louisa parecía siempre tan segura de sí misma que le gustó comprobar que tenía un lado vulnerable.

–Puede que no, pero ahora que has despertado mi curiosidad no sería justo que me dejaras así, sin darme una explicación, ¿no crees?

–Tienes razón –Louisa miró hacia la cabina de las enfermeras y susurró–: Pero no aquí.

Fuese a lo que fuese, saber que Louisa era de naturaleza reservada, incrementó la curiosidad de Garrett.

–Iba de camino a la sala de espera privada –dijo Louisa–. Puedes venir conmigo.

–Muy bien –dijo Garrett, dándose cuenta de que verdaderamente quería estar con ella a solas, de que en cuanto la había visto se había sentido mejor, y que la tensión de los últimos se había diluido.

Le ofreció el brazo y ella lo tomó. Cuando llegaron a la sala, Louisa se alegró de encontrarla vacía.

–¡Qué sitio tan agradable! –comentó Garrett mirando a su alrededor–. No parece la sala de un hospital.

–Como en los últimos años hemos pasado aquí mucho tiempo por la enfermedad de mi padre, decidimos renovarla.

–Pensaba que nos encontraríamos con Chris.

–Está con Melissa mientras le hacen una prueba para ver cómo están los bebés –Louisa dejó el bolso sobre una mesa, y se estremeció al sentir las manos de Garrett sobre sus hombros.

–¿Eso significa que estamos solos? –preguntó él en un tono que aceleró el corazón de Louisa.

Era la primera vez que Garrett tomaba la iniciativa, y que lo hiciera le produjo una mezcla de excitación e inquietud.

–Eso parece.

Garrett deslizó las manos por sus brazos.

–¿Los guardaespaldas pueden entrar en cualquier momento?

–No. A no ser que los llame.

–¿Y vas a llamarlos?

¿Cuándo por fin podían estar a solas? Ni loca.

–No era mi intención.

–¿Aunque haga esto? –Garrett le retiró el cabello hacia atrás y le besó el cuello.

A Louisa se le puso la carne de gallina y le temblaron las piernas. No era la primera vez que un hombre la besaba, pero sí la primera que le producía un cosquilleo que le hacía sentir calor en los senos y en la entrepierna.

Garrett le besó el hombro. Louisa hubiera

querido que le acariciara los pechos y que metiera las manos por dentro de sus medias, y estuvo a punto de gemir con sólo imaginarlo, pero sabía que no eran ni el lugar ni el momento adecuados.

–Me gusta tu pelo así –dijo él, acariciándolo–. Deberías llevarlo siempre suelto.

–Pude que lo haga a partir de ahora.

–Ibas a decirme lo que Chris te había comentado –le recordó Garrett, rozándole el cuello con su aliento.

–Confiaba en que lo olvidarías –Louisa ladeó la cabeza para facilitarle el acceso–. Puede que Chris se enfade si te lo digo.

–Será un secreto entre tú y yo.

–¿Lo prometes?

Louisa alzó la cabeza y Garrett le besó los labios delicadamente.

–Lo juro.

Garrett siguió dándole delicados besos hasta que Louisa quedó sometida a su voluntad. Garrett podría haberle preguntado por los secretos más íntimos de la familia real y ella los habría desvelado.

–El otro día me dijo que… si tú y yo nos casáramos, serías un sustituto ideal de Aaron.

Garrett dejó de besarla.

–¿De verdad? Me siento halagado.

–No hay nada decidido, claro. Por eso no debía haberlo mencionado. Soy una bocazas.

Garrett sonrió y tomándole el rostro entre las manos le pasó el pulgar por los labios.

–Tienes una boca maravillosa.

Louisa adoraba cómo la tocaba. Y aún más cómo la besaba.

—Chris también dijo que no debíamos precipitarnos.

—¿Estamos precipitándonos?

Louisa sonrió.

—Si por mí fuera, iríamos mucho más deprisa. De hecho, ¿te parecería mal que lo hiciéramos en el sofá del hospital?

—Si hablaras sólo de besarnos, aún, pero sé que no podría quitarte las manos de encima.

Louisa suspiró y apoyó la cabeza en su pecho.

—Tiene que haber algún sitio donde podamos estar a solas.

—Yo tengo una casa en Cabo —sugirió Garrett—. Quizá si avisaras con tiempo, te dejarían ir.

—¡Eso sería maravilloso! Hablaré con Chris.

—Pero sólo te dejará ir si su única preocupación es tu seguridad.

Louisa no necesitó preguntarle a qué se refería.

—Tengo veintisiete años. Mi vida sexual no es de su incumbencia. Y te aseguro que ninguno de ellos tiene derecho a juzgarme. ¿Por qué es todo tan difícil?

Garrett la llevó al sofá.

—Todas las parejas tienen problemas, Louisa.

Ella pasó las piernas por encima de él y se acurrucó a su lado.

—A veces sueño con llevar una vida normal, sin guardaespaldas ni medidas de seguridad —miró a Garrett con dulzura—. ¿Te has planteado lo que significa relacionarte con alguien como yo? ¿Eres consciente de la libertad a la que renunciarías? Serías un idiota si no salieras huyendo.

–Nada de eso me preocupa, Louisa –Garrett le tomó la barbilla y la miró fijamente con expresión comprensiva–. Sería un idiota si, sintiendo lo que siento por ti, te dejara.

La besó delicadamente, pero Louisa le rodeó el cuello con los brazos y lo atrajo hacia sí para besarlo con la pasión y el fuego que ardía en su interior. Garrett hizo un intento de resistirse, pero lo abandonó cuando ella se sentó a horcajadas sobre él.

–No puedo controlarme cuando estás conmigo –susurró.

–Me alegro, porque a mí me pasa lo mismo –dijo ella, meciendo las caderas y frotándose contra él.

Garrett gimió y hundió los dedos en su cabello al tiempo que la besaba. Louisa podía sentir su erección y habría dado cualquier cosa por tocarlo. Estaba tan excitada que le daba lo mismo que Chris pudiera aparecer en cualquier momento.

Tal y como sucedió.

En algún lugar de su subconsciente, Louisa registró el ruido de la puerta seguido de un exagerado carraspeo. Se separó de Garrett, y al volverse, vio a Chris en el umbral, con las cejas arqueadas en una expresión de perplejidad.

Oyó que Garrett mascullaba una maldición al tiempo que la levantaba de su regazo y la sentaba a su lado.

–Siento interrumpir –dijo Chris–, pero Melissa está en la habitación, deseando recibir visitas.

Louisa debía haber preguntado por Melissa y

por los niños, pero se sorprendió, y sorprendió a Chris, diciendo bruscamente:

—Voy a ir a Cabo con Garrett y no vas a poder impedírmelo.

Garrett pensó que no había sido una jugada inteligente por su parte sugerir una escapada fuera del país, y menos aún permitir que Chris los encontrara besuqueándose. Y eso que había prometido no comprometer el honor de Louisa.

Garrett supuso que Chris estaría furioso con él y por eso, cuando un rato más tarde consiguió hacer un aparte con él para disculparse por su comportamiento, le desconcertó que Chris riera.

—Sé perfectamente que eres demasiado listo como para cometer ese error, Garrett. Estoy seguro de que Louisa fue quien te «agredió». Pero te agradecería que la controles. Al menos cuando estéis en público.

Garrett estaba tan estupefacto que no supo qué decir, lo cual pareció divertir aún más a Chris.

—¿Acaso crees que no conozco a mi hermana?

—La verdad es que puede ser muy... tenaz —dijo Garrett.

Chris rió.

—Eso es una manera muy suave de decirlo. Llevo toda la vida evitando que se meta en líos. Se queja constantemente de que la sobreprotegemos, pero el caso es que actúa temerariamente. Si quiere algo, no hay quien se lo quite de la cabeza. A menudo, no respeta las normas ni se preocupa de su propia seguridad. Aun así, es adorable, tiene un corazón de oro y no hay nadie más leal a su familia o a sus amigos. Daría mi vida por ella. Y estoy seguro de que será una esposa maravillosa. Pero hay que saber manejarla.

Así que la reputación de dócil e inocente de Louisa era una patraña. Y aunque para algunos hombres la osadía podría ser considerada como una cualidad negativa, para Garrett sólo era un acicate que incrementaba la curiosidad que sentía por Louisa.

Lo que no llegaba a comprender era qué ganaba Chris siendo tan sincero. ¿Pretendía ahuyentarlo? Y de ser así, ¿por qué habría mencionado a Louisa que lo consideraba un buen candidato para sustituir a Aaron?

–¿Por qué me cuentas todo esto? –preguntó.

–Creo que debes saber en lo que te metes. Louisa necesita a un hombre tan decidido y capaz como ella, y creo que tú posees ambas cualidades. Necesita alguien que pueda… dominarla.

Por cómo hablaba, parecía creer que Louisa necesitaba un canguro en lugar de un marido, y Garrett no supo si agradecer a Chris por la advertencia o si defender a Louisa. Pero ¿desde cuándo le importaban tanto los sentimientos de la princesa? Quizá desde el mismo momento en que con sonrisa cándida le había dicho que estaba deseando verlo desnudo.

–Por cierto –dijo Chris–, envíame una copia del plan y veré lo que puedo hacer. Necesito dos semanas para arreglarlo.

Garrett tardó unos segundos en darse cuenta de que se refería al viaje a Cabo.

–Pensaba que no sería posible.

–Si le niego el permiso, es probable que me desobedezca. Además, le sentará bien irse unos días. Dado que mi padre se encuentra estable, todos nos merecemos unas vacaciones.

Garrett también quería dejar su casa unos días. Así evitaría estar con Ian. Desde su punto de vista, se habían dicho todo lo que tenían que decirse, y desconfiaba de la sinceridad del arrepentimiento de Ian. Algunas cosas nunca cambiaban.

Tras visitar a Melissa y despedirse de Louisa con otro apasionado beso, Garrett pasó por la oficina y compró la cena de camino a su casa. Más tarde, cuando estaba zapeando delante de la televisión, pensó en llamar a Louisa para preguntarle por los resultados de las pruebas de Melissa, pero como de costumbre, ella se le adelantó.

–No te lo vas a creer, pero estaba a punto de llamarte –dijo al contestar.

–¿De verdad? –dijo una voz seductora–. Y yo que creía que te habías olvidado de mí...

Garrett se quedó desconcertado, hasta que miró la pantalla e identificó a la mujer que llamaba: Pamela, alguien a quien solía ver ocasionalmente y con quien mantenía una relación puramente sexual.

–Lo siento, Pamela, creía que eras otra persona. ¿Qué tal estás?

–Echándote de menos desesperadamente –dijo ella, insinuante.

En el pasado, Garrett había encontrado su estilo muy excitante, pero en aquel momento sólo le pareció impostado y falso, vulgar.

–He estado muy ocupado –dijo.

–¿Quieres que me pase esta noche?

No era la primera vez que Pamela se ofrecía tan abiertamente, pero sí la primera que a Garrett no le interesaba. Y no porque no necesitara contacto femenino, sino porque quería que fuera Louisa quien se lo proporcionara.

–Me temo que no es un buen momento –contestó.

–¿Y mañana?

–Tampoco.

Pamela pareció finalmente darse cuenta de que Garrett estaba intentando evitarla.

–¿Y cuándo podría ser?

¿Nunca?

–Verás, Pamela, es que estoy viendo a alguien.

–¿Y?

En el pasado, tampoco eso habría sido un impedimento para él.

–Quiero decir que estoy viendo a alguien… especial.

Se produjo una pausa seguida de una risa.

–¿Estás diciendo que mantienes una relación seria?

–Así es –dijo Garrett, aliviado de que por fin hubiera entendido el mensaje. A veces, ni él mismo lo creía.

–¿Está embarazada?

–No.

–¿Te chantajea?

–¿Tanto te cuesta imaginar que mantenga una relación estable? –preguntó él, riendo.

–Te conozco desde hace diez años y nunca has tenido ninguna. Eres demasiado egoísta. ¿Quién es la afortunada? ¿La conozco?

Claro que la conocía, pero no se movían en los mismos círculos.

–Lo dudo.

–Supongo que sólo me queda desearte suerte.

Se despidieron y, al colgar, Garrett borró el número de Pamela de su lista de contactos. El teléfono volvió a sonar. En aquella ocasión sí se trataba de Louisa y, al saberlo, Garrett se dio cuenta de que sonreía.

–Estaba pensando en llamarte –dijo.

–¿De verdad? –dijo Louisa sin poder disimular su alegría.

–¿Sabes algo de los resultados de Melissa? –en cuanto hizo la pregunta, Garrett se dio cuenta de que eso sólo era una excusa, que quería llamar para oír la voz de Louisa.

–Los ha recibido hace un momento –dijo ella–. Tendrán que ponerle esteroides para que los pulmones de los niños acaben de formarse. Pero al menos las contracciones han cesado.

–Me alegro mucho.

–¿Sabes por qué te he llamado?

–¿Por qué?

–Estaba tumbada en la cama, pensando en el beso que nos hemos dado hoy, y he querido oír tu voz.

Capítulo Ocho

Garrett sintió envidia de lo sincera que era siempre Louisa, y se preguntó por qué a él le costaba tanto expresar sus sentimientos. Por otro lado, pensó que era más honesto no compartiendo unos sentimientos de naturaleza pasajera y que estaban fundamentalmente basados en la curiosidad.

—Me voy a volver loca como no podamos estar juntos pronto —dijo ella.

—Te comprendo —dijo él, consciente de lo que habría sucedido en el hospital de no haberlos interrumpido Chris.

—Pienso en ello todo el rato.

—¿En qué?

—En el sexo.

Garrett se irguió automáticamente.

—¿De verdad?

—Fantaseo todo el tiempo.

—¿Con qué?

—Contigo. Imagino cómo me tocarás, cómo te tocaré yo. A veces me excito tanto que tengo que…, ya sabes.

Garrett no podía creer que se refiriese a lo que imaginaba.

–¿Que tienes que hacer qué?

–Tocarme.

Garrett estuvo a punto de tragarse la lengua por la sorpresa.

–He estado leyendo mucho en Internet –continuó Louisa.

–¿Sobre qué?

–Literatura erótica. Mi favorita es la romántica, pero he leído un par de cuentos con temática sadomaso que me han divertido mucho.

Garrett sabía que debía cambiar de tema, pero se había quedado mudo, y tenía tal erección que tuvo que desabrocharse el pantalón.

–Tengo que reconocer que me gustaría probar algo –continuó Louisa–. Nada extremo claro: algún pañuelo de seda, unas plumas...

Garrett intentó no imaginarlo, pero su mente le presentó una vívida imagen. Su sexo estaba tan duro que le dolía, y tuvo la tentación de preguntar a Louisa si quería practicar sexo telefónico.

–¿Quieres volverme loco? –preguntó, en cambio.

–Puede. ¿Estoy consiguiéndolo? –dijo Louisa, riendo.

–Me estás matando.

–No sabes la de cosas que te haría para aliviarte.

Y una vez más, Garrett pudo imaginar unas cuantas.

–Si dices una palabra más, te juro que te cuelgo.

Louisa dejó escapar una carcajada.

–Está bien, ya paro.

—Eso que he oído de que eras inexperta y pura es mentira.

—Siento desilusionarte, pero los rumores son ciertos.

—¿Cómo es posible?

—He vivido como una reclusa. No me dejaron salir con chicos hasta los dieciocho años, y siempre con acompañante. Nunca he podido practicar, y eso que lo he intentado. Pero mi familia siempre me ha puesto freno. Y llegó un momento en que… No sé… Supongo que perdí interés.

—Parece que has vuelto a recuperarlo.

—Gracias a Internet. Descubrí algunas páginas fascinantes que me descubrieron un mundo enteramente nuevo. Quiero probarlo todo. Bueno —se corrigió Louisa—, casi todo. La gente hace unas cosas muy raras.

—Por si te tranquiliza, estoy de acuerdo contigo. Lo que no entiendo es por qué no has salido más.

—Porque casi todos los hombres que he conocido estaban más interesados en mi riqueza y en mi posición que en mí.

Garrett se preguntó qué pensaría si supiera que él era uno de ellos.

—Además —continuó Louisa—, los hombres de mi edad me aburren. Así que aquí me tienes, con veintisiete años y pura, aunque ansiosa por ser corrompida. Y no me preguntes por qué, pero cuando me tomaste en tus brazos para bailar, supe que eras mi hombre.

Aunque fuera absurdo, Garrett se sintió honrado de ser el elegido.

–No he corrompido nunca a nadie, pero estoy dispuesto a intentarlo. Ahora mismo, si es preciso.

–Aunque no estén ni Chris ni mis padres, invitarte a venir a las once y media de la noche se interpretaría como una provocación. No te preocupes, pronto estaremos solos y valdrá la pena haber esperado. Confío en que sea pronto.

–Yo también.

Garrett sonrió al recordar que había calculado que tendría que hacer cualquier aproximación al tema del sexo con un cuidado extremo y muy progresivamente. ¡Qué equivocado estaba! Las cosas iban mucho mejor y más deprisa de lo que había imaginado.

Lo que no llegaba a entender era por qué se sentía culpable.

Las pruebas realizadas al rey revelaron que todavía no había recuperado la función cardiaca plenamente, pero la válvula se reinsertó sin dificultad. La familia se sintió desilusionada, pero Louisa adoptó una actitud optimista, diciéndose que era cuestión de tiempo y que el corazón de su padre acabaría por mejorar.

Como Anne seguía en Inglaterra con sus padres, Louisa y los demás miembros de la familia hablaron del tema mientras visitaban a Melissa en el hospital.

–Yo seguiré ocupándome de las labores de papá y tú, Aaron, de las mías –dijo Chris, sentado en la cama de Melissa.

–¿Y quién asumirá las funciones de Aaron cuando vaya a la universidad? –preguntó Liv.

–Lo tengo todo pensado –dijo Chris.

–¿Desde cuándo? –preguntó Aaron con curiosidad.

–Desde hace poco –Chris lanzó una mirada a Louisa–. He pensado en ofrecer un puesto a Garrett Sutherland.

De pronto todos los ojos se posaron sobre ella.

–Si Louisa y Garrett se casan –aclaró Melissa.

–Por supuesto –dijo Chris.

–Reúne los requisitos necesarios –dijo Aaron.

–Tienes razón –dijo Melissa–. Lo que no sé es si no estamos poniendo demasiada presión sobre Louisa.

–Todos estamos sometidos a presión –dijo Chris–. Además, Louisa siempre pide que le demos más responsabilidad.

Louisa odiaba que hablaran de ella como si no estuviera. Además, desde su punto de vista, era una discusión absurda, pues su padre se recuperaría y todo volvería a la normalidad.

–¿Tú qué piensas? –preguntó Liv, incluyéndola finalmente en la conversación.

–Creo que os preocupáis demasiado. Papá se recuperará pronto.

Por cómo la miraron, dedujo que la consideraban una ingenua, mientras que ella sintió compasión por ellos, por su falta de fe y su escepticismo.

Aunque nadie la reprendió ni intentó convencerla de lo contrario, se dijo que, si no salía de allí, se volvería loca. Todavía faltaba un día para ver a Garrett, y la espera se le estaba haciendo insoportable. Tomó el bolso y se puso en pie.

—A no ser que tengáis algo más que decir, me voy.

—¿Adónde? —preguntó Chris.

—Garrett está trabajando en casa. Si no te parece mal, pensaba pasar a saludarlo.

Chris y Aaron intercambiaron una mirada. Louisa asumió que le dirían que no, y se preparó para pelear, pero para su sorpresa, Chris asintió con la cabeza y dijo:

—Ten cuidado y no bajes del coche hasta que los guardaespaldas hayan barrido la zona.

—Conozco las normas —dijo ella, ofendida. No se daban cuenta de que no podía aguantar el tono condescendiente que usaban con ella.

—Recuerda que Anne llega hoy y que cenamos juntos aquí, en el hospital —dijo Chris, indicando con una mirada severa que no se le ocurriera faltar—. A las siete en punto.

De no ser por Melissa, Louisa habría inventado alguna excusa.

—Volveré para esa hora —dijo, y abrió la puerta. Gordon y Jack, sus guardaespaldas, la esperaban. Ella les hizo una señal—. Caballeros, nos vamos.

Mientras iban al coche, Jack recibió una llamada que Louisa dedujo que procedía de Chris pues cuando dio instrucciones para que la llevaran a casa de Garrett, ni él ni Gordon pusieron pegas. Había hecho bien al no mencionar el correo electrónico que había recibido el día anterior. Pero por qué hacerlo si no incluía ninguna amenaza. Tan sólo decía: *Louisa y Garrett, sentados en un balancín, B-E-S-Á-N-D-O-S-E…*

Era evidente que era una forma de decirle que le seguía los pasos. Nada más.

Cuando llegaron a casa de Garrett, le irritó ver que se había adelantado un grupo completo de agentes de seguridad. Y le sorprendió gratamente que la casa, aunque grande y bonita, tuviera un aspecto modesto, lo que le confirmó que a Garrett no le interesaban ni el dinero ni las apariencias.

Los segundos que Gordon tardó en abrirle la puerta se le hicieron eternos.

—Esperadme fuera —ordenó.

Gordon asintió, pero permaneció a su lado esperando a que Garrett abriera la puerta. Louisa llamó con el nerviosismo de saber que sería la primera vez que estarían a solas.

Garrett tardó varios minutos, y por fin abrió, iba vestido de una manera mucho más informal de lo que acostumbraba, con un pantalón de chándal y un polo que acentuaba la anchura de sus hombros y sus bíceps.

Louisa había esperado que sonriera, incluso que le diera un beso, pero él se quedó mirándola boquiabierto.

—¿Louisa? ¿Cómo…? ¿Qué haces aquí?

Aunque Garrett no la había invitado, Louisa había estado segura de que sería bienvenida. ¿No era ése uno de los motivos de que le hubiera mencionado el día anterior que estaría trabajando en casa? Sin embargo, al ver su reacción, temió haberse equivocado.

Sonrió para disimular su desilusión.

–Venía a visitarte.

–¿Chris te ha dado permiso?

–Sí –Louisa siguió sonriendo–. Creo que se ha dado cuenta de que, si no me lo daba, me rebelaría. Al ver que Garrett no decía nada, añadió–: ¿Me dejas pasar?

Garrett miró hacia atrás antes de volverse de nuevo hacia ella y balbucear:

–Sí, claro. Adelante.

Se echó a un lado para dejarle pasar, pero no podía disimular su nerviosismo. Lanzaba miradas constantes hacia el final el pasillo. Detrás de él una escalera conducía al primer piso.

Louisa miró a su alrededor. Se trataba de un vestíbulo decorado profesionalmente y extremadamente masculino.

–¡Qué bonito!

Garrett se encogió de hombros.

–A mí me resulta cómodo.

¿Por qué no sonreía? ¿Por qué no la tomaba en sus brazos y la besaba? Apenas hacía unos días había jurado que ansiaba tocarla.

–¿No vas a enseñarme la casa? –preguntó Louisa animadamente para romper el incómodo silencio.

Garrett volvió a lanzar una mirada furtiva hacia atrás y Louisa empezó a preguntarse si no estaría acompañado. Tal vez, a pesar de que le había prometido que ya había jugado lo suficiente, había otra mujer en su vida. El corazón se le encogió y sintió una opresión en el pecho.

«Por favor», suplicó en silencio, «que no sea como los demás».

Garrett carraspeó.

—No es un buen momento.

Louisa apretó los puños, alzó la barbilla y le preguntó directamente:

—¿Estás ocultándome algo?

—Nada que tenga que ver con nosotros, te lo prometo. Es… complicado.

Se oyeron ruidos al fondo del pasillo y una voz masculina gritó:

—¿Quién es, Garrett?

Louisa se sintió aliviada de que no se tratara de otra mujer, hasta que de pronto se dio cuenta de que el que se tratara de un hombre no significaba que Garrett y él no… Anne había salido un tiempo con un hombre hasta que descubrió que estaba más interesado en Gunter, su guardaespaldas, que en ella.

Pero Garrett era tan masculino y viril que parecía inconcebible. Antes de que reuniera el valor para preguntárselo, el dueño de aquella voz apareció en el vestíbulo. Tenía la cara amoratada y se apoyaba en unas muletas. Debía de tratarse de su amigo del hospital. El del accidente.

Caminó hacia ellos haciendo muecas de dolor con cada paso.

—¡Maldita sea, Ian! —exclamó Garrett en un tono que Louisa nunca le había oído, como un padre riñendo a un niño, o como Chris solía hablarle a ella—. El médico ha dicho que permanezcas en la cama lo más posible.

–Tengo que ir al baño –dijo el llamado Ian antes de volverse a Louisa. Iba a decir algo, pero debió de reconocerla y se quedó boquiabierto. Luego miró a Garrett–. ¡Pero si es la princesa!

Garrett dejó escapar una maldición y sacudió la cabeza. Al ver que Ian se quedaba paralizado, le dio una patadita en la pierna sana.

–¡Saluda, animal!

–Lo siento –Ian agachó la cabeza con una sonrisa tímida–. Debo de estar afectado por la medicación.

–No te preocupes –Louisa le ofreció la mano–. Princesa Louisa Josephine Elisabeth Alexander.

Apoyándose en una muleta, él se la estrechó.

–Y yo Ian. Ian Sutherland.

Capítulo Nueve

–¿Sutherland? –repitió Louisa mirando a Garrett desconcertada–. ¿Sois familia?

Garrett masculló algo. Por un problema de horarios, la enfermera no iba a llegar hasta el día siguiente, él había tenido que cambiar sus planes para trabajar desde casa, y para empeorar aún más las cosas, había mentido a Louisa.

–Ian es mi hermano.

–Cuando no estoy amoratado nos parecemos mucho –bromeó Ian–. Aunque yo soy más guapo.

Louisa miró a Garrett con el ceño fruncido.

–Pero si me dijiste que…

–Lo sé. Te mentí.

Normalmente, Ian habría intervenido en ese momento para ponerlo en una situación incómoda, pero desconcertó a Garrett al defenderlo.

–Comparado conmigo, Garrett es un boy scout, Alteza. Si mintió, sería por una buena razón.

Louisa los miró alternativamente, sin saber a quién creer.

Actuando una vez más de manera inesperada, en lugar de quedarse para presenciar una escena que se presentía incómoda, Ian se disculpó:

–Espero no ser descortés –dijo, bostezando–,

pero la medicación me deja atontado. Necesito dormir un rato. Espero volver a verla, Alteza.

–Lo mismo digo –Louisa lo siguió con la mirada y en cuanto desapareció tras la puerta de su dormitorio miró a Garrett como si esperara una explicación.

–Sé que te debo una excusa –Garrett señaló hacia la escalera–. Vayamos a mi despacho para hablar en privado.

Louisa lo siguió al primer piso, pero al pasar junto a la puerta del dormitorio de Garrett se detuvo.

–¿Ésta es tu habitación?

Garrett asintió.

Sin pedir permiso, Louisa entró y aspiró profundamente.

–Ummm, huele a ti.

Garrett asomó la cabeza y respiró, pero no identificó ningún olor especial. Esperó en la puerta a que Louisa saliera, pero ésta se sentó en la cama y se reclinó sobre los codos en actitud sensual. Llevaba una blusa rosa sin mangas y una falda blanca, y el cabello suelto le acariciaba los hombros. Garrett no sabía si era un mero producto de su imaginación, pero cuanto más la veía más atractiva la encontraba. Y en aquel momento le pareció la mujer más sexy del mundo.

Louisa dio una palmadita en el colchón, invitando a Garrett a que se sentara. Él cerró la puerta y se sentó a su lado.

–Primero de todo, quiero disculparme por haberte mentido.

–Cuando te he notado tan nervioso al abrirme he pensado que estabas con una mujer. Luego, al oír la voz de un hombre, he creído que estabas con un hombre.

La naturalidad con la que Louisa hablaba de las cosas más increíbles, no dejaba de sorprender a Garrett.

–Ya te he dicho que tú eres la única mujer en mi vida. Y para que lo sepas, me van las mujeres exclusivamente.

–¿Por qué no me dijiste que la persona que había sufrido el accidente era tu hermano?

–Porque sabía que querrías conocerlo.

–¿Y te parecía mal?

–Sí, porque es un mentiroso y un ladrón, y no quería exponerte a alguien así. La única razón por la que vino a verme fue que ni mis padres ni mis hermanos lo admiten en su casa.

Louisa frunció el ceño.

–¡Qué lástima!

–Tienen motivos –y Garrett le contó algunas de las cosas que Ian había hecho a su familia, cómo les había engañado y robado. Y cómo le había tocado a él circunstancialmente ocuparse de Ian hasta que se repusiera–. Insiste en que esta vez ha cambiado, pero ha dicho lo mismo cientos de veces. La gente como él nunca cambia.

–Pero puede que esta vez lo diga en serio.

–¿Sabes por qué tuvo el accidente? Como le dije que no le iba a dar dinero, me robó el coche.

–¿Estás seguro de que no era sólo un préstamo?

–Admitió que me lo había robado. Según él, luego se arrepintió y decidió devolvérmelo. Pero estoy convencido de que miente.

–Aun así, lo has acogido, así que debe de importarte lo suficiente.

–No había otra opción. Ian no tenía adónde ir.

–Pero si te diera lo mismo, eso no habría influido en tu decisión.

Aunque no quisiera admitirlo, Garrett pensó que Louisa tenía razón, pero le resultaba más fácil odiar a Ian que creer que había cambiado.

Se dejó caer hacia atrás con un gruñido de frustración.

–¿Estás estresado?

–¿Tanto se me nota?

Louisa sonrió con picardía y Garrett intuyó que maquinaba algo.

–¿Sabes lo que dicen que es bueno para el estrés?

Garrett podía pensar en varias posibilidades, pero prefería escuchar las de Louisa.

–¿Por qué no me lo dices tú?

Louisa se inclinó y le dio un beso antes de volver a incorporarse.

–¿Mejor?

Disimulando una sonrisa, Garrett se encogió de hombros.

–Un poco.

Louisa fingió reflexionar.

–Quizá debo esforzarme más.

Volvió a inclinarse, pero Garrett pensó súbitamente en algo.

–¡Un momento!

Louisa frunció el ceño.

–¿Qué pasa?

Garrett se incorporó sobre los codos y miró a su alrededor.

–El servicio de seguridad.

–Está fuera, protegiendo la entrada.

–¿Fuera? ¿No dentro?

Louisa lo miró desconcertada.

–Sí.

–¿No cabe la posibilidad de que entren de repente?

Por la sonrisa que curvó los labios de Louisa, Garrett dedujo que había captado su insinuación.

–Sólo si se lo ordeno. ¿Y tu hermano? ¿Hay algún motivo por el que pueda subir?

–Está echando una siesta. Además, apenas puede moverse.

–Ya sabes lo que eso significa –dijo Louisa.

Ambos sonrieron y dijeron al unísono:

–¡Por fin estamos solos!

Louisa se puso tan nerviosa que le temblaron las manos.

–Tengo que volver al hospital para las siete.

Garrett miró la hora.

–Tenemos un par de horas.

Louisa pensó en todo lo que podían hacer en ese tiempo.

–¿Por qué no te apoyas en los almohadones? –preguntó Garrett, mirándola como si en realidad hubiera dicho que la iba a comer viva.

Louisa se puso nerviosa y excitada a un tiempo

al darse cuenta de que la dinámica había cambiado súbitamente y que Garrett había tomado las riendas.

—¿Te estás echando atrás? —preguntó él, mirándola con curiosidad.

Louisa le puso una mano en la mejilla.

—¡No! Llevo esperándolo todo este tiempo. ¡Quizá demasiado!

Garrett la besó delicadamente.

—Nunca es demasiado.

—Ése es el problema, que estamos solos y no hay nada que nos impida ir demasiado lejos.

—¿Qué es «demasiado lejos»?

—Puede que suene tonto, pero quiero llegar virgen a la noche de bodas.

—No es una tontería, sino una decisión que te honra. Y sabiéndolo, me contendré.

—¿Y si no puedes? —preguntó Louisa, aunque quería creerlo con toda su alma.

Garrett sonrió.

—Al contrario de lo que se suele decir, los hombres podemos ejercer control sobre nosotros mismos, Te prometo que sólo llegaremos hasta donde tú quieras.

Louisa lo creyó porque estaba convencida de que Garrett no le mentiría. Se tumbó y él se echó a su lado de costado, apoyado en un codo, mientras la miraba y trazaba el perfil de su rostro con el dedo.

—¿Te he dicho que eres preciosa?

—Puede. Pero puedes repetirlo.

En lugar de hablar, Garrett la besó delicadamente en los labios, en la oreja y en el cuello, buscando sus puntos erógenos.

Louisa olvidó sus titubeos, se abrazó a su cuello y hundió los dedos en su cabello al tiempo que lo besaba apasionadamente.

Garrett bajó una mano por sus mejillas hasta sus hombros. Una voz interior de Louisa suplicaba: «Baja más, sigue acariciándome». Quería que la tocara donde fuera con tal de que la librara de la pulsante tensión que sentía en ciertas partes del cuerpo.

No supo si había hablado en alto o si Garrett le leyó el pensamiento, pero bajó la mano hasta cubrir uno de sus senos. Por un instante se quedó parado, como si esperara a que Louisa le diera permiso. Ella contuvo el aliento preguntándose qué haría, y cuando él empezó a acariciarla, la sensación fue tan intensa que dejó escapar un gemido.

Garrett separó su boca de la de ella y la miró con los ojos nublados por el deseo.

–¿Demasiado?

–No –dijo ella con voz ronca–. Demasiado poco.

Sonriendo con picardía, Garrett le acarició un seno y luego el otro. Cuando le pellizcó los pezones, Louisa se revolvió de placer. Otros hombres la habían tocado antes, pero ninguno le había hecho sentir nada tan erótico.

Entonces Garrett volvió a parar y cuando Louisa ya iba a protestar, él empezó a desabrocharle la blusa.

–Llevo días preguntándome algo –dijo él.

Louisa lo observó mientras él iba desabrochándola lentamente. Luego echó hacia atrás los lados de la blusa y dejó a la vista su sujetador de encaje rosa. Sus pechos no eran particularmente grandes, pero eran preciosos.

–¿Qué te preguntabas?

–Hasta qué punto eras inexperta. Seguro que tienes algo de experiencia.

–Sobre todo de besos. Pero siempre vestida.

–¿Qué tipo de besos?

Louisa miró a Garrett desconcertada. ¿Cuántos tipos había?

–Normales, supongo.

Garrett le lanzó una mirada maliciosa y Louisa adivinó que tramaba algo.

–¿Alguien te ha besado así? –agachó la cabeza y le besó los senos por encima del sujetador.

–No –dijo Louisa, con voz temblorosa.

–¿Y así? –usando la lengua, Garrett dibujó un círculo alrededor de cada uno de sus pezones. Luego la miró y sonrió felinamente.

Aunque técnicamente no se trataba de besos, Louisa no pensaba discutir por cuestiones semánticas. Fueran lo que fueran, le ponían la carne de gallina.

–A partir de aquí, todo lo que pase es nuevo para mí –dijo, ansiosa por saber qué más le haría.

Y no tuvo que esperar.

Garrett apartó la copa del sujetador y por un instante observó sus pezones, pequeños, rosas y endurecidos por la excitación.

–Tienes los pechos más bonitos que he visto en mi vida –dijo.

Y cuando se inclinó para pasarle la lengua por ellos, Louisa enmudeció. Luego los atrapó entre sus dientes y los succionó con fuerza, y ella se retorció y gimió, arqueándose contra su boca.

Garrett se echó hacia atrás y la miró con expresión contenida.

–Creo que debería parar –la expresión de incredulidad con la que lo miró Louisa, le hizo reír–. Sólo bromeaba. Pero nos queda poco tiempo.

Louisa miró la hora en el reloj de Garrett y le sorprendió lo rápido que había pasado el tiempo.

–Pues démonos prisa –dijo, y tiró de la camisa de Garrett.

Él se la quitó y Louisa le acarició el torso musculoso y firme. Al bajar la mirada, vio el volumen que marcaba su sexo erecto contra los pantalones,

Garrett frunció el ceño y posó una mano sobre la de ella.

–Estás temblando. ¿Tienes miedo?

–No –Louisa sacudió la cabeza–. Sólo estoy excitada.

Y cansada de ir tan despacio. Hizo girar a Garrett sobre la espalda y se sentó a horcajadas sobre él, levantándose la falda hasta las caderas. Luego se quitó la blusa y el sujetador. Entonces Garrett, como si sintiera la misma necesidad que ella de acariciar su piel, la atrajo hacia sí y la estrechó con fuerza al tiempo que la besaba con voracidad. Sus manos se movieron sobre el cuerpo de ella ansiosamente, amasando sus senos y sus nalgas, acariciando sus brazos y su espalda.

En cierto momento, hizo rodar a Louisa sobre la espalda y se colocó sobre ella. Ella enredó las piernas a su cintura y sintió su sexo perfectamente alineado con el vértice de sus braguitas. Súbitamente se quedaron quietos. Garrett la miró con la pregunta en la mirada de si habían ido demasiado lejos. Pero Louisa, por más que supiera que estaban jugando con fuego, no quería privarse del placer que sentía.

Por unos segundos permanecieron paralizados, mirándose en silencio. Hasta que Garrett, sin apartar los ojos de los de ella, echó las caderas hacia atrás y luego, muy lentamente, hacia adelante acariciándola con el sexo. Louisa sintió una descarga eléctrica en la entrepierna. Garrett repitió el movimiento y ella se arqueó contra él. Cada milímetro de su cuerpo sintió placer a pesar de que estaban vestidos. Garrett repitió el vaivén con la misma lentitud una y otra vez. Ella le mordisqueó el cuello, el lóbulo de la oreja, notando cómo cada movimiento la aproximaba al límite.

Al mirar a Garrett vio que cerraba los ojos y apretaba los labios. Y sólo entonces se dio cuenta de que también él estaba a punto de alcanzar el clímax. Eso bastó para que ella perdiera el control. La tensión que se había concentrado en su interior estalló, expandiéndose en una sucesión de sacudidas que alcanzaron cada rincón de su cuerpo. Ni siquiera gimió porque apenas podía respirar, apenas podía pensar.

Sentir su orgasmo, precipitó el de Garrett. Un profundo gemido escapó de su garganta al tiempo que se ponía rígido un instante, antes de dar un último empuje y caer, exánime, al lado de Louisa.

Capítulo Diez

Louisa permaneció echada, jadeante y exhausta. De pronto Garrett dejó escapar una carcajada.

–¿Qué te hace tanta gracia? –preguntó ella.

Garrett miró al techo y sacudió la cabeza.

–Me cuesta creer lo que acaba de pasar.

–¿Ha estado mal? –preguntó ella, consternada.

Garrett se puso de lado e incorporándose sobre el codo, la miró.

–¡Qué va! Ha sido fantástico.

Louisa no salía de su desconcierto.

–¿Y por qué te ríes?

–Porque la última vez que lo hice debía de tener quince años. A partir de cierta edad uno no hace este tipo de cosas.

–Por eso no lo había leído en ninguna página sobre sexo.

–Porque no las escriben los adolescentes.

–¿Así que lo que hemos hecho es excepcional?

–Desde luego, normalmente necesito que haya penetración para llegar al orgasmo –Garrett se encogió de hombros–. Pero tú me excitas tanto que me siento como si empezara de nuevo.

Louisa pensó que era lo más dulce que un hombre podía decirle. Sonrió.

–¿Crees que podemos hacerlo otra vez?

–¿Has visto qué hora es?

Louisa miró el reloj. ¡Eran las seis y media! Si se daba prisa, todavía llegaría a cenar.

–Lo siento, pero tengo que marcharme.

–Lo comprendo.

Louisa hubiera querido acurrucarse al lado de Garrett y dormir con la cabeza sobre su pecho, pero tenía que cumplir sus compromisos familiares. Se levantó y empezó a vestirse bajo la mirada de Garrett.

–Mañana tengo mucho trabajo pero podríamos vernos por la noche –dijo él.

–Lo siento, tengo que sustituir a Chris en un acto. Por una vez que me toma en serio, no puedo decepcionarlo. ¿Cómo te va el viernes?

–Tengo una cena de trabajo.

–¿El sábado?

–¿Qué te apetece hacer?

Louisa miró a Garrett con una picardía que no dejaba dudas sobre sus intenciones.

–Con las medidas de seguridad, puede que no podamos salir.

–Entonces, tendremos que quedar en algún sitio.

–Seguro que se nos ocurre algo para entretenernos.

Garrett sonrió y preguntó con voz aterciopelada:

–¿En tu casa o en la mía?

Tras decidir verse en la de Garrett para gozar de una mayor intimidad, él acompañó a Louisa a la puerta. Ella llamó a su guardaespaldas para avisarle de que estaba a punto de salir, y Garrett vio por la ventana que había varios periodistas apostados al otro lado de la calle.

—Ha llegado el circo —dijo a Louisa.

Ella miró desde detrás de Garrett.

—Me temo que es inevitable, pero uno se acostumbra. Además, en cuanto se pase la novedad, nos dejarán tranquilos.

Garrett confiaba en que así fuera, aunque asumía que al casarse con Louisa tendría que sacrificar parte de su intimidad. Aun así, estaba seguro de que ella le compensaría con sus encantos. Y en aquel momento, despeinada y con las mejillas enrojecidas por la pasión, estaba tan sexy que la habría arrastrado de nuevo al dormitorio para comprobarlo.

Llamaron a la puerta. Cuando Garrett abrió, se encontró con los dos guardaespaldas que había visto en el hospital.

—Estamos listos, Alteza —dijo uno de ellos.

Louisa se puso de puntillas para besar a Garrett.

—Hasta el sábado —se despidió.

En cuanto pisó el exterior, se oyó el disparo de las cámaras y las voces de los periodistas haciendo preguntas. Garrett, consciente de que al día siguiente su fotografía aparecería en todos los periódicos, aguantó en el umbral de la puerta hasta que el coche de Louisa dobló la esquina. Luego, oyó a su espalda:

—Mi hermano mayor se acuesta con una princesa.

Garrett cerró la puerta y al volverse vio a Ian al final del pasillo.

—Eso no es de tu incumbencia. Y no es verdad que me acueste con ella.

—Puede que no, pero lo harás, siempre consigues lo que quieres —dijo Ian, riendo y sacudiendo la cabeza.

Garrett le lanzó una mirada furibunda y fue a por una cerveza al frigorífico, aunque suponía que Ian se las habría bebido todas. Para su sorpresa, no faltaba ni una. Tomó una botella.

—¿No vas a ofrecerme? —preguntó Ian.

—El alcohol y los analgésicos no combinan bien —dijo Garrett, cerrando el frigorífico.

Ian se apoyó en la encimera y dejó las muletas a un lado.

—Siempre he sabido que llegarías lejos, pero nunca pensé que conquistarías a una princesa. ¿Qué crees que pensarían papá y mamá?

—Puesto que no me hablan, nunca lo sabré.

—Creía que en cada familia sólo había una oveja negra —dijo Ian con una sonrisa de tristeza que sorprendió a Garrett. ¿Sería verdad que estaba arrepentido y que quería cambiar?

Dio un trago a la cerveza para no albergar esperanzas que pudieran causarle una nueva desilusión.

—Lo que le pasa es que está celoso —dijo Ian.

—¿Quién?

—Nuestro padre.

—¿Y de quién está celoso? —preguntó Garrett con el ceño fruncido.

–De ti.

–¡Eso es absurdo! –dijo Garrett. Su padre había dejado bien claro que no quería tener nada que ver ni con él ni con su dinero.

–Es la verdad. Como demuestran las cicatrices que tenemos, nunca fue un hombre muy agradable. Pero las cosas empeoraron cuando tú te fuiste a la universidad.

Garrett se llevó automáticamente la mano a la pequeña cicatriz que tenía en la comisura de los labios. Era la huella de una bofetada recibida por haberse quedado hasta tarde en el colegio para terminar un proyecto en lugar de volver a trabajar a la granja.

–¿Qué quieres decir?

–Que su carácter empeoró. Él y mamá se peleaban todo el tiempo. Aunque yo sólo era un niño, un día le pregunté a mamá por qué papá nos odiaba tanto.

–¿Y qué te dijo? –preguntó Garrett con curiosidad.

–Que se sentía desgraciado, que había soñado con ir a la universidad y mejorar en la vida pero que, al ser el mayor de su familia, había tenido que asumir la responsabilidad de la granja al morir su padre. Actuó tal y como se esperaba de él, y olvidó sus sueños. Pero cuando apareciste tú, tan decidido a hacer lo que querías y a no permitir que nadie se interpusiera en tu camino, sintió envidia. Creo que hasta llegó a odiarte. Por eso convenció al resto de la familia de que los habías traicionado.

–Jamás mencionó nada sobre eso –dijo Garrett.

–No era su estilo –dijo Ian, encogiéndose de hombros.

–Tampoco habría cambiado nada. Me habría marchado igualmente.

–No te culpo de nada, Garrett. Sólo quería que supierais por qué se comportaba así. Al menos yo merezco que me odien, mientras que tú no has hecho nada malo.

–Un padre debe desear lo mejor para sus hijos. El nuestro siempre intentaba impedir que evolucionara.

–Ése es su problema, no el tuyo.

Pero Garrett no podía dejar de sentirse culpable. Los padres debían amar a sus hijos incondicionalmente y apoyarlos. Pero toda la culpa no era de su padre. Tampoco su madre lo había defendido. Y aunque Ian tenía razón cuando decía que no tenía por qué sentirse mal, no estaba seguro de que la información que acababa de recibir lo aliviara. Llevaba años diciéndose que el rechazo de sus padres le era indiferente, que nada de lo que dijeran o hicieran le afectaría. Pero en algún lugar profundo de su ser, algo se removía cada vez que pensaba en ello.

Se bebió la botella de un trago antes de decir:

–¿No deberías estar descansando?

–Me aburro –dijo Ian–. Por cierto, es una mujer muy agradable.

–¿Quién?

–¿Cómo que quién? La princesa, tu novia.

–Sí que lo es –murmuró Garrett, pensativo.

–Pero debe de ser un poco rebelde.

–¿Por qué dices eso? –preguntó Garrett.

–Porque reconozco a mis iguales. En cualquier caso, ése es el tipo de mujer que necesitas. Alguien que no te aburra.

A Garrett le sorprendió que Ian lo conociera tan bien y se preguntó si no lo habría infravalorado.

En ese momento sonó su teléfono, que estaba sobre la encimera. Ian lo tomó y, en lugar de pasárselo, contestó. Se produjo un silencio mientras escuchaba. Garrett pensó por un momento que se trababa de un mensaje grabado, pero tras unos segundos Ian dijo:

–Lo siento, creo que quieres hablar con Garrett –le pasó a su hermano–. Es un tipo llamado Wes. Dice que te ha visto en las noticias y que se ve que el asunto de la princesa va viento en popa.

Garrett tomó el teléfono.

–¿Wes?

–¡Demonios, Garrett! ¿Era Ian? ¡Suena exactamente igual que tú!

–Así es.

–Lo siento, de haberlo sabido…

–No pasa nada.

–Llamaba para decirte que acababa de verla en la televisión saliendo de tu casa.

¡La prensa no había tardado ni media hora en dar la noticia!

–Había unos cuantos periodistas.

–Pues les habéis dado motivos para rumorear.

–¿Qué quieres decir?

Wes le explicó a Garrett la grabación que había visto y éste gruñó. Por comparación, lo que Ian acababa de contarle carecía de importancia.

–Entonces, ¿no ha sido deliberado? –preguntó Wes.

No. De hecho Garrett sospechó que no tardaría en recibir una llamada, y no precisamente amistosa, de Chris.

–¡Ya estoy aquí! –dijo animadamente Louisa al entrar en la habitación de Melissa.

Y fue recibida por un silencio sepulcral.

Melissa estaba en la cama, Chris de pie, a su lado, cruzado de brazos. Aaron y Liv estaban sentados junto a la ventana y Anne enfrente de ellos. Todos la miraban como si supieran lo que había estado haciendo.

–¿Por qué me miráis así?

–Te hemos visto en la televisión –dijo Anne con desdén.

–¿Y qué? –preguntó. Después de todo, su relación con Garrett no era ningún secreto.

Todos intercambiaron una mirada. Finalmente, Melissa dijo:

–Estabas un poco… desaliñada.

–No creo que estar despeinada sea tan grave.

–Nos referimos a la blusa –dijo Liv, como si lamentara tener que decirlo.

–¿Qué pasa con la blusa?

Liv le indicó que lo comprobara por sí misma.

Louisa bajó la mirada y vio con horror que estaba mal abrochada.

—¡Vaya! —les dio la espalda y la arregló precipitadamente.

—Supongo que eso significa que has roto tu juramento de llegar virgen a la noche de bodas —dijo Anne.

—¿Se puede saber qué te pasa? —exclamó Louisa furiosa. Ése era un secreto entre ellas dos.

—¿Vas a casarte de penalti o has usado un preservativo? —preguntó Anne.

—¡Anne! —la amonestó Chris.

—Espero que mates pronto al monstruo que se ha apoderado de ti, y que vuelvas a ser mi hermana —dijo Louisa, antes de añadir—: Y para que lo sepas, sigo siendo virgen.

—Puede ser —dijo Aaron—, pero las apariencias dan a entender lo contrario.

Louisa vio que Chris la miraba con desaprobación.

—Has sido muy descuidada —comentó.

—No quería llegar tarde —dijo Louisa a modo de excusa.

—Por eso mismo debías haber calculado mejor el tiempo. Ya tenemos bastantes problemas, Louisa. Tu comportamiento me hace quedar mal.

—¿A ti? ¿Por qué?

—Porque en ausencia de nuestro padre, me corresponde a mí velar por la familia. ¿Cómo crees que les sentará la noticia? ¿A quién culparán?

Louisa no había pensado en ello.

–Lo siento –dijo, compungida. Chris tenía razón, había actuado irresponsablemente.

–Anne me sustituirá mañana –le anunció Chris. Louisa asintió.

–Lo comprendo –dijo, esquivando su mirada.

–Espero que la próxima vez tengas más cuidado –concluyó Chris. Y Louisa sintió un enorme alivio. Había temido que le prohibieran ver a Garrett.

–Lo tendré. Lo prometo.

Su teléfono empezó a sonar y lo rescató de inmediato de su bolso. Era Garrett.

–Tengo que contestar –dijo a Chris.

Él asintió, dando la conversación por terminada.

Y Louisa confió en que también terminase la reprimenda.

Capítulo Once

Louisa fue a la sala de espera y contestó el teléfono.

—Hola.

—¿Llamo en mal momento? —preguntó Garrett.

—No. Chris había acabado ya de reñirme —dijo Louisa, e intuyó que Garrett hacía una mueca de preocupación.

—¿Ha visto las imágenes?

—Sí. ¿Y tú?

—Sí. Me ha avisado un amigo. Ha salido en todas las cadenas.

Louisa se tensó.

—Según Aaron parecía que habíamos estado haciéndolo toda la tarde.

—Así es. Lo siento. No debería haberte dejado salir así. Tenías el cabello revuelto y la ropa arrugada, pero sólo pensé en lo sexy que estabas.

—¿Y no te fijaste en la blusa?

—Me temo que no —tras una pausa, Garrett añadió—: ¿Chris está furioso?

—Más que furioso, decepcionado. Me siento fatal. Le he prometido tener más cuidado a partir de ahora.

–¿Eso significa que podemos vernos el sábado?

–Desde luego. Aunque por un momento he temido que me lo prohibiera. Por cierto, también estoy libre el jueves. Anne va a sustituirme.

–Había quedado con Wes para jugar al golf, pero puedo cancelarlo.

Louisa disimuló su desilusión.

–No, no. No quiero ser ese tipo de chica.

–¿Qué tipo?

–Las que quieren monopolizar a su novio. Ve a jugar y pásalo bien. Nos vemos el sábado.

Se abrió la puerta y entró Anne, que cruzó hacia el servicio con un gesto de desasosiego que despertó la curiosidad de Louisa.

–¿Estás segura? A Wes no le importaría –preguntó Garrett.

–Completamente. Voy a estar muy ocupada. Pero si quieres, puedes llamarme antes de acostarte –sugirió Louisa.

–¿Las once es demasiado tarde?

–Tendré el teléfono en la mesilla por si me duermo –Louisa estaba a punto de decir que podían probar el sexo por teléfono cuando le pareció oír vomitar a Anne–: Garrett, tengo que dejarte. Hablamos mañana.

Se despidieron y Louisa fue a la puerta del servicio.

–¿Anne, estás bien?

–Perfectamente –dijo Anne. Pero volvió a devolver con violencia, y Louisa empezó a preocuparse seriamente.

–¿Necesitas algo?

–No. Vete.

Louisa suspiró.

–¿Te importaría dejar de ser tan desagradable? No me preguntes por qué, pero estoy preocupada por ti.

Pasaron unos segundos. Entonces oyó el ruido de la cadena, seguido del pestillo de la puerta.

–¡Pasa! –gruñó Anne.

Louisa miró la escena boquiabierta. Anne estaba sentada en el suelo junto al retrete, con la mejilla apoyada en las baldosas de la pared. Tenía la frente perlada de sudor y las mejillas enrojecidas, mientras que el resto de su rostro tenía una palidez fantasmal. Louisa entró asustada y cerró la puerta.

–¿Qué pasa? ¿Estás enferma?

–Estoy perfectamente.

–¡Cómo que estás bien! –Louisa fue a ponerle la mano en la frente, pero Anne se la apartó de un manotazo.

–No tengo fiebre.

–Si estás enferma, no deberías acercarte a Melissa.

–Te he dicho que no estoy enferma.

Louisa pensó horrorizada que sólo había otra explicación.

–¡Dios mío! ¿Eres bulímica?

Anne rió con desgana.

–Louisa, las bulímicas vomitan después, no antes de comer.

–Entonces, ¿qué te pasa? Las personas sanas no vomitan.

—Algunas mujeres sanas, sí —dijo Anne.

Louisa tardó un minuto en comprender.

—¡Dios mío! —exclamó. Y bajando la voz, susurró—: ¿Estás embarazada?

—¿No se lo digas a nadie?

—¡Dios mío! —repitió Louisa, perpleja—. ¿De cuánto tiempo estás?

—De unas semanas.

—¿Cómo ha pasado? —preguntó Louisa. Anne la miró con sorna y Louisa puso los ojos en blanco.

—Ya sé cómo, me refiero a cuándo y con quién. Ni siquiera sabía que estuvieras saliendo con alguien.

—Es que no estoy saliendo con nadie. El padre no quiere saber nada.

—¿Estás segura?

—Completamente.

—Lo siento muchísimo, Anne.

Louisa se sentó al lado de su hermana y le tomó la mano. Por fin entendía lo malhumorada e irascible que Anne había estado.

—¿Quién es, Anne?

—Da lo mismo.

—Eso no es verdad. Tiene que asumir su responsabilidad.

—Ni siquiera yo sé lo que quiero.

Louisa sintió que el corazón le daba un vuelco.

—¿No querrás decir que…?

—No sé si quedarme con el bebé o si darlo en adopción.

—¿No quieres tener hijos?

–Así, no. Además, ya ves cómo han reacciona-do todos porque has salido de casa de tu novio un poco desarreglada. ¿Te imaginas lo que pasaría si supieran que estoy embarazada? No creo que papi pudiera soportar el estrés que le causaría el escán-dalo.

Louisa no había oído a Anne llamar «papi» a su padre desde la infancia.

–Lo superará.

Anne sacudió la cabeza con gesto de preocu-pación.

–No está bien, Louisa. Ha perdido mucho peso. Deberías haber visto su cara cuando el mé-dico le dijo que no había mejoría. Estaba destro-zado. Y creo que mamá piensa lo mismo que yo.

–¿El qué?

–Que se ha dado por vencido.

Louisa sacudió la cabeza.

–Eso es imposible. Es demasiado fuerte.

–Lleva mucho tiempo enfermo. Creo que está cansado.

–No puedo creerlo.

–Sé que lo amas. Todos lo amamos, y pienso que sólo aguanta por nosotros. Pero llegará un momento en el que no pueda más, y tendremos que entender que deje de luchar.

Louisa sabía que estaba siendo egoísta, pero no quería que dejara de luchar. La acompañaría al altar y jugaría con sus nietos. No podía imagi-nar la vida sin él.

–¿Cómo sabes que quiere rendirse? ¿Te lo ha dicho?

–No ha hecho falta. Lo he notado. Como lo notarás tú cuando estés preparada.

Louisa pensó que nunca lo estaría.

En ese momento llamaron suavemente a la puerta, y dieron un respingo.

–¡Adelante! –dijo Anne.

Liv abrió una rendija y asomó la cabeza. Al verlas, frunció el ceño.

–¡Por fin os encuentro! ¿Qué hacéis ahí?

–Tenía calor y el suelo está fresquito –dijo Anne.

Fue la primera excusa que se le pasó por la cabeza, pero Liv no la cuestionó.

–¡Ah! Venía a deciros que la cena está lista.

–Gracias. Ahora mismo vamos –dijo Louisa, sonriendo.

Liv les lanzó una última mirada de desconcierto y se fue.

–Me cae muy bien –dijo Anne–, pero es un poco mojigata. Creo que necesita más sexo.

–Te equivocas –dijo Louisa. Y ante la mirada inquisitiva de Anne, añadió–: Mi dormitorio queda al otro lado del suyo, y no son precisamente silenciosos. Por cierto, no me he acostado con Garrett.

–Siento las cosas que he dicho, Louisa, y la forma en que me he comportado últimamente.

–Dadas las circunstancias, supongo que puedo perdonarte –Louisa sonrió–. Me alegro de haber recuperado a mi hermana.

Anne le apretó la mano.

–Creo que estaba celosa de que hubieras conocido a alguien a quien le importas de verdad.

Debería alegrarme por ti en lugar de intentar amargarte.

—¿Ya no piensas que me está utilizando?

Anne se encogió de hombros.

—Quién soy yo para juzgar. Si fuera tan lista, no estaría metida en este lío.

—Todo saldrá bien, Annie —dijo Louisa, usando el diminutivo de la infancia. Anne era Annie, y ella, Lulu. Se preguntó cuándo habrían decidido que eran demasiado maduras como para llamarse por nombres tontos. A veces añoraba aquellos tiempos.

—¿Estás lista? —preguntó Anne.

Louisa asintió.

—¿Y tú?

Apoyándose en la pared, Anne se puso en pie y Louisa la siguió, diciéndose que lo mejor era recordar lo bueno y lo malo de lo que sucedía en la vida, y ser capaz de empezar de nuevo.

Afortunadamente, Garrett formaría parte del futuro.

El titular del periódico del día siguiente fue demoledor: *¿Sigue blanca Blancanieves?* La fotografía era aún peor. Por si a los lectores les pasaba desapercibido, se molestaron en marcar con un círculo la blusa mal abrochada. Debajo, había otra fotografía más pequeña, con Garrett en la puerta de su casa, descalzo y despeinado.

—La verdad es que parece que nos hemos dado un revolcón —dijo Louisa Garrett.

–No está tan claro. Podíamos haber vuelto de correr.

Louisa dejó el periódico desganadamente sobre la cama y se cambió el teléfono de lado.

–Claro. Yo suelo correr con falda y sandalias.

–Lo que quiero decir es que sólo nosotros sabemos lo que estuvimos haciendo. No te preocupes, se pasará.

Louisa se preguntó cómo se lo habrían tomado los padres de Garrett, pero recordó que le había dicho que no se hablaban.

–¿Cuándo hablaste con tu padre por última vez?

La pregunta tomó a Garrett por sorpresa.

–¿Por qué lo preguntas?

–Por curiosidad. He estado pensando mucho en mi familia últimamente.

–No hablamos desde el día que compré sus tierras.

–¿Compraste su granja?

–Fue la primera propiedad que compré. Tenían problemas. La cosecha había sido mala y no podía pagar los impuestos. Hacienda estaba a punto de confiscar la granja y subastarla. Pero yo me adelanté para regalársela, y para que él y mi madre pudieran vivir sin preocupaciones.

–Debió de sentirse muy agradecido.

–Rompió el contrato en dos y me lo tiró a la cara diciéndome que ya no era su hijo.

–¡No es posible! –exclamó Louisa.

–Dijo que no quería mi caridad.

A Louisa le costaba concebir que un padre actuara así con su hijo.

–Debió de ser espantoso.

–Mi padre siempre fue muy orgulloso, pero nunca imaginé que reaccionaría así. Pensé que le demostraría que había valido la pena ir a la universidad, pero me equivoqué. Según me dijo, habría preferido que la comprara un desconocido.

A Louisa se le humedecieron los ojos.

–¡Cuánto debiste de sufrir!

–Sí, pero también sentí cierto alivio. A partir de entonces dejé de intentar que se sintiera orgulloso de mí.

–¿Intentaste hablar con él?

–No tenía sentido. Explicó lo que pensaba con mucha claridad.

–Pero… es tu padre. Seguro que sigue queriéndote.

–Ya es demasiado tarde.

–Nunca lo es, Garrett. Siempre te arrepentirás de no haber intentado reconciliarte con él.

–¿Por qué tienes este súbito interés en mi familia?

–Anne me contó una cosa de mi padre el otro día y… –Louisa contuvo las lágrimas.

–¿Está peor?

Louisa le explicó la conversación que había mantenido con Anne.

Garrett sabía que la debilidad del rey lo acercaba aún más a la posición que tanto ansiaba ocupar, pero en lugar de alegrarse, se sintió despreciable.

En el pasado, la familia real no había representado para él más que un obstáculo. Un conjunto de seres sin rostro que debía conquistar. Pero al conocerlos, su actitud había cambiado drásticamente, y le avergonzaba haber sido tan codicioso y tan superficial, haber olvidado que en el pasado se regía por principios y le importaba la gente. Le dio asco el hombre en el que se había convertido.

Sus sentimientos hacia Louisa eran cada vez más profundos. Y al oír su voz atenazada por el dolor le asustó darse cuenta de que habría hecho cualquier cosa por consolarla.

Sin embargo, no podía permitir que le afectaran las emociones ajenas. No quería complicarse la vida. Eligiendo a Louisa había creído que su vida podría seguir siendo tal y como era. La princesa era una mujer dulce, fácilmente manipulable y educada para ser el tipo de esposa que le convenía, discreta y sumisa.

Pero Louisa no tenía nada que ver con esa imagen. Era luchadora, apasionada e independiente. Y quizá ése era el castigo que recibía por su egoísmo y su crueldad: una mujer en la que empezaba a pensar como una bendición.

Capítulo Doce

Louisa pasó la noche en vela pensando en su padre y en Anne. A primera hora fue a ver a ésta.

–¿Estás bien? ¿Puedo hacer algo por ti? –preguntó al encontrar a su hermana muy pálida. Anne se arrebujó entre las sábanas y negó con la cabeza–. ¿Has decidido qué hacer?

–¿Con el bebé? –preguntó Anne mientras Louisa se sentaba en la cama–. Creo que darlo en adopción. Me temo que sería una madre espantosa, demasiado pesimista y difícil. El bebé será más feliz con alguien más maternal.

–¡Eso no es verdad, serías una gran madre!

Anne sacudió la cabeza.

–En estas circunstancias, no.

Louisa deseó poder pensar en algo que le hiciera cambiar de opinión.

–¿Qué ha pasado con nuestra familia, Anne? ¿Por qué todo va mal?

–Así es la vida. Las cosas no son siempre como uno desearía.

Pero Louisa quería volver a un pasado en el que todos gozaban de salud, no corrían peligro y eran felices. Lo único bueno del presente era Garrett.

–Por cierto, quiero que sepas que estoy convencida de que Garrett y tú seréis muy felices —dijo Anne.

—Creo que estoy enamorada de él.

—Lo dices como si te sorprendiera —dijo Anne, mirándola con curiosidad—. Dijiste que lo estabas nada más conocerlo.

—Sí, pero sabes que lo he dicho de muchos otros, y es cierto que en cuanto lo vi, tan moreno y atractivo, pensé que se trataba de amor a primera vista. Pero es mucho mejor de lo que habría podido esperar. Y lo que siento por él es mucho más profundo de lo que haya sentido en mi vida. Es complejo y desconcertante y... maravilloso.

—Todo eso es bueno, ¿no?

—Eso espero. Pero ¿y si estoy equivocada? ¿Y si él no me ama?

—¿Y si sí te ama?

Louisa suspiró.

—La ventaja de ser inocente es que no te preocupas tanto. Es mucho más fácil vivir en una burbuja y esperar que todo se solucione por sí mismo.

—Sí, pero llega un momento en el que la burbuja estalla.

Louisa pensó que quizá era eso lo que le había sucedido, y por lo que ya no tenía respuestas a todas las preguntas ni creía que todo saldría bien.

—Por cierto —añadió Anne—, en cuanto me levante voy a decirle a Chris que no puedo sustituirlo más. Anoche lo pasé fatal. Además, a ti siempre se te ha dado mucho mejor hablar en público.

—¿Y si no acepta el cambio?

–No pienso dejarle otra opción. O lo haces tú o Aaron, y las dos sabemos que Aaron se negará.

Después de tantos años queriendo que su familia la tomara en serio, Luisa se sentía insegura. ¿Y si no lo hacía bien? ¿Y si cometía un error?

Aunque técnicamente era mayor de edad desde hacia nueve años, no había madurado. Y para hacerlo tendría que enfrentarse a uno de sus mayores temores; un temor que llevaba tiempo evitando.

–Tengo que llamar a Garrett –dijo súbitamente.

–¿Pasa algo? Parece… No sé, como si estuvieras tramando algo –Anne frunció el ceño–. No pensarás tomar una decisión drástica, ¿verdad?

–Tranquila, todo irá bien –la tranquilizó Louisa. O al menos lo mejor posible, dadas las circunstancias.

Llamó a Garrett, pero no contestó el teléfono. Cuando iba a volver a intentarlo, entró Geoffrey.

–Alteza, tiene una visita.

A Louisa le sorprendió que alguien la visitara tan temprano, y al darse cuenta de que sólo podía tratarse de una persona, corrió hacia la puerta y la abrió. Garrett estaba al otro lado, sonriendo tímidamente.

–¡Sorpresa! –dijo.

–Gracias, Geoffrey –dijo ella, tirando de la manga de Garrett para que pasara.

En cuanto estuvieron a solas lo abrazó. Estaba tan feliz que ni siquiera le importó que la viera en pijama y sin arreglar.

—Espero no haberte despertado.

—No, llevaba un rato levantada –dijo ella, posando la cabeza en su pecho y aspirando el olor de su aftershave–. Y aunque hubiera estado dormida, no se me ocurre mejor manera de despertar.

Garrett le besó la coronilla.

—Te he echado de menos, princesa.

—Y yo a ti –dijo ella con el corazón henchido de felicidad–. ¿Cómo has conseguido que Geoffrey te dejara pasar?

—Diciéndole que teníamos una cita. Ya sé que hemos quedado esta noche, pero no podía esperar.

Louisa habría preferido no tener que desilusionarlo, pero no había remedio.

—¿Te importaría mucho que canceláramos la cita?

—Depende del motivo.

—No puedo dejar de pensar en lo que Anne dijo de mi padre. Creo que debo ir a pasar unos días con él.

—Me parece muy bien.

—¿De verdad?

Garrett posó la mano en la mejilla de Louisa.

—Querida, es tu padre y debe ser lo primero.

—Me marcharía esta tarde y no volvería hasta el miércoles o el jueves.

—Tómate todo el tiempo que necesites. Yo seguiré estando aquí cuando vuelvas.

—¿Me lo prometes?

Garrett sonrió.

—Te lo prometo.

—¿Te he dicho que eres maravilloso?

—Sí, pero puedes repetírmelo.

Louisa se puso de puntillas y lo besó.

—Eres maravilloso y voy a echarte de menos.

—No vas a otro planeta. Podemos hablar por teléfono.

—Tienes razón. De hecho, si las cosas están tan mal como Anne las describe, creo que necesitaré hablar con alguien.

—Prometo llamarte cada noche.

—Estoy muy asustada con lo que voy a encontrarme.

—Sea lo que sea, serás capaz de enfrentarte a ello. Eres más fuerte de lo que crees.

Louisa esperaba que Garrett tuviera razón.

—Sería mucho más difícil si estuviera sola. ¡Me alegro tanto de haberte conocido, Garrett!

—No estarías sola. Tienes a tu familia.

—Sí, pero ellos no me ven como tú. Ni me escuchan ni me toman en serio. En cambio sé que a ti te importa lo que siento. No sé qué haría sin ti.

—De eso no tienes que preocuparte —dijo él.

Louisa se preguntó si era una manera indirecta de decirle que quería casarse con ella, pero en aquel momento ni siquiera le importaba lo que pudiera significar.

—¿Cuánto tiempo tienes? —preguntó.

Garrett miró el reloj.

—Unos minutos. ¿Por qué?

Louisa recorrió su torso con las manos hasta sus hombros.

—Pensaba que ya que no vamos a vernos en unos días, podíamos aprovechar este rato, pero si no tienes tiempo…

Garrett sonrió y rodeándole la cintura con los brazos la hizo caminar hacia atrás hasta la cama.

–Siempre puedo retrasarme un poco –dijo, mirándola con deseo.

Y aunque fue a trabajar, llegó muy tarde.

Tal y como había prometido, Garrett la llamó a diario, y Louisa agradeció profundamente poder charlar con él porque las circunstancias eran aún peor de lo que Anne le había contado. Su padre estaba muy envejecido, delgado y débil. Ya no era el rey poderoso y vibrante, el líder. Y en cuanto lo abrazó supo que ya no volvería a ser el mismo y que Anne tenía razón. Había perdido el deseo de vivir, y su muerte era cuestión de tiempo.

Lo más sorprendente fue la lástima que le inspiró su madre. Parecía exhausta y frágil, como si pudiera romperse en cualquier momento.

–Háblame del nuevo hombre en tu vida –dijo su padre, esforzándose por sonar animado cuando apenas tenía un hilo de voz.

–Es maravilloso, guapo, divertido e inteligente.

–O sea, como yo –dijo él con un guiño–. Estoy deseando conocerlo. Tu hermano me ha hablado muy bien de él.

Louisa sonrió para sí. Siempre había soñado con que su príncipe la llevara a bailar y a cenar, y la sorprendiera con viajes a tierras exóticas. Pero Garrett, al contrario que otros hombres, no había intentado conquistarla con regalos y caros caprichos. No la había tratado como a un miembro de la familia real, sino como a... una persona. Y al actuar al contrario de lo que ella había esperado, había conquistado su corazón.

–Sé que lo he dicho otras veces, pero creo que es el hombre de mi vida. Me hacer sentir a gusto con quien soy.

–¿Y quién eres? –preguntó su madre.

–Yo misma. Creo que me quiere por mí misma.

–¿Quieres decir que por fin voy a llevar a una de mis hijas al altar? –preguntó su padre.

–Eso parece –dijo Louisa, sabiendo que, si no lo lograba, estaría con ella en espíritu–. Todavía no me lo ha pedido, pero creo que lo hará pronto.

–En cuanto lo haga, dínoslo –dijo su madre.

–Os lo prometo.

Charlaron un rato durante el que sus padres se comportaron con total normalidad, preguntando por todos los miembros de la familia, incluso por Muffin.

Después, su padre se quedó adormecido y su madre le indicó que la acompañara a la sala de espera contigua. En cuanto cerraron la puerta, Louisa estrechó a su madre en un fuerte abrazo.

–¿A qué se debe esto? –preguntó su madre.

–A que parece que lo necesitas.

–Pero si estoy muy bien –dijo su madre, quitando importancia a su estado con un gesto de la mano–. Sólo estoy un poco cansada. Y echo de menos estar en casa.

–¿Y no estás preocupada por papá?

–No hay nada de qué preocuparse –dijo su madre con una animación forzada–. El cardiólogo está convencido de que la válvula funcionará y tu padre estará en pie cualquier día de éstos. Sólo tenemos que tener paciencia.

Hacía apenas una semana, Louisa la habría creído, pero se había quitado la venda de los ojos y podía ver la realidad tal y como era.

–Ése es un bonito sueño –dijo–. Y ahora, ¿por qué no me cuentas la verdad?

Su madre mantuvo el tipo unos segundos antes de derrumbarse. En el pasado, Louisa no habría sabido cómo reaccionar, pero la nueva Louisa la estrechó en sus brazos y la sujetó con fuerza mientras sollozaba. Cuando finalmente se calmó, Louisa le dio un pañuelo de papel con el que ella se secó los ojos.

–Siento haber perdido la compostura –dijo. Llorar le había sentado bien y estaba más relajada–. Debo de estar espantosa.

–Todos necesitamos llorar de vez en cuando. Y estás tan guapa como siempre.

–Están siendo unas semanas muy duras.

–La válvula no funciona, ¿verdad? –preguntó Louisa. Su madre negó con la cabeza.

–Debería haber mejorado para ahora. Y cuanto más tiempo se la dejen conectada, más probabilidades hay de que sufra una infección que, dada su debilidad, podría ser mortal.

–¿Y si se la quitan?

–Podría llegar a vivir varios años.

Pero las dos sabían que no sería así porque había perdido las ganas de vivir.

–¿Qué probabilidades hay de que sufra otro ataque al corazón?

–Muchas.

–¿Y de que lo sobreviva?

–Casi ninguna.

–¿Cómo ha reaccionado al saberlo?

–Creo que… con alivio. Me temo que le ha dado la excusa para rendirse sin sentir que nos decepciona.

–A mí nunca me decepcionará –dijo Louisa.

Quizá era gracias a Anne, pero tras ver a su padre, era consciente de que podría dejarle ir, de que pensar de otra manera era egoísta.

El dolor que sentía al pensar en perderlo era indescriptible, pero que su padre supiera que podía morir en paz le servía de consuelo.

Aquella noche habló con Garrett sorprendentemente tranquila y le explicó la situación.

–Si me necesitas, puedo tomar el próximo vuelo a Londres –dijo Garrett en más de una ocasión.

Louisa estuvo tentada de aceptar la oferta, pero necesitaba saber que era capaz de enfrentarse sola a aquella situación, porque si lo conseguía, sabía que en el futuro sería capaz de cualquier cosa que se propusiera.

Cuando colgaron, encendió el ordenador para buscar información sobre la enfermedad de su padre. Cuando abrió el correo encontró otro mensaje de El Hombre Esquivo: *Dale recuerdos al viejo.*

Capítulo Trece

Louisa sintió un ataque de ira y tuvo el impulso de arrojar el ordenador por la ventana.

Así que el acosador sabía dónde estaba. Si era tan valiente, ¿por qué no se dejaba de jueguecitos y se enfrentaba a ella abiertamente?

Aunque les habían prohibido responder a sus mensajes para no provocarlo, quizá había llegado el momento de que alguien lo hiciera para obligarle a salir de su guarida y así poder atraparlo.

Escribió: *Eres un cobarde.* Y lo mandó.

No tardó ni un minuto en recibir respuesta: *Cuidado, Lulu. O puede que papi no sea el único en peligro de muerte.*

Ver que usaba su nombre familiar y recibir por primera vez una amenaza directa le asustó. Cerró el ordenador. La idea de contestar no había sido tan buena como creía. ¿Y si había puesto la vida de alguien en peligro? ¿Por qué no pensaba más antes de actuar? ¿Cuándo dejaría de ser tan egoísta?

Aun a riesgo de restringir su ya reducida libertad, reenvió los mensajes al jefe de seguridad. Luego llamó a Chris para contárselo.

—Es un persistente bastardo —dijo su hermano–. ¿Cuántos mensajes te ha enviado en las últimas semanas? ¿Cinco, seis?

–Pero ¿cómo has…?

–Temía que no me estuvieras diciendo la verdad, así que he mandado controlar tu correo.

–¿Mi correo privado?

–No te preocupes. Los de seguridad tienen la orden de abrir sólo los procedentes del acosador.

Louisa habría querido rebelarse, pero sabía que Chris había hecho lo correcto. Ella le había mentido y podía haber puesto a todos en peligro.

–No dejo de decepcionarte, ¿verdad? –dijo, compungida.

–Eso parece.

–He sido una egoísta.

–Así es. Aunque puede que tengamos nosotros la culpa por haberte sobreprotegido.

–Quiero cambiar, Chris. Estoy cansada de actuar así. Quiero ser responsable.

–Eso nos alegraría mucho a todos.

–Pero antes tengo que confesarte un último error.

–¡Dios mío! ¿Qué has hecho?

Louisa le contó que había contestado al acosador.

–Eso ha sido una terrible estupidez. ¿Para qué nos sirve tener servicio de seguridad si no sigues sus instrucciones?

–Puede que esta vez se equivoquen y que esté bien provocarlo.

–Sabes que es demasiado peligroso.

–Pero quizá valga la pena arriesgarse. ¿Cuánto tiempo podemos seguir viviendo en alerta? Alguien tiene que hacer algo.

–Louisa, todos estamos hartos, pero no podemos correr riesgos. Tienes que tener paciencia.

Pero Louisa estaba cansada de ser paciente… y dulce y obediente.

Todo el tiempo que llevaban preocupados por su acosador debían haberlo dedicado a vivir plenamente. Y eso era lo que pensaba hacer a partir de ese momento.

Para cuando Garrett entró en su casa el martes por la noche, estaba exhausto. Había sido un día agotador y sólo quería ducharse, meterse en la cama y llamar a Louisa. Oír su voz era lo mejor del día, y esperaba ansioso su vuelta, al día siguiente. En su caso se había cumplido el dicho de que la distancia avivaba el amor.

Entró, dejó el maletín junto a la puerta y fue a la cocina. Al ver que la luz estaba encendida y sabiendo que la enfermera ya se habría ido, dedujo que Ian estaba levantado.

Aunque le pareciera extraño, a Garrett empezaba a gustarle volver a casa y que hubiera alguien. La presencia de Ian le resultaba mucho menos incómoda de lo que había supuesto. De hecho, en ocasiones incluso disfrutaba de su compañía. Pero aquella noche, Ian no estaba solo.

–¿Louisa?

Con una espléndida sonrisa, ella lo miraba desde enfrente de Ian, con una botella de cerveza sobre la mesa.

—¿Te sorprende verme?

Sin pensárselo, Garrett rodeó la mesa y la levantó en el aire. Ella le rodeó el cuello con los brazos y lo abrazó, y Garrett sintió que toda la tensión acumulada a lo largo del día se evaporaba. La dejó en el suelo y aspiró el aroma de su cabello. Louisa se puso de puntillas y lo besó.

—Creía que volvías mañana —dijo Garrett.

Ella le dedicó una sonrisa luminosa.

—Te echaba de menos y he querido darte una sorpresa. Hasta he pedido a los guardaespaldas que se ocultaran para que no los vieras.

—Pues has conseguido sorprenderme. ¿Has llegado hace mucho?

—Una hora más o menos.

—De haberlo sabido habría venido antes.

—No importa —Louisa sonrió a Ian—. Tu hermano y yo hemos tenido una charla muy agradable.

Garrett miró a Ian inquisitivamente.

—¿Sí?

Ian sonrió.

—No te preocupes, no he contado nada demasiado humillante.

Y por lo feliz que Louisa parecía, tampoco había dicho nada sobre su plan de conquista. ¿Temería el resto de su vida que averiguara la verdad? ¿Cómo reaccionaría Louisa si llegaba a descubrirla? Para Garrett lo único importante era lo que sentía por ella en aquel momento; el pasado ya no tenía nada que ver con ellos dos.

–¿Hasta cuándo puedes quedarte?

–Le he dicho a Chris que no iría dormir –Louisa señaló hacia el vestíbulo–. ¿Podemos ir a hablar arriba?

Por su expresión, Garrett pensó que pasaba algo y se preguntó si Ian habría hablado demasiado.

–Desde luego –dijo, lanzando una mirada inquisitiva a Ian que éste devolvió con un encogimiento de hombros, indicando que no tenía ni idea de qué se trataba.

–Ha sido un placer charlar contigo –dijo Louisa a Ian.

–Lo mismo digo –replicó él.

–Estoy segura de que todo saldrá bien.

Ian sonrió y asintió con la cabeza.

Garrett se preguntó a qué se refería Louisa, pero estaba más preocupado por lo que ella quería contarle. Aquella noche estaba… distinta.

Quizá se trataba de la ropa. Para su estilo habitual, iba incluso provocativa. Al subir las escaleras tras ella observó que llevaba una camiseta ajustada y sin mangas, a través de la que se intuía su sujetador. También la falda era estrecha y le llegaba por encima de la rodilla; calzaba unas sandalias con algo de tacón.

¿Qué habría pasado en Londres?

–¿Cómo está tu padre? –preguntó al llegar al rellano.

–Muy… tranquilo.

–Eso es bueno, ¿no?

–Claro.

Cuando llegaron al dormitorio de Garrett, éste

cerró con llave y se volvió para preguntarle qué quería contarle, pero antes de que llegara a hablar Louisa se había cobijado en sus brazos y lo estrechaba con fuerza.

—¡Te he echado tanto de menos! —exclamó, rozando la nariz contra su pecho cariñosamente.

—Y yo a ti.

—He pensado mucho en nosotros y en nuestro futuro estos días. Solía estar muy segura de todo, pero ahora no tengo ninguna certeza. Todo ha cambiado. Incluida yo.

—Lo he notado en cuanto te he visto. ¿El cambio nos incluye a nosotros?

—He madurado. Solía querer esperar a casarme para hacer el amor, pero ahora no estoy tan segura.

Garrett no había pensado en otra cosa en los últimos días, pero no quería arrastrarla a hacer algo de lo que pudiera arrepentirse.

—Recuerda que para ti era muy importante.

—Y lo es. Pero quizá la espera no esté relacionada con la boda.

—¿Qué quieres decir?

—Quizá tenía que esperar a la persona adecuada. Estoy convencida de que te amo, Garrett. Y quiero que seas el primero.

—No quiero hacer nada de lo que te arrepientas —dijo Garrett, que en parte se sentía culpable y no creía merecerse algo tan especial.

—Garrett, si no hiciéramos el amor y por cualquier motivo las cosas no salieran bien, nunca me lo perdonaría.

—¿Por qué no iban a salir bien?

–Porque en esta vida no se puede dar nada por sentado.

–No sabes cuánto deseo hacer el amor contigo –dijo Garrett–, pero no quiero que te precipites.

–Lo he meditado mucho, Garrett, te lo aseguro.

–Quizá sea yo quien necesite más tiempo.

Louisa sonrió con sorna.

–¿Yo soy la virgen y eres tú quien necesita tiempo? La mayoría de los hombres aceptarían la oferta sin titubear.

Louisa tenía razón. Y Garrett habría actuado de la misma manera hacía apenas unas semanas. Pero era un hombre distinto. Louisa le había hecho reflexionar críticamente sobre el pasado.

–Se ve que no soy uno de ellos –dijo con un encogimiento de hombros.

–Precisamente por eso quiero hacer el amor contigo –dijo Louisa, acariciándole la mejilla.

–¿Por qué no dejamos que suceda naturalmente si es que tiene que suceder?

–Está bien.

Algo en la sonrisa de Louisa indicó a Garrett que no tardaría en suceder.

–Entre tanto –continuó Louisa–, podemos hacer otras cosas –metió las manos por debajo de la chaqueta de Garrett y, quitándosela, la dejó caer al suelo.

–¿Como qué?

–Besarnos –Louisa le quitó la corbata–. Y acariciarnos –le desabrochó la camisa, que sufrió la misma suerte que la chaqueta.

–¿Tienes prisa? –preguntó él.

–No, pero estoy ansiosa por tocarte… –Louisa sonrió con picardía–, por todas partes.

Y como si quisiera demostrárselo, le acarició el torso desnudo.

–Adoro tu pecho –musitó, antes de besar y lamer sus pezones.

Garrett se excitó, pero lo más excitante fue ver el placer con el que Louisa lo hacía. Parecía a punto de alcanzar el orgasmo y él ni siquiera la había tocado.

Ella bajó las manos hasta la cintura de sus pantalones, los desabrochó y, metiendo los pulgares, se los bajó hasta dejarlo sólo en calzoncillos. Garrett tenía el sexo tan endurecido que casi podía romper la tela. En lugar de quitárselos, Louisa susurró:

–Échate.

Él obedeció y apoyó la cabeza en la almohada. Louisa se quitó la camiseta y el sujetador, luego la falda, y las dejó hacer al suelo. Entonces subió a la cama y se arrodilló al lado de Garrett, clavando la mirada en su sexo.

–¡Qué… grande! –dijo.

–¿Por qué no lo tocas para comprobarlo?

Excitada y nerviosa a un tiempo, Louisa posó la mano sobre él y comenzó a deslizarla arriba y abajo. Garrett no recordaba el número de mujeres que lo habían hecho, pero nunca había sentido nada igual.

–A mí me parece grande –confirmó Louisa sin dejar de mirarlo–. Pero para confirmarlo, tendré que quitarte los calzoncillos.

–Tienes razón.

Garrett elevó las caderas y ella le quitó los calzoncillos como si estuviera abriendo un regalo de Navidad. Luego suspiró como si le gustara lo que veía y, cerrando la mano alrededor del sexo, empezó a acariciárselo.

—¿Está bien así? —preguntó. Garrett asintió con los ojos cerrados y gesto de placer—. Ahora ya sé cuál es la parte de tu cuerpo que más me gusta.

Garrett pensó que podía sugerirle unas cuantas maneras de demostrarlo, todas ellas usando la boca, pero no quiso asustarla. Algunas mujeres no lo hacían ni después de varios meses de relación. O nunca.

Se le acababa de pasar esa idea por la mente cuando Louisa, siempre tan desconcertante, se inclinó y lo lamió desde la base. Al llegar a la punta, lo tomó con la boca y la sensación que le produjo fue tan intensa, que Garrett dejó escapar la respiración con fuerza.

Louisa alzó la mirada hacia él.

—¿Quieres que pare?

—No. A no ser que tú quieras.

Louisa respondió repitiendo el gesto. Garrett hundió los dedos en su cabello y gimió, mientras ella lo acariciaba con la boca. En cuanto encontró el ritmo y el ángulo adecuado, Garrett temió no poder contenerse.

—Si no paras no me hago responsable de lo que pase —dijo, jadeante.

Y Louisa en lugar de detenerse, lo introdujo aún más profundamente en la boca. Tanto, que Garrett no se contuvo.

De haber un récord al orgasmo más rápido e intenso, Garrett tuvo la seguridad de haberlo batido. Cuando abrió los ojos, Louisa seguía a su lado, sonriente.

–No comprendo por qué hay mujeres a las que no les gusta hacerlo –comentó con su habitual inocencia–, a mí me parece maravilloso.

Garrett dio gracias a Dios en silencio.

–Siento no haberlo hecho muy bien –dijo ella.

Y Garrett no podía creer que se disculpara. Verla y saber que era el primer hombre al que se lo hacía era la experiencia más erótica que había tenido en su vida.

–No todo se puede aprender de los libros –continuó reflexionando ella–, pero estoy segura de que mejoraré con la práctica.

Garrett no creía que necesitara mejorar, pero no pensaba discutir.

–Si quieres practicar, soy todo tuyo –bromeó.

–¿Ahora mismo? –preguntó ella con ojos brillantes. Y Garrett se dio cuenta de que estaba dispuesta a repetir.

Pero por muy tentado que estuviera, no quiso ser tan egoísta. Había llegado el momento de que fuera ella quien alcanzara el cielo.

Capítulo Catorce

–Probemos algo distinto –dijo Garrett. Y Louisa lo miró desilusionada hasta que él deslizó la mano por la parte interior de su muslo–. ¿Por qué no nos intercambiamos el sitio?

Louisa se acomodó sobre la almohada y él, sentándose sobre los talones a su lado, siguió acariciándola lentamente, llegando al límite de sus braguitas.

–¿Te han tocado así antes? –preguntó.

–No.

–Entonces, así tampoco –Garrett le acarició el sexo por encima de la tela y Louisa abrió más los muslos. Se sentía tan húmeda que estaba segura de haber traspasado el algodón.

Garrett metió los dedos por debajo del elástico y ella se estremeció.

–¿Te afeitas?

–Me hago la cera.

–¿Entera?

Louisa asintió.

–He leído que a algunos hombres les gusta mucho.

–Voy a tener que verlo para emitir un juicio –dijo él, sonriendo.

–Como quieras.

Garrett le quitó las bragas y las tiró al suelo por encima de su hombro. Luego se arrodilló entre sus muslos y se los abrió. Estaba tan excitado que su sexo se endureció de nuevo, y a Louisa le excitó a su vez que le bastara mirarla para reaccionar.

–¿Qué te parece? –preguntó ella con picardía.

–Todavía no estoy seguro.

Louisa le siguió el juego.

–Quizá si me tocaras…

–Tienes razón.

Garrett se inclinó hacia delante y en lugar de acariciarla con la mano, rozó con sus labios su depilado pubis. Louisa respiró con fuerza y asió la sábana.

–¿Quieres que pare? –preguntó él maliciosamente. Y cuando Louisa le lanzó una mirada furibunda, añadió–: Sólo bromeaba.

Se inclinó de nuevo y tras besarla, le pasó la lengua por el sexo. Louisa hundió los dedos en su cabello y él siguió lamiendo y succionando, aunque siempre evitando el punto más sensible, hasta arrastrarla al límite y dejar todos sus músculos en una deliciosa tensión.

Louisa giró las caderas intentando alinear la boca de Garrett, pero él parecía dirigirse cada vez en el sentido contrario al de ella. Cansado de tanto movimiento, él la sujetó con firmeza por las caderas contra el colchón. Y Louisa decidió que la única manera de que la entendiera sería diciéndoselo.

Iba a abrir la boca cuando Garrett encontró finalmente el delicado punto, y las palabras que iba a decir se convirtieron en un gemido. Louisa sintió que su cuerpo se convertía en un muelle que era estirado hasta el máximo y luego soltado bruscamente a la que vez que ardía en llamas.

Todavía jadeaba cuando Garrett se dejó caer a su lado.

—Espero no haberlo hecho mal…

Louisa rió y le dio un empujón suave.

—No me tomes el pelo. Ha sido maravilloso, pero necesitas una lección de anatomía femenina.

Él la miró desconcertado.

—¿Por eso te retorcías? —cuando Louisa asintió con la cabeza, continuó—: ¿No se te ha ocurrido que lo estaba haciendo a propósito?

—¿Para qué? ¿Para torturarme?

Por cómo sonrió Garrett supo que había dado en el clavo.

—¿No te ha gustado? —preguntó él.

En lugar de responder, Louisa se acurrucó contra su pecho y respiró hondo. A lo largo de su vida había oído de chicas que querían reservarse para el matrimonio pero acababan acostándose con sus novios. Por primera vez, comprendía que no pudieran esperar. Ni los besos ni los abrazos ni los orgasmos saciaban su deseo de estar más cerca de Garrett.

—Parece mentira que tenga veintisiete años y no haya estado nunca con un hombre desnudo —dijo.

—Si te sirve de consuelo, yo tampoco.

Louisa rió y le hizo cosquillas. Garrett le apartó la mano.

—¡Para, por favor!

—¿Por qué? ¿Tienes cosquillas?

Garrett frunció el ceño.

—Me niego a responder si no es en presencia de mi abogado —bromeó.

Louisa esperó un par de minutos y lo atacó de nuevo. Garrett se retorció y protestó. Para Louisa no había nada más adorable que un hombre tan masculino que no soportara las cosquillas.

—Louisa, por favor —suplicó él.

Louisa llevó las manos a sus axilas, pero Garrett fue más rápido y, sujetándola por la muñeca le hizo rodar sobre la espalda y la paralizó con el peso de su cuerpo. Como hacía unos días, la posición hizo que el sexo de Garrett tocara el de Louisa, con la diferencia de que no había ropa entre medias.

También como entonces, ambos se quedaron paralizados por unos segundos.

—Si sucede, sucede —le recordó finalmente Louisa.

Pero los dos sabían que estaba a punto a suceder.

Louisa se abrazó a él y lo besó. Durante un rato se besaron y acariciaron, pero no era bastante para Louisa. Quería enloquecer y perder el control; sudar, gritar, alcanzar el éxtasis. Pero cada vez que hacía algo para animarlo, Garrett la detenía. Si hacía ademán de tocar su sexo, él le sujetaba la mano; si intentaba besarle la oreja o el cuello, él apartaba la cara. Hasta que Louisa empezó a sentirse más frustrada que excitada.

Deslizó la mano hasta la parte de abajo de la axila de Garrett y la pellizcó con fuerza.

–¡Ay! –Garrett apartó el brazo y miró la marca roja que le había dejado–. ¿Por qué has hecho eso?

–Para asegurarme de que sentías algo.

–¿De qué estás hablando? Claro que siento.

–No estaba segura.

–Sólo intento ir despacio.

–Ya –dijo Louisa. Pero si seguían así, no la desvirgaría hasta que cumpliera los ochenta–. Tengo una idea, ¿por qué no me haces el amor como si no fuera la primera vez?

–Porque lo es, y no quiero hacerte daño.

–Prefiero sentir dolor que no sentir nada –al ver que Garrett la miraba con enfado, Louisa decidió provocarlo–. Y si no estás de acuerdo, no me hagas perder más tiempo.

Garrett la miró atónito. Louisa tenía razón. Pero lo que no sabía era que sus reticencias se debían a que estaba seguro de que una vez hiciera el amor con ella, todas sus defensas colapsarían. Quizá ella le daría su virginidad, pero a cambio, recibiría el amor de un corazón que él había creído cerrado a cal y canto.

Pero si Louisa quería pasión, se la daría.

Tomándola por la nuca, le elevó la cabeza y se apoderó de sus labios con voracidad. Ella se aferró a él, apretándose contra su cuerpo.

Todos los besos y caricias que se habían dado hasta ese momento se convirtieron en un juego de niños. Ninguno de los dos se reservó nada. La forma libre y decidida en que Louisa se entregaba no dejaba de asombrar a Garrett. Su lenguaje corporal indicaba que estaba preparada. Pensó en advertirla antes de penetrarla, pero no tuvo la oportunidad. Empujó hacia delante al tiempo que Louisa alzaba las caderas y se arqueaba contra él, y sin saber cómo, se encontró en su interior.

Louisa abrió los ojos desmesuradamente y dejó escapar una exclamación ahogada.

—¿Sabías que iba a pasar? —preguntó ella.

Garrett sacudió la cabeza.

—No. Simplemente… ha sucedido.

¿Era la intervención del destino? Louisa había hablado de ello en sus conversaciones desde Londres, sobre cómo solía creer en él pero ya había perdido la confianza. Garrett nunca había creído ni en el destino ni en el karma, pero la facilidad con la que sus cuerpos se acoplaban era tan perfecta que le costaba creer que se tratara de un mero accidente. Todo en su relación parecía… premeditado.

—¿Has entrado del todo? —preguntó Louisa.

—Todo lo que puedo —dijo él. Louisa estaba húmeda y caliente. Perfecta.

Ella parpadeó, confusa, adorable.

—¿Cuándo va a dolerme? —preguntó.

En lugar de responder, Garrett la besó y empezó a mecerse lentamente, disfrutando de la presión de sus húmedas paredes contra su sexo.

Ella suspiró contra sus labios, hundió los dedos en su cabello y lo miró con expresión extasiada. Garrett tuvo que controlarse para mantener el tempo pausado. Ella puso las palmas en su pecho y dijo:

–Quiero ver.

Garrett se elevó sobre las manos y aumentó la fricción, dotando de un nuevo significado a la palabra «tortura». No pudo ni mirar cuando Luisa se incorporó sobre los codos y miró hacia donde sus dos cuerpos se unían.

–Estás dentro de mí, Garrett, somos uno –dijo, sofocada y con los ojos brillantes.

Luego se abrazó a él y comenzó a estremecerse. Echó la cabeza hacia atrás y las contracciones bombearon a Garrett, que, no pudiendo contenerse más, se dejó arrastrar, alcanzando con ella el clímax.

Louisa ya no era virgen.

Ella siempre había pensado que se sentiría distinta. Que cualquiera que la mirara se daría cuenta. Pero mientras yacía abrazada a Garrett con sus piernas entrelazadas a las de él, se dio cuenta de que no notaba ningún cambio. Y que tampoco se arrepentía.

Pero… ¿habían…?

–¿Garrett?

–¿Qué? –preguntó él, adormilado.

–¿No hemos olvidado algo?

–Puede, pero tendrá que esperar. Necesito dormir un poco.

–¿Hemos usado protección?

Garrett permaneció callado, como si reflexionara por unos instantes, antes de dejar escapar una maldición sofocada.

–¿Eso quiere decir que no? –preguntó ella con una mueca de preocupación.

–Se ve que no estaba pensando con claridad. No sé qué ha pasado.

–Estoy a punto de tener el periodo, así que no creo que esté fértil, pero nunca se sabe.

Garrett asintió y bostezó.

–Vale.

Louisa se separó de él y se sentó.

–¿No te preocupa?

Garrett abrió un ojo y la miró.

–¿No acabas de decirme que no hay motivo?

–También he dicho que no es seguro.

Garrett se encogió de hombros.

–Entonces tendremos que esperar a ver qué pasa.

–¿Eso es todo?

–No sé por qué estás tan preocupada –mascu-lló él–. ¿No decías que querías dieciséis hijos?

–Dije seis, no dieciséis. Y claro que los quiero, pero no quiero ponerte en una situación com-prometida.

–Eso no va a pasar.

–¿Cómo lo sabes?

–Porque sí –dijo Garrett, e incorporándose so-bre los codos, añadió–: Mira, quería esperar al momento adecuado, con velas y música suave, pero si a ti te da lo mismo que no tenga el anillo todavía y que no me ponga de rodillas, podría pedirte ahora mismo que te cases conmigo.

Louisa se mordió el labio para reprimir una son-risa de felicidad. Garrett quería casarse con ella.

—Está bien, esperaré.

—¿Eso significa que puedo dormir?

—Por supuesto.

Garrett se dejó caer sobre la almohada y cerró los ojos.

Por su parte, Louisa estaba desvelada. Acababa de perder la virginidad y Garrett le había pedido en matrimonio. ¿Cómo iba a dormir? ¡Y podía estar embarazada!

—¿Garrett? —le llamó con dulzura. Él emitió un gruñido—. ¿Puedo usar tu ordenador? Quiero buscar regalos para los trillizos —él asintió y farfulló algo—. ¡Gracias!

Louisa le dio un beso en la mejilla, se puso un albornoz que encontró en el cuarto de baño y cruzó el pasillo para ir al estudio de Garrett, una habitación con cientos de libros. Después de mucho preguntar, se había enterado de que Garrett había recibido un premio de fin de carrera, así que confiaba en que sus hijos heredaran su inteligencia. No se trataba de que ella no la tuviera, sino que nunca le había interesado especialmente estudiar. «Louisa no aprovecha toda sus capacidades, era el comentario más generalizado de sus profesores».

Se acomodó en la silla de Garrett y, al tocar el ratón, la pantalla se iluminó. Su correo estaba abierto y cuando Louisa se disponía a cerrarlo vio una carpeta titulada *Princesa Louisa*. Se trataba de una serie de correos que Garrett había intercambiado con alguien llamado Weston. Vio que el primero estaba fechado el día del baile de beneficencia. Parecía increíble que desde entonces sólo hubieran transcurrido tres semanas.

Supuso que Garrett contaría cómo se habían conocido. Probablemente lo describiría como un encuentro mágico... O una palabra parecida, más masculina.

Louisa sabía que no debía leer el correo ajeno, que era vergonzoso invadir de aquella manera la privacidad de Garrett, pero la tentación fue irresistible.

Clicó el ratón. Tal y como esperaba, hablaba de ella. Pero según fue leyendo, descubrió que el contenido era muy distinto a lo que había esperado, y tuvo la seguridad de que Garrett nunca había calculado que pudiera llegar a leerlo. Abrió un mensaje tras otro y sintió ganas de vomitar. Su familia tenía razón. Debía de llevar un letrero escrito en la frente que decía: *Utilízame. Soy tonta e ingenua.*

Muchos hombres habían fracasado en el intento. Pero Garrett, el hombre con el que había creído que compartiría el resto de su vida, había triunfado y había conseguido engañarla por completo.

Capítulo Quince

Garrett se despertó bruscamente y alargó el brazo para buscar a Louisa, pero encontró un hueco vacío y las sábanas estaban frías. No estaba seguro de si era sueño o realidad, pero recordaba algo sobre su ordenador.

De pronto se dio cuenta de por qué había despertado sobresaltado. ¡No había cerrado su correo!

Se puso los calzoncillos y corrió a su estudio, pero le bastó ver la expresión de Louisa, sentada ante su escritorio, para saber que había leído los mensajes.

Por unos minutos que le parecieron siglos permanecieron en silencio, hasta que Louisa habló:

—Está claro que mi familia tenía razón sobre mi ingenuidad.

—Louisa...

—Tú y ese Weston os lo debéis de haber pasado fenomenal a mi costa.

—Deja que te explique...

—¿Explicar qué? —Louisa señaló la pantalla del ordenador—. Conozco todos los detalles.

Garrett hubiera preferido que le gritara a que sonora tan... decepcionada. Él sabía cómo lidiar con la ira, pero no con un corazón destrozado.

–Yo no soy ése. Ni siquiera me reconozco en esos mensajes.

–Tú mismo dijiste que la gente no cambia.

–¡Me equivocaba! Reconozco que he sido egoísta y codicioso, y que te utilicé. Pero todo ha cambiado. No me importan ni el dinero ni el poder. Sólo me importas tú.

–No te creo. Estoy segura de que harías cualquier cosa para intentar convencerme y conseguir lo que quieres –Louisa se encogió de hombros–. Debería estarte agradecida por haberme ayudado a ver las cosas con claridad.

Precisamente su naturaleza confiada y su tendencia a decir siempre lo que pensaba la hacían única. Y Louisa acababa de decir que él había matado a esa mujer.

Garrett habría hecho cualquier cosa para reparar el daño que había causado, pero temía que fuera ya demasiado tarde.

–Será mejor que me vaya –dijo Louisa poniéndose en pie. Cuando llegó a la puerta dio media vuelta y añadió–: Para que lo sepas, no me arrepiento de que hayamos hecho el amor. Aunque parezca una contradicción, me alegro de que hayas sido tú.

Si le hubiera pegado, o gritado o llorado, Garrett habría conservado la esperanza de que le importaba. Pero los ojos de Louisa estaban… muertos, inexpresivos.

Se quedó paralizado mientras la oía vestirse y recoger sus cosas. Luego la oyó bajar, abrir la puerta y susurrar algo a sus guardaespaldas. Finalmente, la puerta se cerró y Garrett tuvo que reprimir el impulso de correr tras ella.

Habría querido suplicarle que se quedara, decirle que la vida sin ella no tenía sentido.

Pero quizá, si la dejaba en paz, Louisa volvería a ser como era. No era cuestión de lo que él quisiera o necesitara. Lo único importante era Louisa, y quizá lo mejor que podía hacer por ella era darle espacio.

Fue a la cocina mecánicamente y se hizo un té. Horas más tarde, seguía sentado ante la mesa, con el té ya frío y la mirada perdida, cuando Ian entró.

—¡Menuda noche has debido de pasar! —bromeó su hermano al ver su aspecto—. Normalmente a estas horas ya te has ido al gimnasio.

—¿Qué hora es? —preguntó Garrett con voz ronca.

—Las ocho pasadas. ¿Louisa sigue en la cama?

—Se fue anoche.

Ian puso agua a calentar.

—¡Qué lástima! Había dicho que haría crepes para desayunar. ¡Otra vez será!

—No creo que sea posible.

—¿Por qué? —preguntó Ian, frunciendo el ceño.

—He cometido un error. La he perdido.

Ian se sentó frente a él.

—Seguro que se le pasa en un par de días. No puede ser tan grave.

—Te equivocas. Es aún peor.

—¿Está relacionado con el plan que mencionó tu amigo Wes?

Como ya no tenía nada que ocultar, Garrett le

149

contó la historia desde el principio hasta la escena del estudio con Louisa.

Ian hizo una mueca.

—Me lo puedo imaginar. A las mujeres les encanta que nos sintamos culpables.

—Louisa no tiene un pelo de manipuladora.

—No me malinterpretes. No digo que lo haga a propósito. Con que abran la boca basta. Ni siquiera se dan cuenta de lo que hacen.

—No le has visto la cara, Ian. Su mirada estaba muerta, como si no sintiera nada.

—Créeme si te digo que te equivocas. Esa mujer está enamorada de ti.

—Aunque lo esté, yo no la merezco. Incluso si la reconquistara, siempre temería volver a decepcionarla.

—Y lo harás, pero ella a ti también.

A Garrett le costaba creerlo.

—Tú la amas, ¿no es cierto? —continuó Ian. Cuando Garrett asintió con la cabeza, añadió—: ¿Se lo has dicho?

—No he tenido la oportunidad.

—¿Por qué no?

—Porque no me habría creído.

Ian asintió.

—Es posible. El amor es muy confuso. Sientes que pierdes una parte de ti mismo, y que al mismo tiempo ganas otra.

—Parece que hablas por propia experiencia.

Ian se frotó las manos con expresión pensativa.

—Supongo que es hora de que te lo diga —dijo—.

Te agradezco mucho lo que has hecho por mí, pero me voy a ir muy pronto.

–¿Adónde?

–¿Recuerdas la chica de la que te hablé, Maggie?

–¿La hija del granjero?

–Sí. Su padre me ha ofrecido que me asocie con él en el negocio del ganado. En cuanto pueda viajar, me iré.

–¿Cómo es posible que haya cambiado de actitud?

–Porque voy a ser el padre de su nieto.

Garrett miró a su hermano, boquiabierto.

–¿Desde cuándo lo sabes?

–Hace tiempo. Desde antes de que su padre me echara. Maggie y yo hemos seguido en contacto todo este tiempo. Íbamos a escaparnos, pero necesitábamos dinero. Por eso te robé el coche, para venderlo. Pero me sentí tan culpable que decidí devolvértelo. Pensaba contarte la verdad y pedirte ayuda.

–¿Y por qué no me lo dijiste?

–Después del accidente supuse que no me creerías. Por eso decidí esperar a curarme para demostrarte que había cambiado. Iba a traerme a Maggie, pero sus padres se enteraron de que estaba embarazada, y quieren que vaya a vivir con ellos –Ian se inclinó hacia delante–. Sé que cambiar no es sencillo, pero estoy decidido a ser un buen padre.

Garrett puso su mano sobre la de él.

–Lo serás. Y un gran hombre –dijo con solemnidad.

151

Ian le apretó la mano y se puso en pie para echar el agua en el té.

–Ahora tenemos trabajo que hacer.

–¿Qué trabajo? –preguntó Garrett.

–Encontrar la manera de que reconquistes a tu princesa.

Louisa quería gritar y romper cosas, pero no conseguía sentirse enfadada. Quería odiar a Garrett por mentir y ser tan frío y calculador, pero no lo lograba. Lo único que sentía era desprecio por sí misma y por ser tan ciega.

Al volver de casa de Garrett se había quedado paralizada en su dormitorio, viéndolo realmente por primera vez: las cortinas y la colcha rosa, los muñecos de peluche en los estantes… Tenía veintisiete años y conservaba el dormitorio de una niña.

Metió todo en bolsas de basura y a primera hora de la mañana llamó a un decorador. No pidió permiso a nadie y, extrañamente, nadie se entrometió en sus decisiones.

–No puedes seguir así –le dijo Anne unos días más tarde. Era la única a la que le había contado lo sucedido.

–¿Cómo?

–Tan triste. Sin tu optimismo, me deprimo.

Louisa ya no quería tener la responsabilidad de animar a los demás ni de ver la vida de color de rosa. Quería vivir en el mundo real, y todo le resultaba indiferente. Incluso El Hombre Esquivo, que parecía haberse evaporado.

Cinco días después de romper con Garrett, estaba ultimando algunos detalles con el decorador de su nuevo dormitorio cuando Chris asomó la cabeza por la puerta.

–¿Puedo hablar contigo?

–Enseguida terminamos –dijo Louisa.

–Ven al estudio. Quiero presentarte a un amigo.

Louisa se despidió del decorador y siguió a Chris llena de curiosidad por descubrir quién era su misterioso amigo.

Cuando vio al hombre que esperaba de pie junto a la ventana, se quedó de picdra.

–Louisa, quiero que conozcas a mi buen amigo Garrett Sutherland; Garrett, ésta es mi hermana, la princesa Louisa.

Garrett fue hacia ella con un sobre en una mano, y por primera vez desde hacía días, Louisa sintió algo: confusión.

–He pensado que deberíamos ser presentados de nuevo –dijo Garrett a modo de explicación–, porque no soy el mismo hombre que conociste en el baile –al ver que Louisa miraba a Chris, Garrett añadió–: Se lo he contado todo.

–¡Bueno! Yo he hecho mi parte –dijo Chris a Garrett–. Os dejo solos.

Louisa sintió que el corazón se le aceleraba.

–¿Para qué?

–Para que te reconquiste –dijo Garrett.

–Va a ser imposible –dijo ella, buscando determinación para evitar cualquier tentación de flaquear.

–Si estás tan segura, no hay ningún daño en

que me escuches –tras una pausa, Garrett continuó–: A no ser que tengas miedo.

Louisa estaba aterrorizada, pero no pensaba demostrarlo.

–De acuerdo –dijo. Y se sentó en un sillón con gesto crispado–. Di lo que tengas que decir.

–En primer lugar quiero darte las gracias por haber leído los correos. Tenías que saber la verdad y yo nunca habría tenido la valentía de contártela. El temor a que algún día la descubrieras me habría torturado el resto de mi vida.

Louisa no sabía qué decir, pero Garrett no parecía esperar respuesta.

–Segundo: sólo te he mentido dos veces. Y antes de que digas que también se miente por omisión, reconocerás que nadie dice siempre toda la verdad. Excepto en esas dos ocasiones, siempre he sido sincero.

–Una de ellas fue sobre tu hermano. ¿La otra?

–Ningún hombre con mi experiencia olvida ponerse un preservativo.

–¿Lo hiciste a propósito? –Louisa lo miró, perpleja–. ¿Para que me casara contigo?

–Creo que fue algo instintivo –dijo él, sonriendo–. Como si quisiera dejar claro que te poseía dejando una huella imperecedera en ti –Louisa abrió la boca para protestar, pero él continuó–: Así que, es verdad que sólo te he mentido dos veces.

Que no fuera un mentiroso no significa que no hubiera hecho cosas espantosas.

–Tercero –siguió Garrett–: aunque decía que

154

me daba lo mismo lo que pensara mi padre, seguía obsesionado con demostrarle que se equivocaba sobre mí. Y esa obsesión se manifestaba como codicia y anhelo de poder.

–¿Así que la culpa es de tu padre? –dijo ella, con un cinismo poco habitual en ella, del que se arrepintió al instante.

–No es una excusa, sólo intento darte una explicación. Ahora sé que él tiene sus propios problemas y que nada de lo que dijo o hizo debe afectarme.

Louisa se alegró de que superara sus problemas familiares aunque ello no significara que pudiera confiar en él.

–Por último, y es lo más importante, así que presta atención: no eres ni ingenua ni tonta, sino una de las personas más inteligentes que he conocido –se inclinó hacia delante y la miró fijamente. Cuando te conocí era un ser oscuro y despreciable, pero tú lograste ver lo bueno que había en mí. Me has salvado y me has hecho valorar lo que es verdaderamente importante –le tendió el sobre–. Y no es esto.

–¿Qué hay aquí? –preguntó Louisa con el corazón acelerado.

–El contrato de todas mis propiedades, excepto la granja de mi padre. Ahora te pertenecen.

–¿A mí?

–Considéralo un regalo de boda.

–Pero ¿y si no me caso contigo?

Garrett se encogió de hombros.

–Entonces será simplemente un regalo.

–Pero Garrett, esto es el fruto de tu trabajo. No puedes darlo así como así.

–Puedo hacer lo que quiera. Y te aseguro que prefiero ser pobre que volver a ser el que era.

–Pero ¿qué harás?

–No sé. Tal vez me dedique a cultivar la tierra.

Hablaba en serio. Iba a dejarlo todo por ella. Y por sí mismo. Todo. Era una locura. Pero así era el Garrett real, el hombre del que se había enamorado y del que seguía enamorada.

–Eso es lo que he venido a contarte –dijo Garrett, dirigiéndose a la puerta–. No quiero robarte más tiempo.

Louisa se abalanzó sobre él impetuosamente. No podía dejarlo marchar. Y cuando Garrett la abrazó y la estrechó con fuerza, todos los sentimientos que creía muertos afloraron con una violencia que casi llegó a asustarla.

Garrett hundió la cara en su cabello y respiró.

–Te adoro, Louisa.

–Yo también a ti.

–Tengo un anillo en el pantalón. Deja que me arrodille.

–El anillo puede esperar –dijo ella sin soltarse de él–. Pero esto no.

Permanecieron abrazados un largo rato. Louisa pensó en el matrimonio, en los hijos que tendrían, en el amor que sentía por Garrett… Y supo que a partir de entonces los dos descubrirían lo que significaba la verdadera felicidad.

DESEO

MICHELLE CELMER

EL CORAZÓN DE LA PRINCESA

Capítulo Uno

Junio

Aunque ella siempre había considerado que su carácter reservado era una de sus mejores cualidades, había veces que la princesa Anne Charlotte Amalia Alexander deseaba parecerse más a su hermana gemela.

Bebió un sorbo de champán y miró a su alrededor en el salón de baile. Louisa se estaba acercando a uno de los invitados: un caballero alto y atractivo que había estado mirándola toda la tarde. Ella sonrió, le dijo unas palabras y él le besó la mano que ella le ofrecía.

Era muy fácil para ella. Los hombres se sentían atraídos por su delicada belleza y cautivados por su inocencia.

¿Y a Anne? Los hombres la consideraban fría y crítica. No era un secreto que la gente, o los hombres en particular, a menudo se referían a ella como la arpía. Normalmente, ella no permitía que eso la molestara. Le gustaba creer que se sentían amenazados por su fortaleza e independencia. Sin embargo, eso no era más que un pequeño consuelo en una noche como aquélla. Todo el mundo estaba bailando, bebiendo y socializando, mientras

3

que ella estaba sola. Pero con el delicado estado de salud de su padre, ¿era tan difícil comprender que no tuviera ganas de celebraciones?

Un camarero que llevaba una bandeja de champán pasó a su lado y ella agarró una copa nueva. La cuarta de aquella noche, tres más de las que bebía normalmente.

Su padre, el rey de Thomas Isle, quien debería haber asistido al evento benéfico que se celebraba en su honor, sufría del corazón y estaba en un estado demasiado delicado como para atender al baile. Su madre se negaba a marcharse de su lado. Anne, Louisa y sus hermanos, Chris y Aaron, tenían que hacer el papel de anfitriones en ausencia del rey.

Emborracharse no era lo mejor que podía hacer. ¿Pero Anne no hacía siempre lo que le decían? ¿No era siempre la hermana gemela responsable y racional?

Bueno, casi siempre.

Se bebió la copa de champán de dos tragos, dejó la copa vacía sobre una bandeja y agarró otra nueva. Se prometió que la bebería más despacio, porque ya sentía el calor del alcohol en el estómago y comenzaba a sentirse un poco confusa. Era… Agradable.

Bebió un largo trago de la quinta copa.

—Está preciosa, alteza —le dijo alguien desde detrás.

Ella se volvió al oír la voz y se sorprendió al ver a Samuel Baldwin, el hijo del primer ministro de Thomas Isle, saludándola.

Sam era el tipo de hombre que hacía que a las mujeres les flaquearan las piernas cuando lo miraban. Tenía treinta años, el cabello rubio oscuro y rizado y se le formaban hoyuelos en las mejillas al sonreír. Era más alto que ella, delgado y musculoso. Ella había hablado con él un par de veces, pero simplemente lo había saludado. Se suponía que era uno de los solteros más cotizados de la isla, y desde pequeño había sido educado para ocupar el puesto de su padre.

Él hizo una reverencia a modo de saludo y uno de sus mechones rebeldes cayó sobre su frente. Anne se resistió para no retirárselo hacia atrás, pero no pudo evitar preguntarse qué se sentiría al acariciarle el cabello.

Normalmente lo habría saludado con indiferencia, pero supo que el alcohol la estaba afectando porque había esbozado una sonrisa.

–Me alegro de volver a verlo, señor Baldwin.

–Por favor, llámame Sam.

De reojo, Anne vio que Louisa seguía en la pista de baile y que aquel hombre misterioso la estrechaba contra su cuerpo mirándola a los ojos. Un sentimiento de celos se alojó en el vientre de Anne. Deseaba que un hombre la abrazara y la mirara como si fuera la única mujer de la sala, como si no pudiera esperar a quedarse a solas con ella para devorarla. Quería sentirse deseada.

¿Era demasiado pedir?

Se terminó el champán de un trago y preguntó:

–¿Quieres bailar, Sam?

Ella no estaba segura de si su mirada de sorpresa se debía a su comportamiento primitivo o a la invitación en sí. Por un instante, temió que él rechazara la invitación. ¿No sería irónico teniendo en cuenta la de invitaciones que ella había rechazado durante años? Tantas que los hombres habían dejado de sacarla a bailar.

Entonces, él puso una sonrisa y dijo:

—Será un honor para mí, alteza.

Le ofreció su brazo y ella se lo agarró. Él la guió hasta la pista de baile. Había pasado tanto tiempo desde que había bailado por última vez que cuando él la tomó entre sus brazos y comenzó a moverse, ella se sintió patosa. ¿O quizá era el champán lo que había hecho que le flaquearan las piernas? ¿Quizá el aroma de su loción de afeitar lo que hacía que la cabeza le diera vueltas? Olía tan bien que ella deseó ocultar el rostro contra su cuello e inhalar hondo. Anne no recordaba cuándo había sido la última vez que había estado tan cerca de un hombre con tanto atractivo sexual.

Quizá hacía demasiado tiempo.

—El negro te sienta bien —dijo Sam, y ella tardó unos instantes en darse cuenta de que se refería al vestido que llevaba.

—Sí —dijo ella—. Sólo me falta el gorro puntiagudo.

Sam soltó una carcajada y, al oír su voz, ella se estremeció.

—De hecho, pensaba que resalta tu piel pálida.

—Oh, gracias.

Comenzó a sonar una canción lenta y Anne no pudo evitar fijarse en cómo el hombre misterioso se acercaba aún más a Louisa.

—¿Conoces a ese hombre que está bailando con mi hermana? —le preguntó a Sam, señalando con la barbilla.

–Es Garrett Sutherland. El terrateniente más rico de la isla. Me sorprende que no lo conozcas.

El nombre le resultaba familiar.

–Lo conozco de oídas. Mis hermanos lo han mencionado alguna vez.

–Parece como si tu hermana y él fueran muy amigos.

–Yo también me he fijado.

Él vio que Anne miraba a su hermana.

–¿Cuidas de ella?

Anne asintió y lo miró.

–Alguien ha de hacerlo. Es muy ingenua y demasiado confiada.

Él sonrió y ella deseó besarle los hoyuelos de las mejillas.

–¿Y quién cuida de ti?

–Nadie. Soy perfectamente capaz de cuidar de mí misma.

Él la estrechó contra su pecho y le preguntó:

–¿Está segura de eso, alteza?

¿Estaba coqueteando con ella? Los hombres nunca bromeaban y coqueteaban con ella. No a menos que quisieran ver su cabeza en una bandeja. Samuel Baldwin era un hombre valiente. Y a ella le gustaba. Le gustaba sentir el peso de su mano en la espalda y sentir sus senos presionados contra su torso. Nunca había sido una mujer a la que le interesase demasiado el sexo, aunque por supuesto disfrutaba teniendo aventuras de vez en cuando. Sin embargo, Sam le despertaba sensaciones que ella desconocía. ¿O era el champán?

No. El alcohol nunca le había provocado dicha sensación. Ni el deseo primitivo de que la poseyeran. O de arrancarle la ropa a Sam y acariciarle el cuerpo. Se preguntaba cómo reaccionaría si le rodeara el cuello y lo besara. Sus labios parecían tan suaves y sensuales que ella se moría por saber a qué sabían.

Deseaba tener valor para hacerlo, allí mismo, en ese momento, delante de toda esa gente. Deseaba ser como Louisa, que estaba saliendo de la sala agarrada del brazo del hombre con el que había bailado, sin importarle que todo el mundo la mirara.

Quizá había llegado el momento de que Louisa aprendiera a valerse por sí misma. Al menos por esa noche. Desde ese momento, estaría sola.

Anne se volvió hacia Sam y sonrió.

—Me alegro mucho de que hayas podido asistir a nuestro acto benéfico. ¿Lo estás pasando bien?

—Sí. Siento que el rey no se encontrara lo bastante bien como para asistir.

—En estos momentos está muy vulnerable y correría riesgo de infección si se expone a una gran multitud.

Sus hermanos pensaban que él iba a recuperarse y que la bomba a la que había estado conectado su corazón durante los nueve meses anteriores le daría a su corazón tiempo suficiente para recuperarse, pero Anne pensaba que era una pérdida de tiempo. En los últimos días estaba cada vez más pálido y tenía menos energía. A ella le preocupaba que estuviera perdiendo las ganas de vivir.

Aunque el resto de la familia mantenía esperanza, en el fondo Anne sabía que iba a morir y su instinto le decía que sería pronto.

Un repentino e intenso sentimiento de lástima

se apoderó de ella y por mucho que tratara de controlarlas, las lágrimas se agolparon en sus ojos. Ella nunca se ponía triste, al menos no cuando estaba con otras personas, pero el champán debía de haberla afectado porque estaba a punto de derrumbarse y no podía hacer nada para evitarlo.

«Aquí no. Por favor, no delante de toda esta gente».

–Anne, ¿estás bien? –Sam la miraba con preocupación.

Ella se mordió el labio y negó con la cabeza.

Él se apresuró para sacarla de la pista de baile mientras ella trataba de mantener la compostura.

–¿Dónde vamos? –susurró él mientras salían del salón a un recibidor lleno de gente.

Ella necesitaba ir a un sitio tranquilo donde nadie pudiera ver cómo se derrumbaba. Un lugar donde pudiera tranquilizarse y retocarse el maquillaje para regresar a la fiesta como si no hubiera sucedido nada.

–A mi habitación –dijo ella.

–¿Arriba? –preguntó él.

Ella asintió. Se estaba mordiendo el labio con tanta fuerza que empezaba a notar el sabor de la sangre.

El acceso a la escalera estaba cortado y dos miembros del equipo de seguridad la vigilaban. Al ver que ellos se acercaban, retiraron la cuerda y los dejaron pasar.

–Su alteza ha sido muy amable y se ha ofrecido a enseñarme el castillo –les dijo Sam, aunque no era necesario.

Después ella se percató de que no lo había dicho por los guardias, sino por el resto de invitados que los estaba mirando. Tendría que acordarse de agradecérselo. El hecho de que él se preocupara por su reputación y de que fuera tan amable como para ayudarla a evitar que se avergonzara delante de todo el mundo, provocó que sintiera más ganas de llorar. Estaban a mitad de camino de la segunda planta cuando las lágrimas comenzaron a rodar por sus mejillas y cuando llegaron a la puerta de su habitación y él la acompañó al interior, rompió a llorar con fuerza.

Ella creía que él la dejaría sola, pero Sam cerró la puerta y la abrazó.

Anne lo abrazó también, sin dejar de llorar.

—Sácalo, Annie —susurró él, acariciándole la espalda y el cabello. Nadie, excepto Louisa, la llamaba Annie y, a pesar de que apenas lo conocía, se sentía más cerca de él. Era como si hubieran compartido algo especial. Algo íntimo.

El ataque de llanto fue sorprendentemente corto. Cuando ella se tranquilizó, Sam le entregó su pañuelo y ella se secó los ojos.

—Es cierto que lloras —dijo él, sorprendido.

—Por favor, no se lo cuentes a nadie —susurró ella.

—No me creerían si lo hiciera.

Por supuesto que no. Ella era la princesa de hielo, La Arpía. No tenía sentimientos. Pero lo cierto era que sentía igual que todo el mundo aunque fuera muy buena ocultándolo. Ya no quería ser la princesa de hielo. Al menos, no esa noche. Esa noche quería que alguien conociera a la mujer que era en realidad.

Sam le sujetó el rostro con las manos y le secó el resto de las lágrimas con los pulgares. Ella miró sus ojos azules y sintió que algo se removía en su interior.

No estaba segura de si él había dado el primer paso o si había sido ella, pero de pronto sus labios se encontraron y, en ese instante, ella nunca había deseado tanto a un hombre como a él.

Era evidente que cualquier hombre que acusara a la princesa Anne de ser fría e insensible, no la había besado. Tenía un sabor dulce y salado a la vez, a champán y a lágrimas, y besaba con todo su alma y su corazón.

Aunque Sam no estaba seguro de quién había besado primero a quién, tenía la sensación de que había desatado a una especie de animal salvaje. Ella le quitó la chaqueta y le aflojó la pajarita. Le desabrochó el cinturón y los pantalones y, antes de que él pudiera recobrar la respiración, metió la mano por dentro de su ropa interior y le acarició el miembro. Sam blasfemó en silencio. Algo que nunca se atrevería a hacer en presencia de la realeza, pero le estaba costando asociar a la princesa que él conocía con la mujer salvaje que estaba caminando de espaldas hacia la cama, desabrochándose el vestido y dejándolo caer al suelo. Anne se retiró una peineta con joyas engarzadas y él observó cómo su cabello caía sobre sus hombros como si fuera seda negra. Ella sonrió con picardía, tentándolo con la mirada de unos ojos que tenían el color del cielo antes de una tormenta, gris y turbulenta.

Aunque en circunstancias normales le habría parecido un gesto infantil y maleducado, cuando sus amigos retaron a Sam para que sacara a bailar a la princesa Anne, él había tomado demasiado champán y no se lo pensó dos veces. Desde luego, nunca habría imaginado que ella le pediría salir a bailar primero. Tampoco esperaba acabar en su habitación. Ni que Anne se desvistiera hasta quedarse con un conjunto de ropa interior de encaje negro. Cuando ella se tumbó sobre la cama y gesticuló con un dedo para que se acercara, él supo que no pasaría mucho tiempo antes de que se quedara completamente desnuda.

—Quítate la ropa —dijo ella, mientras se desabrochaba el sujetador.

Sus senos eran pequeños y firmes y él no podía esperar para acariciarlos y besarlos. Se abrió la camisa con brusquedad, arrancándose un par de botones, y se quitó los pantalones, sacando la cartera para más tarde. Fue entonces cuando se percató del error que había cometido y blasfemó de nuevo.

—¿Qué ocurre? —preguntó Anne.

—No tengo preservativos.

—¿No? —dijo ella decepcionada.

Él negó con la cabeza. No solía ir a esos eventos con intención de acostarse con alguien, y si hubiera sido así, habría pensado en llevar a la mujer en cuestión a su casa donde tenía una caja de preservativos en el cajón de la mesilla de noche.

—Está todo controlado —dijo Anne.

—¿Tienes un preservativo?

—No, pero está controlado.

En otras palabras, se estaba tomando un anticonceptivo oral. Pero eso no los protegería de una enfermedad. Él sabía que estaba sano, y era fácil suponer que ella también. Entonces, ¿por qué no? además, Anne tenía aspecto de que no aceptaría un no por respuesta.

Sam dejó el resto de su ropa en un montón y se acercó a ella. Cuando Anne tiró de él para que se acostara y lo besó de manera apasionada mientras se colocaba a horcajadas sobre él, Sam tuvo la sensación de que aquélla sería una noche que no olvidaría con facilidad.

Apenas habían empezado y ya le parecía la mejor relación sexual que había tenido nunca.

Capítulo Dos

«Está todo controlado», pensó Anne mientras se levantaba del suelo del baño, débil y temblorosa, y se apoyaba en el mueble del lavabo. ¿En qué diablos había estado pensando cuando le dijo eso a Sam? ¿Ni siquiera se había parado a pensar en las consecuencias? ¿O en la repercusión de sus actos?

Ella era la única culpable.

Se enjuagó la boca y se lavó la cara con agua fría para tratar de aliviar la náusea que sentía. El médico de la familia, que le había prometido discreción absoluta, le había asegurado que se sentiría mejor en el segundo trimestre. Pero ya estaba en la decimoquinta semana, tres semanas después de la fecha clave, y se sentía como un muerto viviente.

«Pero merece la pena», pensó mientras se cubría el abdomen con la mano.

Le costaba creer que cuando se enteró de que estaba embarazada ni siquiera estaba segura de si quería quedarse con el bebé. Su plan inicial había sido tomarse unas vacaciones en algún remoto lugar, vivir allí hasta dar a luz y después entregar a la criatura en adopción. Entonces, Melissa, la esposa de Chris, había dado a luz a trillizos y Anne acunó entre sus brazos a sus sobrinas y sobrino por primera vez. A pesar de que nunca se había planteado demasiado tener hijos, en ese instante supo que deseaba tener al bebé. Quería a alguien que la amara de manera incondicional. Alguien que dependiera de ella.

Iba a tener a su bebé e iba a criarlo sola. Con el apoyo de su familia, por supuesto. Algo que estaba convencida que recibiría en cuanto les diera la noticia. Hasta ese momento, sólo lo sabía Louisa, su hermana gemela. Y en cuanto a Sam, era evidente que él no quería nada con ella.

La noche que habían pasado juntos había sido como una fantasía convertida en realidad. Durante años, ella había oído hablar a su hermana sobre la posibilidad de encontrar al amor verdadero. Y de hecho, el sueño de Louisa se había hecho realidad en el baile y se había casado con el hombre misterioso, Garrett Sutherland. Pero hasta que Sam besó a Anne, hasta que le hizo el amor de manera apasionada, hasta que se quedaron dormidos abrazados, Anne nunca había creído en el amor. Pero entonces, al parecer, Sam no compartía sus sentimientos.

Ella estaba segura de que para él también había sido algo especial. Incluso cuando despertó sola en la cama y se percató de que él se había marchado sin decir adiós en algún momento de la noche, no perdió la esperanza. Durante semanas permaneció cerca del teléfono, deseando que la llamara. Pero nunca sucedió.

En realidad no debía sorprenderse. Sam se dedicaba a la política y todo el mundo sabía que la política y la realeza no era una buena mezcla. No si Sam quería llegar a ser primer ministro algún día, y eso era lo que ella había oído. La ley impedía que cualquier miembro de la familia real ocupara un puesto en el gobierno. ¿Podía culparlo por elegir una carrera para la que se había estado preparando toda la vida antes que a ella? Por eso ella había tomado·la decisión de no contarle que estaba embarazada. Era una complicación que ninguno de los dos necesitaba. Y no estaba segura de querer complicarse a pesar del escándalo que supondría para ella.

Ya imaginaba los titulares: «La princesa Anne embarazada de un amante secreto».

No importaba cómo de liberal se hubiera vuelto el mundo en esos temas, ella pertenecía a la realeza y el estigma los perseguiría, a ella y a su hijo, durante el resto de la vida. Pero no tenía más opciones.

Al ver que se encontraba mejor decidió que debía regresar al comedor e intentar cenar un poco. Geoffrey, el mayordomo, había empezado a servir el primer plato cuando ella sintió una náusea y tuvo que disculparse para ir corriendo al servicio.

Se miró en el espejo por última vez y decidió que no conseguiría tener mejor aspecto. Al abrir la puerta estuvo a punto de chocarse con su hermano Chris, que estaba apoyado contra la pared de fuera.

«Maldita sea».

Su expresión indicaba que había oído que tenía arcadas y que se preguntaba por qué estaba enferma.

—Tenemos que hablar —dijo él, señalando con la cabeza hacia el estudio que estaba al otro lado del pasillo.

—Pero la cena… —contestó ella.

—Ahora mismo, Anne —añadió él.

Puesto que discutir con él supondría una pérdida de tiempo, ella lo siguió. Desde que su padre estaba enfermo, Chris se comportaba como el rey y el cabeza de familia. Ella estaba obligada a obedecer-lo.

Podría mentirle y decirle que tenía un virus, o que se había intoxicado, pero al paso que le estaba creciendo el vientre no podría ocultar la realidad durante mucho más tiempo. Pero no estaba segura de si estaba preparada para contar la verdad.

¿O quizá su hermano ya lo sabía? ¿Se lo habría contado Louisa? Anne podría matarla de haber sido así.

Anne entró en el estudio y, a excepción de su madre, su padre y los trillizos, ¡toda la familia estaba allí!

Aaron y su esposa Liv, botánica de profesión, estaban sentados en el sofá con cara de preocupación. Louisa y Garrett, su nuevo esposo, estaban junto a la ventana. Louisa tenía cara de afligida y parecía que Garrett quería estar en cualquier otro lugar que no fuera allí. Melissa, la esposa de Chris, estaba junto a la puerta y parecía nerviosa. Cinco minutos antes, todos estaban cenando en el comedor.

Su primer instinto fue volverse y salir de allí, pero Chris ya había cerrado la puerta.

«Vaya pesadilla».

–Supongo que no he de contaros por qué os he reunido aquí –dijo él.

–Estamos muy preocupados –dijo Melissa, acercándose a Chris–. Anne, últimamente te comportas de manera extraña. Durante los dos últimos meses has estado pálida y apática. Por no mencionar todas las veces que has salido corriendo al baño.

Así que no lo sabían. Louisa había guardado su secreto.

–Es evidente que algo va mal –dijo Aaron.

–Si estás enferma… –empezó a decir Melissa.

–No estoy enferma –le aseguró Anne.

–Un trastorno alimentario es una enfermedad –dijo Chris.

Anne se volvió hacia él, sorprendida porque Louisa también había sospechado lo mismo en un principio.

–Chris, si fuera bulímica, iría al baño después de comer, no antes.

Él la miró con incredulidad.

–Sé que ocurre algo.

–Supongo que todo depende de cómo lo mires.

–¿Cómo? –preguntó Melissa.

«Díselo, tonta».

–Estoy embarazada.

Todos, excepto Louisa, se quedaron boquiabiertos.

–Si es una broma, no es divertida –dijo Chris.

–No es una broma.

–¡Por supuesto! –dijo Melissa, como si acabara de comprenderlo todo–. Debería de haberme dado cuenta. Nunca me habría imaginado…

–¿Que sería tan irresponsable como para meterme en un lío así? –preguntó Anne.

–Ni siquiera sabía que estabas saliendo con alguien –dijo Aaron.

–No salgo con nadie. Sólo fue una aventura de una noche.

–Quizá sea una pregunta absurda –dijo Chris–, pero ¿estás segura? ¿Te has hecho la prueba? ¿Has ido al médico?

Ella se levantó el jersey que se había puesto para ocultar su vientre y se estiró el vestido.

–¿Tú qué crees?

–Santo cielo, ¿de cuánto estás?

–De quince semanas.

–¿Estás embarazada de cuatro meses y no se te ha ocurrido mencionarlo?

–Pensaba anunciarlo en el momento adecuado.

–¿Cuándo? ¿Cuando rompieras aguas? –soltó él, y Melissa puso la mano sobre su hombro para tranquilizarlo.

–No hace falta que seas insolente –dijo Anne.

–Estás cambiando, Anne –dijo Chris.

–No es que me haya quedado embarazada a propósito, sabes –aunque él tenía razón. Había sido una irresponsable.

«Está todo controlado», recordó sus brillantes palabras.

–Cuando se entere la prensa será una pesadilla –dijo Melissa. Puesto que ella era una princesa ilegítima, lo sabía bien. Hasta hacía poco había vivido en los Estados Unidos, sin saber que era la heredera al trono de Morgan Isle.

–¿Y qué pasará con el Gingerbread Man? –preguntó Louisa, hablando por primera vez–. Estoy segura de que aprovechará la oportunidad para asustarnos.

El auto denominado Gingerbread Man era un hombre trastornado que llevaba más de un año molestando a la familia real. Había entrado en el sistema informático de la familia y le había enviado a Anne y a sus hermanos truculentas versiones de cuentos de hadas, después había burlado el sistema de seguridad del palacio y había dejado una nota siniestra. Poco después, haciéndose pasar por un empleado, había conseguido llegar hasta la sala de espera privada que la familia real empleaba en el hospital. Horas después de que se marchara, los miembros del equipo de seguridad encontraron un sobre con varias fotografías de Anne y sus hermanos que él había tomado en diferentes lugares, para que supieran que los estaba controlando.

A veces permanecía en silencio durante meses, sin embargo, siempre que pensaban que ya se habían deshecho de él, aparecía de nuevo. En Navidad les envió una cesta con fruta podrida y un correo electrónico felicitando a Chris y a Melissa por los trillizos antes de que hubieran anunciado formalmente el embarazo.

Su última fechoría había consistido en entrar a la floristería la noche anterior de la boda de Aaron y Liv, en marzo, y rociar las flores con algo que provocó que se marchitaran justo a tiempo de la ceremonia.

Anne estaba segura de que aquel hombre haría algo cuando se enterara de que estaba embarazada, pero se negaba a que eso la afectara.

—No me importa lo que haga —dijo ella, alzando la barbilla con desafío—. Personalmente, estoy dispuesta a hacerlo público para ver si comete un error y lo pillan.

—Hemos decidido no hacerlo —dijo Chris.

—¿Y qué hay acerca del bebé? —preguntó Aaron—. ¿Va a hacerse responsable?

—Como os he dicho, fue una aventura de una noche.

Chris frunció el ceño.

—¿No se ha ofrecido a casarse contigo?

—No. Además, no pertenece a la realeza.

—Me importa un comino quién sea. Tiene que responsabilizarse de sus actos.

–Liv y Garrett no pertenecen a la realeza. Y yo sólo a medias –añadió Melissa.

–Da igual. Él está fuera de la escena –insistió Anne.

–¿Eso es lo que ha elegido? –preguntó Aaron.

Anne se mordió el labio.

–¿Anne? –preguntó Chris, y al ver que continuaba en silencio blasfemó en voz baja–. No lo sabe, ¿no es así?

–Creedme cuando digo que es mejor así.

Melissa chasqueó la lengua con desaprobación.

–No es tu decisión –dijo Chris–. No me importa quién sea él, tiene derecho a saber que va a tener un hijo. Ocultárselo es una locura.

Ella sabía que en el fondo él tenía razón. Pero se sentía herida y era muy testaruda. Si Sam no la quería, ¿por qué debía de tener contacto con su hijo?

–Puede que Sam se dedique a la política, pero es un buen hombre –dijo Chris.

Todo el mundo se quedó boquiabierto, Anne incluida. No le había contado a nadie quién era el padre. Ni siquiera a Louisa.

–¿Cómo sabes…?

–Pura matemática. ¿De veras crees que Melissa y yo hemos pasado varios meses entre tratamientos de fertilidad y que no hemos aprendido nada acerca de cómo embarazarse? La concepción debió de tener lugar cerca del día del baile benéfico. ¿Y crees que pasó inadvertido que Sam desapareciera a mitad de noche?

«No, por supuesto que no».

–Nunca dijiste nada.

–¿Qué se supone que podía decir? Eres una mujer adulta. Mientras seas discreta, con quién te acuestes es asunto tuyo –la sujetó por los hombros–. Pero ahora, debes llamarlo para quedar con él.

–¿Para qué? ¿Para que puedas hablar con él?

–No. Para que tú hables con él. Porque no sólo es injusto para Sam, sino también para el bebé que llevas en el vientre. Él o ella se merece que le des la oportunidad de conocer a su padre. Si eso es lo que Sam quiere.

–Tiene razón –dijo Louisa–. Ponte en el lugar de Sam.

–Debes contarle la verdad –dijo Aaron.

Ella jugueteó con la costura del jersey. Era incapaz de mirar a Chris a los ojos porque sabía que tenía razón. Si no por Sam, por el bien del bebé.

–No estoy segura de qué decir.

–Bueno –intervino Melissa–. Normalmente, para mí lo mejor es empezar por la verdad.

Sam acababa de terminar una conversación telefónica con el Secretario de Estado del DFID, o lo que los británicos llamaban el Departamento para el Desarrollo Internacional, cuando Grace, su secretaria, lo llamó.

–Tiene una visita.

¿Una visita? Él no recordaba que tuviera ninguna cita aquella tarde. ¿Sería que Grace habría concertado una cita y se había olvidado de comentárselo? O quizá se había vuelto a equivocar a la hora de meter los datos en el ordenador.

Él estaba convencido de que en su momento debió de ser muy eficiente en el despacho de su padre, pero ya debía de haberse retirado hacía tiempo.

–¿Tienen cita? –preguntó él.

–No, señor, pero…

–Entonces, no tengo tiempo. Estaré encantado de atenderlos cuando concierten una cita –colgó deseando ser capaz de convencer a su padre para que la jubilaran o para que se la asignaran a otra persona. Pero ella llevaba en el despacho desde que su padre era un joven dedicado a la política y siempre le había sido fiel. Sam habría sospechado que tenían algún tipo de relación de no haber sido porque ella era quince años mayor que su padre y porque ambos estaban felizmente casados con otra persona.

Llamaron a la puerta del despacho y Sam trató de no perder la paciencia. ¿Es que Grace no comprendía el significado de la palabra «no»?

–¿Qué quieres? –preguntó.

Se abrió la puerta y comprobó que no era Grace la que llamaba. Era Anne. La princesa Anne. Que se hubiera acostado con ella no le daba derecho a prescindir de las formalidades.

–Alteza –la saludó, levantándose de la silla y haciendo una reverencia, a pesar de que no pudo evitar recordarla desnuda y poseyéndolo, sentada a horcajadas sobre su cuerpo hasta que ambos llegaron al éxtasis. Habían superado cualquier idea preconcebida que él tuviera acerca de lo que era estar con una mujer. Era una lástima que no tuvieran futuro juntos.

Él había estado a punto de llamarla varias veces durante las semanas siguientes a la noche que pasaron juntos, pero antes de marcar el número siempre se enfrentaba a la cruda realidad.

No importaba lo que sintiera por ella, ni lo mucho que hubieran conectado, si quería llegar a ser Primer Ministro, no podría tenerla a su lado.

Hacía tiempo que había aceptado que conseguir lo que deseaba implicaba sacrificio. Sin embargo, nunca había encontrado algo que le costara tanto.

—¿Es mal momento? —preguntó ella.

—No, por supuesto que no. Pase, por favor.

Ella entró en el despacho y cerró la puerta. Aunque en la mayoría de las ocasiones ella se comportaba con frialdad, ese día parecía nerviosa y miraba a todos sitios menos a él.

—Siento interrumpirte de esta manera. Temía que si llamaba te negaras a recibirme.

—Sería bienvenida en cualquier momento, alteza —rodeó el escritorio y señaló un sofá—. Por favor, tome asiento. ¿Puedo ofrecerle algo de beber?

—No, gracias. Estoy bien —se sentó en el borde del sofá y se colocó el bolso sobre el regazo.

Él se sentó en una silla. Se fijó en que parecía más delgada que la última vez que la había visto y que estaba pálida. ¿Estaría enferma?

—¿Quizá un vaso de agua? —preguntó él.

Ella negó con la cabeza y apretó los labios. Él se fijó en cómo se ponía amarilla.

—¿El lavabo? —preguntó ella con pánico en la voz.

Él señaló hacia el otro lado de la habitación.

—Justo ahí…

Ella se levantó cubriéndose la boca con una mano y corrió hacia el lavabo antes de que él pudiera terminar la frase. Él la siguió y esperó afuera, estremeciéndose al oír que tenía arcadas. Era evidente que le pasaba algo terrible. ¿Pero por qué había ido a verlo? Apenas se conocían.

Oyó el sonido de la cisterna y después el agua del grifo.

–¿Quiere que avise a alguien? –preguntó él.

Entonces, se abrió la puerta y salió Anne, pálida y temblorosa.

–No, estoy bien. Sólo muy avergonzada. No tenía que haber comido antes de venir aquí.

–¿Por qué no se sienta? –se acercó para ayudarla, pero ella rechazó su ayuda.

–Yo puedo –cruzó la habitación y se sentó de nuevo en el sofá.

Sam se sentó de nuevo en la silla.

–Perdóneme por ser tan directo, alteza, pero ¿está enferma?

–Sam, hemos compartido toda la intimidad que dos personas pueden compartir, así que, por favor, llámame Anne. Y no, no estoy enferma. No como podrías pensar.

–Entonces, ¿cómo?

Ella respiró hondo y lo soltó.

–Estoy embarazada.

–¿Embarazada? –repitió él.

Ella asintió.

Sam no se lo esperaba. Él apenas había sido capaz de mirar a otra mujer sin recordar el rostro de Anne, pero al parecer ella no había tenido problema para continuar con su vida. ¿Y qué motivo tenía para no hacerlo? Quizá, para ella, aquella noche no había sido tan fantástica como había sido para él. Eso explicaría por qué ella no había intentado hablar con él después.

Pero si ella estaba contenta, él se alegraba por ella.

–No había oído nada. Enhorabuena.

Ella lo miró y dijo:

–Estoy de cuatro meses.

¿Cuatro meses? Se dio cuenta de que la noche que habían pasado juntos había sido hacía casi cuatro meses…

Sam sintió un nudo en el estómago.

–Sí, es tuyo –dijo ella.

–¿Estás segura?

Ella asintió.

–No ha habido nadie más. Ni después, ni durante mucho tiempo antes.

–Creí que dijiste que lo tenías controlado.

–Supongo que nada está garantizado al cien por cien. Si quieres la prueba del ADN…

–No –dijo él–. Confío en ti.

Iba a tener un hijo con la princesa. Iba a ser padre.

Él siempre había pensado que algún día tendría una familia, pero cuando ya estuviera establecido profesionalmente. Y con la mujer adecuada.

–Probablemente te preguntes por qué he esperado tanto para contártelo.

–¿Y por qué?

–Yo… No quería cargarte con esto. No quería que te sintieras obligado. Ahora me doy cuenta de que ha sido injusto por mi parte. Te pido disculpas. Sólo quiero que sepas que no espero nada de ti. Estoy preparada para criar a este hijo sola. Si quieres formar parte de su familia es elección tuya.

–Quiero dejarte una cosa clara. Esa criatura es mía y voy a formar parte de su vida.

–Por supuesto –dijo ella–. No estaba segura. Algunos hombres…

–Yo no soy como esos hombres –dijo él–. Espero que eso no suponga un problema para ti o tu familia.

Ella negó con la cabeza.

–No, por supuesto que no. Creo que es maravilloso. Un hijo debe de tener ambos progenitores.

Sam se apoyó en el respaldo de la silla y negó con la cabeza.

–Yo… ¡Vaya! Esto sí que es una sorpresa.

–Lo entiendo, créeme. Ésta no era la manera que imaginaba para formar una familia.

–Supongo que habrá que anunciarlo de alguna manera –podía imaginar lo que dirían sus amigos. Durante semanas después de la fiesta habían insistido en que les contara por qué se había marchado con la princesa de forma repentina, pero él no les había contado nada. Sin embargo, todo el mundo se enteraría. Y no era que se avergonzara de lo que había hecho.

–Sabes que la prensa será muy dura.

–Lo sé. Cuando se enteren de que tú eres el padre y de que no estamos juntos, no nos dejarán en paz.

Si eso era una indirecta sobre el futuro de su relación, Sam sentía decepcionarla. No estaba dispuesto a abandonar todo por lo que había luchado tanto, el sueño de su vida, por una aventura de una noche.

Le gustaba Anne, incluso la deseaba, pero el matrimonio quedaba fuera de cuestión.

Capítulo Tres

–Los periodistas tendrán que acostumbrarse a la idea de que seamos amigos –dijo Sam.

–Espero que seamos capaces de serlo, por el bien de la criatura.

–¿Y tu familia? ¿Qué opina de esto?

–Hasta el momento sólo lo saben mis hermanos. Se han llevado una sorpresa, pero me apoyan. Mi padre está muy delicado de salud así que hemos decidido esperar para contárselo a él y a mi madre. He de admitir que te lo has tomado mucho mejor de lo que esperaba. Creía que te enfadarías.

–Fue un accidente. ¿Qué derecho tendría a enfadarme? No me obligaste.

–¿No?

Sam no iba a negar que ella había tomado la iniciativa y que había sido un poco agresiva. Pero él había estado dispuesto a participar.

–Anne, ambos somos responsables de lo sucedido.

–No todos los hombres opinarían lo mismo.

–Sí, pero yo no soy como todos los hombres.

Se hizo un pequeño silencio y Sam lo interrumpió.

–¿Todo va bien? Me refiero al embarazo. ¿El bebé y tú estáis bien?

–Sí –dijo ella, y se llevó la mano al vientre de manera instintiva–. Todo va bien.

–¿Sabes el sexo del bebé?

–No. Lo sabré el mes que viene, con la próxima ecografía –hizo una pausa y añadió–. Tú puedes ir también, si quieres.

–Me gustaría. ¿Y ya se te nota?

–Un poco. ¿Quieres verlo? –se levantó el top que llevaba y le mostró el vientre. ¿Por qué iba a sentir vergüenza si él ya la había visto desnuda?

–¿Puedo tocártelo? –preguntó él sin pensar.

–Por supuesto –dijo ella, e hizo un gesto para que se acercara.

Él se sentó en el sofá junto a ella y colocó la mano sobre su vientre. Tenía la piel suave y el aroma de su cuerpo invadía el ambiente. La mano de Sam era tan grande que sus dedos cubrían hasta la costura de su ropa interior.

Quizá aquello no fuera una buena idea. Saber que no podían estar juntos no hacía que la deseara menos. Y saber que era el padre de la criatura que llevaba en el vientre hacía que sintiera un deseo irracional de protegerla, de hacerla suya.

¿No era eso lo que había sentido la noche que habían hecho el amor?

–¿Notas que se mueve?

–Un poco. Todavía no da pataditas. Pero aprieta aquí –dijo ella, y presionó sus dedos contra una parte dura de su vientre. Lo miró y sonrió–. ¿Lo notas?

Él tuvo que contenerse para no acercarse y besarla en los labios. Inhaló el aroma de su cabello, de su piel, y deseó saborearla de nuevo. Poseerla. Pero mantener relaciones sexuales en aquellos momentos, con las hormonas y las emociones a flor de piel, provocaría un desastre.

Era como si ella hubiese percibido lo que él estaba pensando porque, de pronto, se sonrojó. Sin darse cuenta, él había empezado a acercarse y ella había alzado una pizca la barbilla, como si estuvieran atraídos por un fuerte magnetismo. Afortunadamente, él recobró la sensatez y se separó de ella. Retiró la mano de su vientre y se puso en pie con el corazón acelerado.

–Esto no es una buena idea –dijo él.

–Tienes razón –convino ella–. No estaba pensando.

–Lo mejor para los dos será que mantengamos una relación distante. De otro modo, podríamos confundirnos.

–Sin duda.

–Y será un reto –admitió él–. Es evidente que me siento atraído por ti.

–Parece que existe algún tipo de conexión.

Eso por decir algo. Él estaba teniendo que controlarse mucho para evitar tomarla entre sus brazos allí mismo, en el despacho. Aunque estuviera embarazada deseaba arrancarle la ropa y poseerla hasta que ella gritara de placer. Igual que había hecho aquella noche en su habitación. Él nunca había estado con una mujer que reaccionara de esa manera a sus caricias, tan fácil de complacer. No podía evitar preguntarse si el embarazo habría cambiado ese detalle. Había oído que las mujeres embarazadas a veces eran incluso más receptivas a la estimulación física. Y quizá fuera cierto, porque podía ver que sus pezones se habían puesto erectos a través de la ropa. Tenía los senos más grandes y redondeados. ¿Qué haría si introducía uno en su boca?

Él tragó saliva y miró a otro lado, volviéndose hacia el escritorio para que no viera cómo se había excitado.

–Mencionaste una ecografía. ¿Sabes la fecha y la hora para que pueda marcarla en mi agenda?

Ella le dio la información y el se sentó para apuntarla.

–A lo mejor podríamos cenar juntos este viernes –dijo ella–. Una cena de amigos, por supuesto. Para poder hablar sobre cómo pensamos llevar el tema de la prensa y la custodia.

Eso le dejaría tres días para pensar en todo aquello. Él siempre prefería tener un plan de actuación consolidado antes de entrar en cualquier tipo de negociaciones.

–¿Qué tal si cenamos en mi casa? –preguntó él–. ¿A las siete?

–Si no te importa que tu casa se llene de seguridad. Seguimos en máxima alerta.

Él frunció el ceño.

–¿La familia real sigue amenazada?

–Por desgracia sí.

Lo único que él sabía de la situación era lo que había leído en los periódicos.

–O sea que es serio –dijo él.

–Más de lo que nadie piensa, me temo. Hemos recibido amenazas violentas. Quizá debería advertirte de que una vez que nos asocien, puede que tú también te conviertas en objetivo.

–No me preocupa. Y en cuanto al bebé, supongo que hasta que no se lo cuentes a tu padre no se anunciará a la prensa.

–Por supuesto que no.

–Tengo intención de contárselo a mi familia, pero ellos lo mantendrán en silencio.

–Por supuesto que debes contárselo. ¿Crees que se disgustarán?

Su aspecto vulnerable lo sorprendió. Él pensaba que ella no tenía miedo de nada. O que no le importaba lo que pensaran de ella. ¿Pero no había descubierto la noche de la fiesta que no era tan dura como le gustaba aparentar?

–Creo que se sorprenderán, pero que se alegrarán –dijo Sam.

Y esperaba que fuera verdad.

Aquella noche Sam pasó por casa de sus padres para darles la noticia. Cuando llegó acababan de terminar de cenar y estaban en la terraza tomándose un brandy mientras contemplaban la puesta de sol. A pesar de que su padre siempre se había dedicado de pleno a la política y de que su madre realizaba giras como cantante de ópera, siempre encontraban tiempo para estar juntos. Después de cuarenta años seguían felizmente casados.

Ése era el tipo de matrimonio que Sam imaginaba para sí. Pero no había conocido a ninguna mujer con la que pensara que podría pasar el resto de su vida. Hasta que conoció a Anne. Y era una ironía que no pudiera disfrutar de ella después de haberla encontrado.

Él no estaba seguro de cómo iban a tomárselo sus padres cuando se enteraran de que iban a ser los abuelos del príncipe, o la princesa, de Thomas Isle, pero dadas las circunstancias, se lo tomaron bastante bien.

Probablemente porque llevaban tiempo deseando tener nietos y Adam, el hermano mayor de Sam, todavía no se los había dado.

–Estoy segura de que voy a parecerte anticuada –dijo la madre–, pero nos gustaría que te casaras.

–Madre…

–Sin embargo –continuó ella–, comprendemos que tienes que hacer aquello que te parezca bien.

–Si me casara con Anne, pasaría a formar parte de la realeza y nunca llegaría a ser primer ministro. No estoy dispuesto a hacer ese sacrificio.

–Tu hijo recibirá tu apellido.

–No es necesario casarse para eso. Lleva mi apellido desde el momento de la concepción.

–¿Es niño? –preguntó la madre.

–O niña.

–¿Os enteraréis?

–Me gustaría. Y creo que a Anne también. Tiene que hacerse una ecografía dentro de cuatro semanas.

–A lo mejor la puedo invitar a tomar el té –sugirió ella, y al ver que Sam ponía cara de preocupación, añadió–. Tengo derecho a conocer a la madre de mi futuro nieto.

Ella tenía razón. Y él estaba seguro de que Anne estaría encantada de complacerla.

–Se lo mencionaré.

–Sabes que esto va a ser complicado –dijo su padre–. Ellos piensan de manera distinta a nosotros.

–¿Ellos?

–Los miembros de la realeza.

–No tan diferente como crees –dijo Sam–. Al menos, Anne. Es bastante realista.

–Sólo he hablado brevemente con la princesa –dijo su madre–. Pero parecía encantadora.

Sam percibió algo en su tono de voz y supo lo que estaba pensando.

–Sé que probablemente hayas oído cosas sobre ella. Cosas desfavorables. Pero no se parece en nada a lo que esperarías de ella. Es una mujer inteligente y encantadora –«Y fantástica en la cama…».

–Parece que estás bastante atraído por ella –comentó la madre.

Era cierto. Probablemente demasiado para su propio bien. Confiaba en que cuando Anne empezara a mostrar más su embarazo, y sobre todo después de que naciera el bebé, le sería más fácil verla como la madre de su hijo y no como una mujer sexualmente atractiva.

–Tengo la esperanza de que Anne y yo lleguemos a ser buenos amigos, por el bien de la criatura, pero nunca llegaremos a ser nada más.

Él sabía que estaban desilusionados. No era eso lo que sus padres habían imaginado para él y, sinceramente, él tampoco. Sam siempre había imaginado que le pasaría algo parecido a lo que les había pasado a ellos. Conocería a una mujer, saldría con ella durante un tiempo razonable, se casarían y formarían una familia. Sam se convertiría en primer ministro y su esposa desarrollaría una carrera profesional que a pesar de estar bien remunerada le permitiría tiempo para darle prioridad a la familia.

Pero no le había salido el plan.

–Mientras tú estés feliz, nosotros estaremos contentos –dijo la madre.

Sam confiaba en que lo dijera en serio. A pesar de

que no parecía que estuvieran desilusionados, Sam no podía evitar tener la sensación de haberlos decepcionado. O de haberse decepcionado a sí mismo.

O peor aún, ¿estaría decepcionando a su hijo?

Lo que había sucedido había sido un accidente, pero el que pagaría por ello sería el bebé. Sería a él a quien perseguirían los periodistas. Y al pertenecer a la realeza, el estigma de la ilegitimidad lo marcaría durante toda su vida. ¿Era justo que el bebé pasara por todo aquello debido a que él daba prioridad a sus deseos?

Sin duda era algo que debía considerar.

Aquella noche acababa de llegar a casa cuando recibió una llamada de la secretaria del príncipe Christian a su teléfono móvil. Era extraño que lo llamara casi a las diez de la noche, y más aun que lo llamara a su número privado ya que esas llamadas solía recibirlas en el despacho.

—Su alteza, el príncipe Christian, requiere su presencia en el salón privado que la familia real tiene en el Club Náutico Thomas Bay, mañana a la una y media —dijo ella.

—¿Y a qué se debe esa reunión? —preguntó él.

—A un asunto privado.

Tenía que haberlo imaginado. El príncipe Christian consideraba que era su obligación cuidar de su hermana. Eso no significaba que Sam fuera a permitir que él lo intimidara o lo mangoneara.

—Dígale al príncipe que estaré encantado de reunirme con él a las tres.

Hubo un breve silencio, como si la idea de que alguien pudiera rechazar una invitación del príncipe fuera inconcebible. Finalmente, la secretaria contestó:

–¿Puede esperar un momento, por favor?

–Por supuesto.

Al cabo de unos minutos, la secretaria se puso de nuevo al teléfono.

–A las tres está bien. El príncipe le pide que por favor no comente nada acerca de esta reunión, ya que se trata de un tema delicado.

Sam imaginó que Anne no sabría nada de la reunión y que el príncipe preferiría que fuera de esa manera. Estaba seguro de que el príncipe trataría de convencerlo para que se casara con Anne. Y, sinceramente, si Sam tuviera una hermana en una situación similar, haría lo mismo.

Pero estaban en el siglo XXI y era habitual que la gente tuviera hijos sin estar casados. A veces, incluso los miembros de la realeza. La esposa del príncipe Christian, la princesa Melissa de Morgan Isle, era una heredera ilegítima. De hecho, con dos herederos ilegítimos y un antiguo rey que carecía de la habilidad de mantener su bragueta cerrada, la familia real de Morgan Isle era conocida por sus escándalos. Por comparación, los miembros de la familia real de Thomas Isle eran unos santos. ¿Sería tan terrible que tuvieran un pequeño escándalo?

¿Pero era justo para el bebé, que ni siquiera tenía elección en ese asunto? ¿No era responsabilidad de un padre proteger a sus hijos?

¿A qué precio?

***

Sam durmió mal aquella noche y, al día siguiente, tuvo problemas para concentrarse en el trabajo. Se marchó del despacho temprano y se dirigió a la reunión que tenía con el príncipe.

Llegó con cinco minutos de antelación. El príncipe estaba esperándolo sentado en una butaca de cuero y contemplando el mar. Se levantó para saludar a Sam.

–Alteza –Sam inclinó la cabeza y estrechó la mano que le ofrecía el príncipe Christian.

–Me alegro de que haya aceptado mi invitación –dijo él.

«El príncipe requiere su presencia», parecía más una orden que una invitación.

–No era consciente de que fuera algo opcional.

–Siento que le haya dado esa impresión. Pensé que sería apropiado que tuviéramos una charla amistosa, teniendo en cuenta las circunstancias –señaló hacia una silla que estaba frente a él–. Tome asiento, por favor. ¿Le apetece beber algo?

Beber demasiado champán había provocado que Sam se metiera en ese lío. Si hubiese estado sobrio, nunca se habría acercado a la princesa y mucho menos habría bailado con ella.

–No, gracias.

Ambos se sentaron.

–No pretendo ofenderlo, pero si la situación a la que se refiere tiene que ver con que sea el padre de la criatura que lleva su hermana en el vientre, no tenemos nada de qué hablar, alteza.

–¿Eso cree?

–Sí.

–Me temo que estoy en desacuerdo.

–Esto es algo entre Anne y yo.

–Nadie desearía más que yo que así fuera. Por desgracia, lo que Anne hace afecta a toda nuestra familia. Confiaba en que usted haría lo correcto, pero entiendo que no es el caso.

–Por supuesto que haré lo correcto. Pero lo que yo considere correcto.

–¿Y puedo preguntarle qué es?

–Como ya le he dicho, este asunto es entre la madre de mi hijo y yo.

Él príncipe se puso serio. Era evidente que no le gustaba que Sam no le siguiera el juego. Pero Sam no permitiría que el príncipe, ni ningún miembro de la familia real lo pisoteara.

El príncipe Christian se inclinó ligeramente hacia delante.

–No quiero que la reputación de mi hermana, y mucho menos la de su hijo, se vea mancillada porque usted no haya sido capaz de controlarse.

–Si culpándome a mí de la situación dormirá mejor...

–Está siendo poco razonable.

–Al contrario, estoy siendo muy razonable. Estoy teniendo en cuenta la privacidad de su hermana.

–Esto incumbe a más gente aparte de a Anne y a usted. Sabe que nuestro padre no está bien de salud. Su corazón no soportará un escándalo así.

¿Así que Sam no sólo mancillaba reputaciones sino que además iba a matar al rey?

–Siento oír tal cosa, pero aun así no voy a hablar con usted.

–Podría hacer que su vida se convierta en algo desagradable –lo amenazó el príncipe–. Si siento que está deshonrando el nombre de mi hermana, la emprenderé contra usted.

Sam se encogió de hombros.

—Haga lo que quiera, alteza. No voy a discutir con usted acerca de los asuntos privados de Anne.

El príncipe Christian lo miró durante largo rato y Sam se preparó para recibir su ataque. Pero en lugar de estallar con rabia, el príncipe negó con la cabeza y soltó una carcajada.

—Cielos, Baldwin, tiene un par de narices.

—No reacciono bien ante las amenazas.

—Y a mí no me gusta emplearlas. Pero tengo la obligación de cuidar de mi familia. Lo cierto es que si no fuera por el delicado estado de salud de mi padre, no estaríamos manteniendo esta conversación. Está muy enfermo y le haría muy feliz ver casada a su hija mayor antes de tener un hijo.

—Siento oír que su padre no está bien. Es una persona a la que aprecio.

—Y yo comprendo su situación, Sam. En serio. Todo el mundo sabe que pretende seguir los pasos de su padre y creo que tiene la fortaleza para hacerlo. Pero eso sería imposible si se casara con mi hermana. Además, se ha creado muy buena fama como asesor de todo lo relativo a asuntos exteriores. Si se casara con mi hermana, le ofrecerían un puesto influyente y poderoso dentro de la monarquía.

Tras haber trabajado para el gobierno durante buena parte de su vida, la idea de ocupar un puesto en la monarquía era penosa. No es que no estuvieran del mismo lado cuando se trataba de servir al pueblo. Pero para Sam siempre había sido un «nosotros contra ellos».

Por no mencionar que aunque disfrutaba trabajando en asuntos exteriores, había establecido su meta en una posición más alta.

–¿Ha pensado en lo difícil que será para su hijo ser ilegítimo?

–Es en lo único que he estado pensando –y cuanto más pensaba en ello más se daba cuenta de que casarse con Anne era lo más adecuado. No era un embarazo planificado, pero había sucedido y tenía que dar prioridad al bienestar de su hijo frente a todo lo demás. Incluidas sus ambiciones políticas.

–¿Cómo es ser padre? –preguntó Sam.

El príncipe sonrió dejando claro el afecto que sentía hacia sus hijos.

–Es emocionante, aterrador, y más gratificante que todo lo demás que he hecho en la vida. Algo inimaginable. Tengo tres maravillosas personitas completamente indefensas que dependen de mí y de su madre para sobrevivir. A veces es abrumador.

–Y si alguien le dijera, abandone el trono o sus hijos vivirán una vida deshonrosa.

–No hay duda. Mis hijos son la prioridad.

Como debería ser.

–Sabe que mi esposa nació fuera del matrimonio –dijo el príncipe.

Sam asintió.

–No se enteró de que pertenecía a la realeza hasta que cumplió los treinta años, y aun así fue muy difícil para ella. ¿Ocultarle eso a un niño? Como si la vida de un miembro de la realeza no fuera lo bastante dura. Los niños necesitan estabilidad y consistencia.

Algo que sería más difícil de ofrecerle a un niño

que tuviera que pasar de un progenitor a otro y que además estuviera bajo la atenta mirada de los periodistas.

Sam se había criado en una situación idílica y siempre había deseado ofrecerles lo mismo a sus hijos. ¿Aquella criatura no se merecía lo mismo?

Había pasado de juguetear con la idea de casarse con Anne a pensarlo seriamente. Y después de haberlo hablado con el príncipe, apenas tenía ninguna duda al respecto.

Podría pensárselo un poco más, darle vueltas y vueltas hasta estar completamente seguro pero, en el fondo, sabía que la decisión ya estaba tomada.

Iba a casarse con la princesa.

Capítulo Cuatro

La casa de Sam no era lo que Anne había esperado.

Ella se había imaginado una mansión moderna o un apartamento cerca del mar con todos los servicios que un hombre rico y soltero podría desear. Sin embargo, cuando su chófer se metió en la entrada de grava, lo que vio era una imagen sacada de Hansel y Gretel.

Sam vivía en una casita pintoresca en mitad de un bosque de pinos y robles, tan denso que el sol apenas bañaba su tejado. Era un lugar tranquilo, retirado y maravilloso.

Por no mencionar que era una pesadilla en cuanto al tema de seguridad.

—A lo mejor deberíamos cenar en el palacio —le dijo Anne a Gunter, su guardaespaldas, que estaba sentado en el asiento del copiloto.

—No hay problema —contestó él con un fuerte acento ruso.

Él se miró en el retrovisor y se pasó la mano por su cabello corto y rubio. Gunter se parecía un poco a Arnold Schwarzenegger y a Anne le parecía atractivo. Las mujeres se derretían en su presencia, sin sospechar que un hombre de aspecto duro y masculino viviera con un gato llamado Toodles y una pareja llamada David. Gunter tenía mucho estilo y era mucho más intuitivo que la mayoría de las mujeres que ella conocía. De hecho él había adivinado que ella estaba embarazada mucho antes de que su familia lo notara. Anne lo había negado rotundamente y Gunter se había presentado con un test de embarazo.

—Es bueno que lo sepas –había dicho él, y se había sentado en la cama mientras ella se hacía la prueba. Después, cuando la prueba dio positivo, permitió que se desahogara con él.

Gunter también había pertenecido a la KGB y podría retorcer el cuello de un hombre sin esfuerzo.

El coche se detuvo y Gunter salió para abrirle la puerta.

—Haré un rastreo –dijo él, ayudándola a salir.

—Es el padre de mi hijo. ¿Es necesario?

Gunter la miró y ella supo que no tenía sentido discutir.

—Estupendo –contestó Anne, suspirando.

Cuando empezaron a andar se abrió la puerta de la casa y apareció Sam. Iba vestido con un pantalón de color azul oscuro y una camisa azul claro arremangada.

Sonrió y, al ver sus hoyuelos, ella deseó que el bebé se pareciera a él.

Notó que se le aceleraba el corazón y que comenzaban a temblarle las manos.

—Hola –dijo ella, cuando llegó al pequeño porche donde había una mecedora y una maceta llena de petunias amarillas y moradas.

Sam se apoyó en la puerta sin dejar de sonreír y se fijó en la falda de algodón marrón que llevaba y en la blusa sin mangas de color amarillo. Era la ropa de color que todavía le quedaba bien.

Sam la miró de arriba abajo y dijo:

–Estás preciosa.

–Gracias. Tú también tienes buen aspecto –respondió ella, notando que se ponía nerviosa.

«Sólo he venido para hablar del bebé. No para continuar enamorándome de él».

A su lado, Gunter se aclaró la garganta. Tenían que hacer el registro.

–¿Te importaría que Gunter hiciera un pequeño registro de la casa? –preguntó Anne.

Sam se encogió de hombros e hizo un gesto para que pasaran.

–Adelante, Gunter.

Gunter miró a Anne fijamente, como diciéndole no te muevas.

–No me gustaría encontrármelo en un pasaje oscuro –dijo Sam, cuando él desapareció en el interior–. Gunter. Es alemán, ¿no?

–Por parte de su madre, pero se crió en Moscú.

Anne miró hacia el interior de la casa. Era igual de anticuado que el exterior, con muebles viejos pero de aspecto cómodo y muchos adornos.

–Es una casa bonita –dijo ella–. Aunque no es lo que esperaba.

–Lo sé, soy extremadamente seguro en lo que a mi masculinidad se refiere.

–Supongo que sí.

Él se rió.

–Lo siento, pero ningún hombre es tan seguro. Es la casa de mi abuela.

–¿Vives con ella?

–Sólo en espíritu. Falleció hace tres años.

–Oh, lo siento mucho.

–Vivo aquí de forma temporal. Mientras acaban mi casa.

–¿Estás reformándola?

–Más o menos. Aunque no por elección. Tenía una gotera en el tejado y cuando el techo de la cocina y del dormitorio comenzó a desprenderse, decidí que había que hacer algo. Entonces, pensé que ya que tenía que marcharme de todas maneras, lo mejor era aprovechar y renovar la cocina. Así que tres días de obra se convirtieron en tres semanas –señaló hacia el interior–. ¿Puedo enseñarte la casa?

–No hasta que Gunter dé el visto bueno.

–Ya –dijo él–. Por si tengo un asesino escondido bajo el sofá.

–Lo sé, es ridículo.

Él se puso serio.

–Para nada –comentó y estiró el brazo para colocar la mano sobre el vientre de Anne.

Ella notó que le flaqueaban las piernas. Él la miraba fijamente y sus bocas estaban demasiado cerca.

–No si eso hace que Sam Junior y tú estéis a salvo.

¿No habían acordado que sería más prudente mantener una distancia física? Que cuando se acercaban demasiado… ¿Qué había dicho?

–¿Sam Junior?

–Sí, Sam Junior –dijo él con una sonrisa y dándole una palmadita en el vientre antes de retirar la mano.

–¿Crees que es un niño?

–Eso es lo bueno. Sirve para niño o para niña. Samuel o Samantha. En cualquier caso, lo llamaremos Sam.

Ella se cruzó de brazos.

–Parece que lo tienes todo pensado.

Él la miró fijamente.

–Soy un hombre que sabe lo que quiere, alteza.

Su mirada indicaba que la deseaba, pero ella sabía que sólo estaba bromeando. Pero si Gunter no hubiera aparecido en aquel momento, Anne se habría derretido en la misma puerta.

–Todo está bien –dijo Gunter cuando salió al porche e hizo un gesto para que Anne entrara. Cuando Sam cerró la puerta, Anne supo que Gunter esperaría en el porche, sin moverse de allí hasta que llegara el momento de marcharse.

–¿Estás preparada para que te la enseñe? –preguntó Sam.

Anne asintió. Realmente no había mucho que ver. En el salón había un sofá, una mecedora y un desvencijado mueble con un televisor. La cocina era pequeña pero funcional, con electrodomésticos anticuados. A juzgar por la olla que estaba en el fuego y por el sonido de la nevera, seguían funcionando. El baño también era pequeño y en él había un lavabo antiguo y una bañera de época.

Había dos dormitorios. El más pequeño lo utilizaba de estudio y el otro de dormitorio. Desde la puerta, Anne no pudo evitar recordar la última vez que habían estado juntos en un dormitorio, locos de deseo. Le parecía que había pasado mucho tiempo, sin embargo, recordaba cada momento.

–Siento que esté un poco desordenado –dijo él.

La cama estaba deshecha y había ropa apilada en una silla. La casa era pequeña pero acogedora y, desde el primer momento, ella se sintió como en su casa.

–Creía que tu familia tenía dinero –dijo ella, sintiéndose como un esnob nada más pronunciar sus palabras–. No quería decirlo de esa manera.

–Está bien –dijo él con una sonrisa–. El dinero viene por parte de mi abuelo. Mi abuela se crió aquí. Cuando sus padres murieron, mi abuelo y ella venían aquí los fines de semana. Tras la muerte de mi abuelo, ella regresó a vivir aquí y se quedó hasta que murió.

–Comprendo por qué regresó –dijo ella, mientras regresaban a la cocina–. Es un sitio estupendo.

–No es como el palacio.

–No, pero tiene mucho encanto.

–Y poco sitio.

Anne se encogió de hombros.

–Es acogedor.

–Y necesita una reforma. ¿Has visto la bañera?

Ella miró a su alrededor.

–No, yo no cambiaría nada.

–¿Lo dices en serio?

Ella asintió con una sonrisa.

–Es un lugar tan tranquilo. Nada más entrar me he sentido como en casa –podía imaginarse leyendo en el sofá o dando un paseo por el bosque. Aunque hasta que no detuvieran a Gingerbread Man no se lo permitirían.

–Me alegro –dijo él, dedicándole una sexy sonrisa–. ¿Te apetece algo de beber? Tengo zumo y soda.

–Agua, por favor.

Sacó una botella de la nevera y le sirvió un vaso con una rodaja de lima. Al entregárselo, sus dedos se rozaron.

–Hay algo que huele de maravilla –dijo ella.

–Sopa de pollo. Es la receta de mi abuela.

–No sabía que cocinaras tan bien.

Él sonrió y arqueó las cejas.

–Soy un hombre de diversos talentos, alteza.

–¿Qué más sabes hacer?

–Veamos –dijo él, contando con los dedos–. Puedo hacer café. Tostadas. Calentar una pizza. Y llenar la bandeja para hacer hielo. Ah, ¿he mencionado las tostadas?

Ella sonrió.

–Así que ¿comes fuera a menudo?

–Constantemente. Pero quería impresionarte e imaginé que la sopa sería una buena opción, puesto que no te encontrabas demasiado bien.

Era un detalle que tuviera en cuenta su estado. Era tan agradable y considerado que ella deseaba que las cosas fueran de otra manera, que al menos pudieran intentar formar una familia. Lo deseaba tanto que le dolía el pecho. Era en lo único que había podido pensar desde la conversación que habían mantenido en el despacho hacía unos días. Él era el hombre de sus sueños.

Pero algunas cosas no sucedían nunca.

–Quizá me encontraba mal a causa del estrés –dijo ella–. Desde que te conté lo del bebé, me encuentro mucho mejor. De vez en cuando siento náuseas, pero ya no tengo que ir corriendo al baño. Incluso he engordado un poco, y sé que mi médico se alegrará.

–Eso es estupendo –Sam levantó la tapa de la olla y removió la sopa con una cuchara de madera–. La sopa está lista. ¿A lo mejor prefieres que hablemos primero y quitárnoslo del medio? Así podremos relajarnos y disfrutar de la cena.

—Creo que sería una buena idea.

—¿Nos sentamos en el sofá?

Ella asintió y se dirigió al sofá. Sam se sentó a su lado, tan cerca que sus muslos se rozaban. ¿Era ésa su idea de relación platónica?

A pesar de que Sam no había hecho ninguna petición poco razonable en lo que se refería al bebé, Anne no estaba segura de qué podía esperar. Sam, sin embargo, estaba sentado a su lado con tranquilidad. ¿Es que nunca se alteraba por nada? En el baile había evitado que se humillara públicamente sin pensárselo dos veces. Cuando ella le contó lo del bebé, se había comportado de manera tranquila y racional. Ella nunca lo había visto perder los papeles.

Por otro lado, Anne siempre estaba disgustada por una cosa u otra. Podría aprender mucho de Sam. Aunque, si él se enterara de la verdad, si supiera que aquel pequeño accidente podría haberse evitado fácilmente, quizá no fuera tan comprensivo. Ella tendría que asegurarse de que nunca lo descubriera.

—Antes de que comencemos quiero agradecerte otra vez lo bien que te estás tomando todo esto. Sé que la situación podría complicarse en algún momento, con el tema económico o de la custodia, o incluso porque tengamos dos maneras diferentes de ver la crianza. Sólo quiero que sepas voy a hacer todo lo posible por intentar hacer las cosas de manera civilizada. Sé que no tengo fama de ser la mujer más razonable, pero voy a intentarlo de verdad.

Sam habló con seriedad.

—Supón que haya encontrado la manera de hacer que todo resulte más fácil para nosotros. Bueno, para los tres.

Anne no imaginaba a qué se refería, pero se encogió de hombros y dijo:

—Prefiero lo fácil.

—Creo que deberías casarte conmigo.

Lo dijo con tanta tranquilidad que ella necesitó un tiempo para asimilar sus palabras. Después, pensó que debía haberlo comprendido mal, o que le estaba gastando una broma pesada.

—Sé que todo es muy apresurado —dijo él—. Apenas nos conocemos. Pero por el bien del bebé, creo que es lo lógico.

Lo decía en serio. Quería casarse con ella. ¿Cómo era posible si sólo unos días antes ni siquiera era una opción?

—Pero si querías ser primer ministro.

—Sí, pero eso no es lo mejor para el bebé. Voy a ser padre. A partir de ahora, tendré que darle prioridad a mi hijo o hija.

—Mi familia ha hecho que tomes esta decisión, ¿no es así? ¿Te han amenazado?

—Esto no tiene nada que ver con tu familia —le agarró la mano—. Es lo que yo quiero, Annie. Lo que creo que es mejor para todos. Al menos tenemos que intentarlo, por el bien del bebé.

Ella estaba entusiasmada, pero se sentía culpable. Si hubiese actuado de manera responsable, si no hubiera mentido acerca de que lo tenía todo controlado, no estarían en esa situación. Él no se sentiría obligado a dejarlo todo para lo que tan duro había trabajado.

¿Y si se arrepentía de la decisión y terminaba pagándolo con ella y el bebé? ¿Y si no? ¿Y si se enamoraban y vivían felices?

Ella colocó la otra mano sobre las de Sam.

–¿Estás seguro de esto, Sam? Porque una vez que estemos casados, ya está. El divorcio sólo puede conseguirse con el consentimiento del rey.

–Intentémoslo de otra manera –dijo él. Se arrodilló frente a ella y sacó un aniño de diamantes de su pantalón.

Ella no podía creer lo que estaba sucediendo.

Sam la agarró de la mano y la miró a los ojos.

–¿Te casarás conmigo, Annie?

Sólo había una respuesta posible.

–Por supuesto que me casaré contigo, Sam.

Sonriendo, él le puso el anillo en el dedo. Era de oro blanco y tenía un diamante redondo rodeado por otras piedras más pequeñas. A pesar de su brillo era evidente que era una antigüedad.

–Oh, Sam, es precioso.

–Era de mi bisabuela –dijo él.

–Debíamos de tener el mismo tamaño de manos –dijo ella, moviéndola para que brillara el anillo–. Me queda perfecto.

–Pedí que lo modificaran para que fuera de tu tamaño.

–¿Y cómo sabías cuál era mi talla?

–Gracias a la princesa Louisa.

–¿Le preguntaste a mi hermana?

–¿Te parece bien?

–Por supuesto. Sólo que no puedo creer que no me haya dicho nada. Es malísima guardando secretos.

–Supongo que quería que nuestro momento fuera especial.

–Lo es –le rodeó el cuello con los brazos y lo abrazó. Le gustaba estar junto a él. Se sentía como si hubiera encontrado su lugar. Estaba muy feliz. Más de lo que había estado en mucho tiempo. O quizá en toda su vida.

Era sorprendente cómo podía surgir algo tan maravilloso de una situación tan complicada. Aunque no era que pensara que todo sería fácil y sin complicaciones. Sabía que el matrimonio era algo que conllevaba esfuerzo y el suyo no sería diferente, pero dadas las circunstancias estaban teniendo un buen comienzo.

—Sé que él no se encuentra bien, pero si fuera posible me gustaría estar allí cuando se lo cuentes al rey y a la reina —dijo Sam—. Me gustaría hacerlo bien y tener la oportunidad de pedirles tu mano.

Sus palabras la llenaron de felicidad porque eso era lo que su padre siempre había deseado para ella.

—Iremos mañana —dijo ella, emocionada con la idea. Sabía que sus padres estarían encantados. Aunque Sam fuera político. Y también se emocionarían al oír la noticia del embarazo.

—Deberíamos casarnos pronto —dijo él—. Pensaba en la próxima semana.

Eso era muy pronto, pero él tenía razón. Cuanto antes, mejor. Debido al delicado estado de salud de su padre, tendrían que celebrar una ceremonia pequeña. Por ese mismo motivo Louisa había celebrado una boda íntima a pesar de que siempre había soñado con una gran ceremonia.

Anne comenzó a pensar en todas las cosas que tendrían que preparar en poco tiempo. ¿Dónde celebrarían la ceremonia y a quién invitarían? ¿Y el rey se encontraría lo bastante bien como para acompañarla hasta el altar? ¿Y la luna de miel? ¿Dónde…?

¿Y la noche de bodas?

De pronto se percató de que Sam la había abrazado y la estrechaba contra su cuerpo. Notaba el calor de sus manos en la espalda y el aroma de su loción de afeitar.

Se le aceleró el corazón y sólo podía pensar en desnudarlo para acariciarlo y besarlo por todo el cuerpo.

–Supongo que eso significa que ya no tenemos que mantener una relación platónica por más tiempo –dijo ella.

–Es curioso –dijo él–. Peor yo estaba pensando exactamente lo mismo.

«Menos mal». Porque la idea de un matrimonio sin sexo le parecía sumamente aburrida.

Ella lo besó en el cuello y, al sentir el latido de su corazón bajo los labios, supo que estaba igual de excitado que ella.

–Podríamos hacer el amor ahora mismo si quisiéramos.

–Podríamos –convino él, gimiendo cuando ella lo mordisqueó en el cuello.

Ella sentía ganas de comérselo vivo. De tragárselo entero. Levantó la cabeza y él la besó en los labios con delicadeza para después besarla en la barbilla, en el cuello y más abajo.

–Llévame a tu dormitorio –le dijo acariciándole la nuca. Estaba tan excitada que creía que podría salir ardiendo–. Ahora mismo.

–No sabes cómo te deseo –dijo él, acariciándola con los labios–. Te he deseado desde aquella noche. Eres en lo único que he podido pensar.

–Puedes poseerme. Ahora.

Él susurró contra sus labios.

–O podemos esperar a que estemos casados.

–Siento que podría volverme loca si no puedo poseerte ahora mismo.

–Más motivo para esperar –dijo él–. Piensa en lo especial que será nuestra noche de bodas.

Ella lo miró y sonrió.

–¿No se supone que eso debo de decirlo yo?

Él sonrió.

–Búrlate si quieres, pero sabes que tengo razón.

Sí, él tenía razón.

–¿Realmente es lo que quieres?

Él le retiró las manos de su cuello y se las sujetó.

–Creo que deberíamos esperar.

Era evidente que no le resultaba sencillo tomar la decisión y que si ella lo presionaba probablemente acabara haciéndole el amor toda la noche. Ella no comprendía por qué era tan importante para él, pero evidentemente lo era. Además, ¿qué importaban unos días más?

A regañadientes, decidió que respetaría sus deseos y esperaría hasta la noche de bodas. Pero eso no significaba que le gustara su decisión.

Capítulo Cinco

Anne apenas llevaba en casa cinco minutos cuando Louisa llamó a la puerta de su dormitorio aquella noche. Eran casi las once, más tarde de lo que Louisa y Garrett solían acostarse. Garrett había empezado a encargarse de la gestión de todas las fincas de la familia real para que Aaron, el hermano de Anne y Louisa, pudiera asistir a la Facultad de Medicina, y cada mañana se levantaba antes del amanecer. Además, Louisa y Garrett estaban recién casados y todavía pasaban el día agarrados de la mano o haciéndose caricias. Compartiendo secreteos y mirándose con complicidad, como si no pudieran esperar para quedarse a solas.

Anne incluso podía admitir que alguna que otra vez se había sentido celosa. Pero pronto llegaría su turno.

—Es muy tarde y sigues levantada —dijo Anne, fingiendo que no tenía ni idea de por qué Louisa quería hablar con ella y escondiendo la mano detrás de su espalda para que no viera el anillo.

—Me preguntaba cómo había ido tu cita —dijo Louisa, entrando en la habitación y cerrando la puerta tras de sí.

—No era una cita como tal —dijo Anne, y se sentó en la cama colocando las manos bajo los muslos—. Teníamos que hablar de algunos asuntos.

Louisa se sentó a su lado.

–¿De qué habéis hablado?

–Sobre todo del bebé.

–¿Eso es todo?

–Más o menos –dijo ella, y añadió con naturalidad–. Ah, y me ha pedido que me case con él.

–¡Oh, cielos! –chilló Louisa–. ¡Enhorabuena! ¿Y
qué le has dicho?

Ella se encogió de hombros.

–Le he dicho que lo pensaría.

Louisa lo miró horrorizada.

–¡No!

–Por supuesto que no –ella sonrió y le mostró el
anillo que llevaba en la mano–. Le he dicho que sí.

Louisa abrazó a Anne.

–Me alegro mucho por ti, Annie. Sam y tú vais a
hacer buena pareja.

–Eso espero –dijo Anne.

–Así será –dijo Louisa–. Si crees en ello, sucede-
rá.

Deseaba que fuera verdad. Y tan sencillo.

–No dejo de pensar en vosotros, y en Aaron y
Chris. Todos habéis encontrado a la persona adecuada y sois muy felices.

–Y tú también lo serás.

–Parece que en todas las familias al menos hay
un miembro que siempre fracasa en las relaciones.
¿Y si yo soy esa persona? Siempre he sido muy negativa. ¿Y si no merezco ser feliz?

–Después de lo que hemos pasado con nuestro
padre ¿no crees que todos nos merecemos la felicidad? Además, nada está predeterminado. La vida
es lo que uno hace de ella.

–Eso es lo que me preocupa. Hasta ahora ha sido un desastre. Sobre todo mi vida amorosa.

–Eso ha sido mala suerte. Lo que pasa es que no has conocido más que a cretinos. Pero cualquiera que conozca a Sam te dirá que es un chico estupendo. Y será un marido y un padre fantástico.

Anne no lo dudaba. De otro modo nunca habría aceptado su propuesta. Era ella la que la preocupaba. Por primera vez en su vida veía la posibilidad de ser feliz y le daba miedo estropearlo.

–Estoy segura de que tienes razón –le dijo a Louisa.

–Por supuesto que sí –dijo ella, como si no tuviera ninguna duda.

Cuando Louisa regresó a su habitación, Anne se puso el pijama y se metió en la cama. Pero estaba tan acelerada que no podía dormir, así que decidió que quizá una infusión la tranquilizara. Se levantó y se puso la bata. El castillo estaba en silencio y sólo se oía el llanto del bebé proveniente de la habitación de Melissa y Chris. Cinco meses después Anne se vería en las mismas circunstancias. «Con Sam», recordó con una sonrisa.

Anne esperaba que la cocina estuviera vacía y, al encender la luz, se sorprendió al encontrar a Geoffrey, el mayordomo, sentado a la mesa.

–Lo siento –dijo Anne, al ver que entrecerraba los ojos con la luz–. No quería asustarte.

–No hace falta que se disculpe –dijo él. Tenía la chaqueta colgada del respaldo de la silla y la corbata aflojada alrededor del cuello. Frente a él había una botella de whisky y un vaso medio lleno–. ¿Qué le trae por aquí a estas horas, alteza?

–No podía dormir y decidí prepararme una infusión.

–Debería haberme llamado. Yo se la habría llevado.

–No quería molestarte.

Él se puso en pie y señalo la silla vacía.

–Siéntese. Yo se la prepararé.

Ella obedeció porque estaba en el terreno de Geoffrey. Señaló el vaso de whisky y dijo:

–¿Has tenido un día duro?

–Peor que algunos y mejor que otros –puso la pava al fuego–. ¿Y usted?

–Yo he tenido un día muy bueno.

Él sacó una taza del armario y metió una bolsita de infusión en ella.

–¿Tiene algo que ver con cierto joven y con ese anillo que lleva en el dedo?

–Quizá –debía haber imaginado que él se fijaría en el anillo. A Geoffrey no se le escapaba una. Llevaba trabajando para la familia desde antes de que hubiera nacido Anne y en cierto modo era como su segundo padre. Al parecer no tenía familia ni nadie que pudiera cuidar de él en caso de que se pusiera enfermo. Pero después de tantos años de fidelidad, siempre tendría un lugar en el castillo junto a la familia real.

–Supongo que habrás oído lo del bebé.

–Puede ser –dijo él.

–¿Estás disgustado conmigo?

–Si hubiera asesinado a alguien estaría disgustado. Un hijo es una bendición.

–Sí, pero sé que tiene valores tradicionales.

Él sirvió el agua hirviendo en la taza y la dejó sobre la mesa.

–Entonces supongo que se sorprenderá si le cuento que una vez me vi en una situación similar.

–No tenía ni idea –dijo ella. Nunca había oído que él hubiera tenido novia.

Geoffrey se sentó frente a ella.

–Fue hace muchos años. Antes de venir a trabajar aquí.

–¿Tuviste un hijo?

Él asintió.

–Se llama Richard.

–¿Por qué nunca has dicho nada?

Él se encogió de hombros y movió el líquido que contenía su vaso.

–No es algo de lo que me agrade hablar.

–¿Lo ves?

Él negó con la cabeza como con cargo de conciencia.

–Hace muchos años que no.

–¿Qué ocurrió?

Él se terminó el whisky y se sirvió otro. Ella se preguntaba si el alcohol era el responsable de la soltura que mostraba al hablar. Parecía muy triste. ¿Y cuándo había envejecido tanto? Era como si le hubieran aparecido arrugas de repente.

–Su madre era cocinera en la casa donde trabajaba antes –dijo él–. Tuvimos una aventura y se quedó embarazada. Yo hice lo correcto y me casé con ella, pero no tardamos mucho en percatarnos de que éramos incompatibles. Estuvimos juntos dos años y después nos divorciamos. Pero trabajar juntos nos resultaba desagradable y decidimos que sería mejor que yo me marchara y encontrara otro trabajo. Fue entonces cuando empecé a trabajar aquí.

—¿Cuándo dejaste de ver a tu hijo?

—Cuando tenía seis años su madre se volvió a casar. Al principio yo estaba celoso, pero ese hombre era bueno con Richard. Lo trataba como a su propio hijo. Un año más tarde le ofrecieron un puesto de trabajo en Inglaterra. En un principio yo objeté, pero mi ex me lo dejó claro. Yo no tenía tiempo para mi hijo y su padrastro sí. Ella me convenció de que lo mejor era que lo dejara marchar.

—Debió de ser devastador para ti.

—Fue lo más duro que he hecho nunca. Intenté mantener el contacto con llamadas y cartas, pero nos distanciamos. Creo que simplemente ya no me necesitaba.

Parecía tan triste que a Anne se le llenaron los ojos de lágrimas. Estiró el brazo y cubrió la mano de Geoffrey con la suya.

—Lo siento mucho, Geoffrey.

A él también se le habían humedecido los ojos.

—Estuve triste, pero entonces empecé a tener que perseguirte a ti y a tus hermanos. Ahora es cuando temo haber cometido un gran error al dejarlo marchar.

Parecía tan triste que ella deseó abrazarlo.

—Hiciste lo que pensabas que era mejor. Y eso no significa que no puedas intentar ponerte en contacto con él ahora. ¿Tienes idea de dónde vive? ¿O de a qué se dedica?

—La última vez que hablé con su madre me dijo que pertenecía a un comando de la Royal Marine.

—¡Santo cielo! Eso es admirable.

—Ella alardeaba de que es una especie de genio de la informática. Pero eso fue hace mas de diez años.

–Al menos podrías tratar de buscarlo.

–¿Y si lo hago y no me gusta lo que encuentro?

Ella se preguntaba cómo podía pensar una cosa así. Al menos debía intentar encontrarlo.

Geoffrey se terminó la copa y miró el reloj.

–Es casi medianoche. Debería irme a dormir. Y usted también, jovencita.

Ella sonrió. Hacía años que no la llamaba así.

–Sí, señor.

Al pasar por detrás de ella para dirigirse a su dormitorio, él le dio una palmadita en la espalda. Anne se sorprendió al ver sus manos arrugadas y delgadas.

Se percató de que ni siquiera había probado la infusión y de que ya se había enfriado.

El rey había estado alejado de la vida pública durante tanto tiempo que Sam se sorprendió al verlo la tarde siguiente. A pesar de que sabía que estaba enfermo, no esperaba encontrarlo tan pálido y con un aspecto tan delicado. No era más que la sombra de lo que había sido. Y era evidente que a la madre de Anne también le habían pasado factura los meses durante los que había estado acompañándolo en su enfermedad. La reina parecía agotada. Parecía que había envejecido más de una década en tan sólo unos meses.

Pero el dolor que habían sufrido no bastaba para aplacar la alegría que sintieron cuando Sam anunció que tenía intención de casarse con Anne y les pidió su mano.

–Confiaba en que hicieras lo correcto, Sam –dijo el rey–. Por el bien de mi nieto.

–Supongo que querréis celebrar la boda pronto –la reina le dijo a Anne–. Antes de que se note el embarazo.

Sam miró a Anne y, al ver su cara de sorpresa, supo que ella no había dicho nada.

–¡Voy a matar a Louisa! –exclamó Anne–. ¿O ha sido Chris quien se ha chivado?

Sam se cruzó de brazos y se cubrió la boca para ocultar su sonrisa. Así que ése era el carácter batallador de Anne del que tanto había oído hablar. Le gustaba.

–Nadie ha dicho nada –le aseguró la reina–. No hacía falta. Conozco a mi hija.

–Y aunque yo esté inválido –dijo el rey mirando a Sam–, estoy muy bien informado de lo que ocurre en mi castillo.

Cosas como que Sam había salido de la habitación de su hija a altas horas de la madrugada.

El rey se rió débilmente.

–No pongas esa cara. Yo también he sido joven –miró a su esposa y sonrió–. Y hubo una época en la que yo también me colaba en las habitaciones.

La reina se acercó y le agarró la mano, mirándolo con una sonrisa. Era evidente que a pesar de todo lo que habían pasado, o gracias a ello, seguían profundamente enamorados. Sam esperaba que algún día pasara lo mismo entre Anne y él.

–¿Por qué no me habéis dicho nada? –preguntó Anne.

–Cariño –dijo su madre–. Siempre has hecho las cosas a tu manera. Imaginé que cuando estuvieras preparada para contárnoslo, lo harías. Y que si necesitabas mi consejo me lo pedirías.

–¿No estáis disgustados? –preguntó Anne.

–¿Estás contenta? –le preguntó el rey.

Ella miró a Sam y sonrió.

–Muy contenta.

–Entonces, ¿por qué íbamos a estar disgustados?

–Bueno, el bebé…

–Es una bendición –dijo la reina.

La naturalidad con la que se estaban tomando la situación sorprendió a Sam. Aunque después de todo lo que habían pasado y de saber que al rey le quedaba poco tiempo de vida, ¿qué sentido tenía disgustarse?

Sam siempre había respetado al rey, pero nunca tanto como en aquellos momentos. Y a pesar de que su padre creía que ellos pensaban de manera diferente, parecían bastante realistas.

–Imagino que pensáis vivir aquí, en el castillo –dijo el rey.

Anne miró a Sam con nerviosismo.

–Por supuesto, alteza.

–Por supuesto también trabajarás para la familia real.

Sam asintió.

–Será un honor.

–¿Has pensado en qué colores te gustaría tener en tu boda? –le preguntó la reina a Anne.

–Amarillo, creo –dijo Anne, y continuó hablando con su madre sobre los planes de boda mientras Sam hablaba con el rey sobre su futuro trabajo en la monarquía.

Él le aseguró a Sam que no desperdiciarían su talento y que estaría bien recompensado. Sam sabía que su futuro económico estaba garantizado gracias a una futura herencia, pero le alegraba saber que valorarían su trabajo. Se sentía aliviado de que a pesar de las circunstancias, aquella situación se estuviera solventando tan bien.

Tanto que, como no era demasiado positivo, podía esperar que algo fallara en cualquier momento.

El viernes siguiente Sam y Anne se casaron en los jardines del palacio. Fue una pequeña ceremonia a la que asistió la familia real, los padres de Sam y algunos amigos cercanos.

Louisa fue la dama de honor y Adam, el hermano mayor de Sam, voló desde Inglaterra para ejercer de padrino. Adam era un compositor y no tenía ningún interés por la política, sin embargo, comprendía la pasión que Sam sentía por ella y que deseara seguir los pasos de su padre.

–¿Estás seguro de que quieres hacerlo? –le preguntó a Sam antes de que comenzara la ceremonia–. Si lo haces para salvar la reputación de la princesa…

–Lo hago porque mi hijo merece que sus padres estén casados.

–Una aventura de una noche no asegura una relación duradera, Sam. Apenas la conoces. Si la familia real te está forzando…

–Es mi decisión. Sólo mía.

Adam negó con la cabeza, como si Sam fuera una causa perdida. Entonces, sonrió y dijo:

–Mi hermanito, un duque. ¿Quién iba a decirlo?

Sam agradecía que su hermano siguiera preocupándose por él después de todos esos años. Pero

Sam ya había dejado atrás su vida política. Durante los dos últimos días había vaciado su despacho, ya que desde que había sido nombrado duque, no podía seguir trabajando para el gobierno.

Grace, su secretaria, se había despedido de él diciéndole que había sido un jefe estupendo y que lo echaría de menos.

–Sé que no he sido la secretaria más eficiente, y aprecio la paciencia que has tenido conmigo.

Él se sintió culpable por todas las veces que se había enfadado o mostrado impaciente con ella.

Cuando Anne y él regresaran de su luna de miel, Sam ocuparía su puesto en la monarquía. No podía decir que estuviera entusiasmado con la idea, pero intentaba mantener una actitud positiva. Al menos no habían tratado de forzarlo para que trabajara en su negocio agrícola. No sabía nada acerca de gestionar tierras de cultivo. Ni tenía intención de aprender.

Su meta era convertirse en la mano derecha de Chris cuando él se convirtiera oficialmente en rey.

Comenzó a sonar la música y Sam vio que Anne y su padre ocupaban sus respectivos lugares. Ella llevaba un vestido largo de color crema con varios volantes de seda. Pero ni siquiera con ellos disimulaba que estaba embarazada. Sam estaba seguro que desde que ella había ido a verlo la semana anterior, su vientre había doblado en tamaño. Y en su opinión, ella era todavía más tentadora.

Llevaba el cabello recogido y algunos mechones le enmarcaban el rostro. Por supuesto, llevaba una tiara engarzada con piedras preciosas.

Todo el mundo se puso en pie para recibirla y

Sam observó cautivado cómo se acercaba a él. Estaba radiante. Era como si el brillo de la felicidad emergiera desde su interior.

A juzgar por cómo se agarraba al brazo de Anne, era evidente que el rey estaba empleando toda su energía para recorrer el trayecto hasta el altar. Pero lo hacía con gracia y dignidad.

«Ahí vamos», pensó Sam cuando el rey entrelazó la mano de Anne con la de él. Se suponía que era el fin de la vida, pero tras pronunciar los votos e intercambiar los anillos, experimentó un profundo sentimiento de calma. Decidió que era una muestra de que realmente estaba haciendo lo correcto. Quizá no sólo por su hijo, sino también por ellos dos.

Tras la ceremonia sirvieron bebidas y aperitivos en una carpa que habían colocado en los jardines. Sam estaba en la barra observando a su nueva esposa. Ella estaba hablando con su hermano Adam y él parecía encantado con ella. Dadas las circunstancias, Sam había pensado en la posibilidad de que hubiera habido cierta tensión entre las familias, pero parecía que todos se estaban llevando bien.

Casi demasiado bien.

El príncipe Christian se acercó a la barra para pedir una copa y le dijo a Sam:

—Bonita boda.

Sam asintió.

—Es cierto.

—Nunca había visto a mi hermana tan contenta.

Sí que parecía contenta. Y Sam se alegraba de que su familia hubiera conocido esa parte de su personalidad, algo que no solía salir en la prensa. Le gustaba pensar que aquélla era su Anne, la verdadera mujer, a quien él había rescatado de una existencia de negatividad y desesperación.

Durante la semana habían conversado mucho y ella le había contado algunas cosas sobre los hombres que había habido en su vida. Los que la habían utilizado y traicionado. Después de todo lo que había sufrido era un milagro que no hubiera perdido la capacidad de confiar en alguien.

Anne vio que Sam la estaba mirando y sonrió.

–Tu hermana merece ser feliz –le dijo Sam al príncipe.

–Yo opino lo mismo –contestó él–. Y si alguna vez le haces daño, me vengaré.

–Lo tendré en cuenta, alteza.

Desde el otro lado de la carpa se oyó el llanto de un bebé y ambos se volvieron para ver que la princesa Melissa estaba peleándose con dos criaturas.

–Me temo que es mi turno –dijo el príncipe. Empezó a marcharse, pero se detuvo y dijo–: Por cierto, puesto que ahora somos familia puedes olvidarte de lo de alteza. Llámame Chris.

–Después de tantos años de dirigirme a ti formalmente, puede que me lleve un tiempo acostumbrarme.

–Dímelo a mí –dijo Chris con una sonrisa antes de ir a rescatar a su esposa.

Sam notó una mano en el hombro y, al volverse, se encontró con Anne.

Ella lo agarró del brazo y le dijo entusiasmada:

–¿Puedes creerlo, Sam? Estamos casados.

–Es extraño, ¿verdad?

–¿Crees que es extraño que esté tan contenta?

–Para nada –se inclinó hacia delante y la besó en los labios–. Me preocuparía si no lo estuvieras.

–¿Cuándo crees que podremos escaparnos de aquí? Esperaba que pudiéramos pasar un rato a solas antes de marcharnos de luna de miel.

Sam estaba a punto de contestar cuando una explosión hizo temblar el suelo bajo sus pies. Los invitados empezaron a gritar y Sam cubrió a Anne con el cuerpo y miró hacia el lugar de donde provenía el sonido. En la parte norte del castillo se veían llamas y humo. Al principio no podía creer lo que estaba viendo, y su intención era llevar a Anne a algún lugar seguro lo antes posible. Pero antes de que pudiera reaccionar, el lugar se llenó de miembros de seguridad.

–¿Qué diablos está pasando? –preguntó Anne, y al ver las llamas palideció.

El equipo de seguridad estaba guiando a los invitados en la otra dirección.

—Es él –dijo Anne, más enfadada que asustada–. Ha sido el Gingerbread Man.

Las amenazas por correo electrónico y las bromas ocasionales eran una molestia, pero aquello era algo serio. Era evidente que estaba fuera de control.

–Por lo que sabemos, podría ser un accidente –dijo Sam.

–No –dijo ella–. Es él. Y esta vez ha llegado demasiado lejos.

Capítulo Seis

Tal y como Anne sospechaba, la explosión había sido provocada a propósito.

Habían escondido un artefacto debajo del coche de los tíos de Sam. El equipo de artificieros de la policía seguía investigando pero, según decían, la bomba había sido activada por control remoto.

Otros cuatro coches habían sufrido daños en la explosión y el garaje del castillo también había salido muy perjudicado. Tendrían que cambiar cuatro de las cinco puertas que tenía y restaurar parte de la fachada. Afortunadamente nadie había resultado gravemente herido. Había tenido la decencia de hacerlo explotar cuando no había mucha gente por los alrededores. O quizá había sido pura coincidencia.

Los tíos de Sam, cuyo coche había explotado, se sentían responsables a pesar de que Anne y sus hermanos les repetían que no tenían ninguna culpa.

Sólo había un responsable.

Gingerbread Man.

Sabían que había sido él porque poco después de la explosión Anne había recibido un mensaje de correo electrónico vía el correo del equipo de seguridad.

Siento no haber podido asistir a tu boda.
He oído que ha sido la bomba.

–Esto tiene que terminar de una vez –le dijo Anne a Chris, quien estaba tomándose un whisky en el estudio. Los invitados habían sido trasladados a sus casas con los coches oficiales y casi todos los miembros de la familia se habían ido a dormir. Sam, Chris y Anne se habían quedado hablando. Anne no paraba de moverse de un lado a otro de la habitación.

–Podía haber herido gravemente a alguien. ¡O haberlo matado!

–¿Crees que no lo sé? –dijo Chris, agotado–. Estamos haciendo todo lo que podemos. ¿Qué más quieres que haga?

–Sabes lo que creo que debemos hacer –dijo ella, y él se puso muy serio.

–Eso no es una opción.

–¿Qué es lo que no es una opción? –preguntó Sam.

–Anne quiere que le tendamos una trampa para detenerlo –dijo Chris.

–¿Una trampa?

–Supongo que utilizando a alguno de nosotros como cebo.

Sam se volvió para mirarla.

–No lo dices en serio.

–Quizá confío en cómo trabaja nuestro equipo de seguridad. Además, nadie tiene una idea mejor. ¿Cuánto tiempo se supone que debemos seguir así? Viviendo como prisioneros, temiendo qué hará después. Evidentemente cada vez está más violento.

–Eso es evidente –soltó Chris–. Y ahora ya sabemos de lo que es capaz. Ha puesto una bomba. Es más peligroso de lo que imaginábamos.

–De acuerdo –dijo ella–. A lo mejor, tenderle una trampa no es una idea tan mala.

–Creo que en vista de lo sucedido sería mejor que cancelarais vuestra luna de miel.

–¡Qué! –exclamó ella con indignación–. No lo dirás en serio.

–Lo digo muy en serio.

–Pero fuiste tú quien sugirió que fuéramos allí porque era un lugar seguro.

El cuñado de Chris, el rey Phillip de Morgan Isle, había invitado a Sam y a Anne a pasar unos días en la casa de campo de la familia. De hecho, en aquellos momentos deberían estar en un barco rumbo a la isla. Si todo hubiese salido tal y como habían planeado, deberían estar celebrando su luna de miel.

–Pensé que sería el lugar más seguro para vosotros, pero…

–Louisa se fue a Cabo en su luna de miel y nadie la molestó –le recordó Anne.

–Las cosas han cambiado.

–Chris, él ha arruinado mi boda. Me niego a que también arruine mi luna de miel. Allí habrá mucha vigilancia. Estaremos bien.

Chris la miró dubitativo.

–Hemos mantenido el destino en secreto, y cuando él descubra dónde estamos e idee un plan, ya estaremos de regreso en el castillo.

–De acuerdo –aceptó Chris–. Siempre y cuando prometáis que no correréis ningún riesgo innecesario.

–Por supuesto –dijo Anne.

Chris miró a Sam y vio que asentía.

–Claro que no.

Anne se percató de que tenía los puños cerrados con fuerza y decidió que debía relajarse. Aquello no debía de ser bueno para el bebé. Necesitaba encontrar la manera de liberar su estrés. Y no tenía que buscar mucho para encontrarla.

Miró a Sam. Su esposo. Todavía iba vestido con la ropa de la boda, pero se había quitado la chaqueta y aflojado la corbata. Estaba muy atractivo y ella deseaba pasar un rato a solas con él.

Quizá les hubieran estropeado la boda, pero todavía tenían la noche de bodas por delante. Después de haber pasado cuatro meses sin él y de estar una semana esperando a que llegara aquella noche, estaba decidida a que fuera memorable.

—Estoy agotada —comentó fingiendo un bostezo—. ¿Nos vamos a dormir, Sam?

Él asintió y se puso en pie.

—A las diez de la mañana el barco que os llevará a Morgan Isle os estará esperando —le dijo Chris.

—Gracias —dijo ella. Agarró a Sam de la mano y lo guió escaleras arriba hasta su dormitorio.

Por la mañana habían trasladado casi toda la ropa de Sam y la habían colocado en un armario. Anne tendría que acostumbrarse de nuevo a compartir su habitación con otra persona.

Deseaba que cuando detuvieran a Gingerbread Man, Sam y ella pudieran pasar algún tiempo en la casa de la abuela de Sam. Alejados de su familia y de las obligaciones oficiales. Un lugar donde pudiera ser ella misma. Un lugar donde no se sintiera observada por los retratos de los antepasados que colgaban en los pasillos. Y donde pudiera prepararse una taza de té sin sentirse como una intrusa en la cocina. Donde pudiera hacer el amor con su marido sin preocuparse de que la oyeran.

Intimidad. Eso era lo que deseaba tener. Un lugar propio.

–Debo pedirte disculpas –dijo Sam.

–¿Por qué?

–Hasta hoy no me había dado cuenta de que esta historia de Gingerbread Man es muy seria. Cuando explotó el coche vi pasar mi vida por delante de mis ojos.

Anne le apretó la mano.

–Siento haberte metido en este lío.

Él la miró y sonrió.

–No pasa nada. Sólo quiero que no te pase nada.

Y se lo había demostrado. Ella recordaba cómo nada más oír la explosión él se había colocado delante de ella para protegerla con su cuerpo.

Debía recompensarlo por aquel gesto caballeresco, ¿no?

Nada más entrar en la habitación ella se lanzó a sus brazos.

–¡Uf! –exclamó él cuando ella le rodeó el cuello y lo besó en los labios.

En cuanto se recuperó de la sorpresa, él la abrazó y la besó de forma apasionada. Ella le acarició el cabello y jugueteó con su lengua. Ambos respiraban de manera acelerada y cuando se separaron un instante él comentó:

–Creía que estabas agotada.

–¿Qué iba a decir? ¿Vamos arriba que quiero que me vuelvas loca?

Él sonrió.

–¿Eso es lo que tengo que hacer?

–Si quieres –dijo ella, conociendo la respuesta. Se quitó las horquillas y su melena cayó sobre sus hombros. Al ver que él la miraba de arriba abajo, añadió–. A menos que prefieras irte a dormir.

Sam la agarró por la cintura, la atrajo hacia sí, y la besó una y otra vez.

Por un lado, ella deseaba llevarlo a la cama, quitarle la ropa y cabalgar sobre su cuerpo hasta llegar al éxtasis. Por otro, deseaba tomarse su tiempo y hacer que aquel maravilloso momento durara todo lo posible.

Se separó de él, se desabrochó el vestido y se lo quitó con una sonrisa. Se quedó vestida únicamente con un conjunto de ropa interior de encaje.

–Quítatelo todo –ordenó él, mirándola fijamente mientras ella se quitaba el sujetador y lo tiraba al suelo.

–Los tengo más grandes –dijo ella, agarrándose los senos con las manos.

–No me importa qué tamaño tengan, siempre y cuando sean tuyos.

Ella se apretó los pechos con cuidado de no tocarse los pezones. Los tenía muy sensibles desde el segundo mes de embarazo. A veces, sólo el roce del pijama hacía que se le pusieran erectos y que sintiera un hormigueo.

–Las bragas también –ordenó él.

Ella obedeció, anticipando la sonrisa que se formó en sus labios cuando se percató de lo que ocultaba, o mejor dicho, de lo que no ocultaba bajo la tela.

–Me daba la sensación de que había muerto y me había ido al cielo –dijo él.

–Fue idea de Louisa –dijo ella, acariciándose la piel suave, producto del depilado brasileño que su hermana había insistido en que se hiciera para volver loco a Sam, y que, a juzgar por su cara había sido todo un éxito.

–¿Louisa? –negó con la cabeza–. No parece ese tipo de persona.

–Dice que las sensaciones se intensifican.

–Supongo que tendremos que probar esa teoría.

Ella contaba con ello. Se acercó a la cama y Sam observó cómo retiraba la colcha y se sentaba con las piernas abiertas.

Él se acercó, pero Anne negó con la cabeza y dijo:

–Te toca desvestirte. Quítatelo todo.

Sam obedeció. Tenía un cuerpo perfecto, y sólo con mirarlo ella se excitaba.

–Túmbate –le ordenó él.

Ella se recostó contra las almohadas. Sam se sentó a su lado. Ella estaba muy excitada, pero quería tomárselo despacio. Saborear cada momento. Sam parecía satisfecho con mirarla mientras le acariciaba los senos y la base del cuello.

–Eres preciosa –dijo él y le sujetó los pechos, inclinándose para mordisquearle uno de los pezones. Ella se estremeció violentamente y gimió con fuerza.

Él levantó la cabeza, intrigado.

–¿Qué ha pasado?

–No lo sé –dijo ella–. Nunca he sentido algo así.

–¿Era doloroso?

–No exactamente. Ha sido como un calambre –dolor y placer al mismo tiempo.

–¿No sigo?

Anne negó con la cabeza.

–Hazlo otra vez.

–¿Estás segura?

Ella se mordió el labio y asintió. Sam agachó la

cabeza para hacérselo de nuevo y ella se agarró a sus hombros. Cuando él introdujo uno de los pezones en su boca, ella experimentó una intensa sensación en la entrepierna, como si sus pechos estuvieran conectados directamente con su vientre. Ella gimió con fuerza y le clavó las uñas en los hombros. Entonces, él hizo lo mismo sobre el otro pezón y ella casi saltó de la cama.

Sam le soltó el pezón y la miró fascinado.

–Guau.

Aquello era una locura. Apenas la había tocado y ella estaba al borde del orgasmo.

–Si vuelves a hacerlo, llegaré al clímax –le advirtió.

–¿Lo dices en serio?

Ella asintió.

Parecía que Sam quería hacerlo como para comprobar que era cierto. Incluso agachó la cabeza una pizca pero, en el último segundo, cambió de opinión. Se incorporó, le separó más las piernas y se arrodilló entre ellas.

Anne pensó que iba a poseerla, pero él se inclinó hacia delante y la acarició con la lengua provocando que se le entrecortara la respiración.

–Llevo fantaseando con estar contigo desde la noche que pasamos juntos en tu habitación –dijo él, y la besó en el vientre–. Ni siquiera he podido fijarme en otra mujer. Sólo te deseaba a ti.

Ella le acarició el cabello mientras él le besaba el cuerpo volviéndola loca. Cuando por fin se tumbó sobre ella, Anne estaba desesperada porque la poseyera.

Sam la penetró despacio pero con decisión y ella experimentó un intenso placer que invadió todo su cuerpo.

Él la miró fijamente y se retiró una pizca, después la penetró de nuevo y ella arqueó las caderas para acompasar el movimiento sintiendo un placer indescriptible que no le permitía razonar, únicamente disfrutar.

Sam le cubrió el pecho con la boca y ella alcanzó el orgasmo, agitándose como un animal fuera de control.

Anne oyó que Sam gemía y pronunciaba su nombre a la vez, tensando todo el cuerpo y estremeciéndose con fuerza. En ese instante, no había nada más importante. Estaban Sam y ella contra el resto del mundo.

Anne no tenía ninguna duda de que lo amaba. Y no sólo porque le hubiera regalado el mejor orgasmo de su vida. Estaban hechos el uno para el otro. Ella lo sabía desde el momento en que él la abrazó en la pista de baile la noche del acto benéfico.

Pero no podía decírselo. Todavía no. El momento no era el adecuado.

Sam la besó en el cuello y le mordisqueó las orejas, susurrándole cómo le gustaba el sabor de su cuerpo, y antes de que ella se diera cuenta, él estaba haciéndole el amor otra vez.

Capítulo Siete

Para pertenecer a la realeza, la casa de campo de Morgan Isle estaba muy desangelada. Era una casa de madera que tenía una cocina pequeña, un salón principal, un baño en cada planta, y cuatro dormitorios. Dos, en el piso de arriba y dos en el de abajo. Por supuesto, no faltaban las cabezas de animales disecadas, producto de las cacerías que allí se celebraban.

No había ni radio ni televisión. Ni teléfono. Sam insistió en darle los teléfonos móviles a Gunter y dejó claro que sólo los molestaran en caso de que hubiera un desastre natural o un importante problema familiar. No quería que nadie los distrajera de su primer objetivo. Desnudar a Anne y mantenerla así durante seis días. Y, al parecer, ella tenía el mismo objetivo ya que cuando él le preguntó por qué había llevado tan poco equipaje, ella contestó:

—Estamos de luna de miel. ¿Para que necesito ropa?

Era agradable saber que estaban en el mismo punto y, sin duda, la noche anterior Sam había disfrutado de la relación sexual más salvaje de su vida. Había estado fantaseando con ella durante meses, pero lo que había imaginado no era nada comparado con la realidad. Había conseguido que alcanzara

78

el orgasmo seis veces, por lo que en otras circunstancias le habrían otorgado un galardón. Pero lo cierto era que apenas había tenido que trabajárselo.

Había estado con otras mujeres muy difíciles de complacer, pero con Anne no importaba en qué postura estuvieran, o si la poseía contra la pared de la ducha como había hecho en un par de ocasiones. Lo único que tenía que hacer era mordisquearle un pezón para que ella estallara como un cohete.

Probablemente habría conseguido que alcanzara el clímax por séptima vez, pero ella estaba agotada y juntó las piernas suplicándole que la dejara dormir. Sam decidió que era bueno que se reservara las fuerzas para el resto de la luna de miel.

El día era fresco, así que mientras ella se daba una ducha, Sam se puso unos pantalones vaqueros y encendió la chimenea del salón. Revisó los armarios y la nevera y comprobó que tenían víveres suficientes para aguantar un mes.

Estaba poniendo a calentar el agua al fuego cuando Anne apareció en lo alto de la escalera con un batín de seda negra y el cabello mojado recogido en un moño. Sam no pudo evitar preguntarse si llevaba algo debajo.

—Sé que esta casa la utilizan durante las cacerías pero ¿tiene que haber tantos animales disecados en las paredes?

—Yo nunca he encontrado atractivo matar animales indefensos —dijo él, mirándola mientras bajaba la escalera.

Cuando Anne llegó a la cocina se detuvo a su lado y lo miró de arriba abajo con una sonrisa.

—¿Qué? —preguntó él.

—Nunca te he visto vestido de manera tan informal.

—Lo hago de vez en cuando.

—Me gusta —lo besó en la mejilla.

Anne olía de maravilla y Sam sintió ganas de tomarla en brazos y llevarla hasta la cama. O mejor aún, de hacerle el amor allí mismo, en la cocina. La encimera de madera tenía la altura adecuada, pero estaba muy vieja y no quería que se le clavara una astilla en el trasero. Además, tenían toda la semana por delante. Los últimos días habían sido muy agitados y estaría bien que se relajaran un rato. Quizá incluso podrían dormir una siesta. Anne había dormido muy bien la noche anterior, pero Sam no había descansado mucho, preocupado por el tema de Gingerbread Man.

Si la bomba hubiese explotado un poco antes, sus tíos podían haber muerto. Estaba de acuerdo con Anne en que había que hacer algo, pero también comprendía el punto de vista de Chris, y era cierto que no tenía sentido poner en peligro la vida de nadie.

Cuando regresara a Thomas Isle hablaría seriamente con Chris. Quizá había llegado el momento de emprender una nueva vía de actuación.

—¿Va todo bien? —preguntó Anne frunciendo el ceño.

—Por supuesto. ¿Por qué lo preguntas?

—Te has quedado pensativo durante unos segundos.

Él sonrió y la besó en la frente.

—Pensaba en lo afortunado que era.

Ella lo abrazó por la cintura y se acurrucó contra él.

–Yo también me siento afortunada.

–Iba a preparar un té. ¿Te apetece?

–Me encantaría. ¿Puedo ayudarte?

–Podrías buscar la miel. Creo que la he visto en el armario que está encima de la cafetera.

Ella rebuscó en el armario mientras él sacaba dos tazas y la caja de las infusiones.

De pronto, ella exclamó y dio un paso atrás sujetándose el vientre.

–¡Oh, cielos!

–¿Qué ocurre? –preguntó él corriendo a su lado–. ¿Puedo hacer algo por ti?

Anne se miró el vientre.

–Creo que acabo de notar cómo se movía el bebé.

–¿De veras?

Ella asintió emocionada.

–Otras veces he sentido como un cosquilleo, pero esta vez ha sido diferente. Como una patadita –dijo ella–. A lo mejor si presionas con la mano tú también lo puedes notar.

Se desabrochó el batín y ¡no llevaba nada debajo! Le agarró la mano y se la colocó sobre el vientre.

–No siento nada –dijo él.

–Shh, espera un minuto –se inclinó hacia él y apoyó la cabeza sobre su hombro.

Sam se percató de que tenía un par de pequeñas moraduras en los pechos y pensó que la noche anterior se había dejado llevar por la excitación. Estaba casi seguro de que también tendría alguno en el cuello y en la parte interior de los muslos.

Quizá no debería ser así, pero al sentir su aroma sexy y la suavidad de su piel, se había excitado de

81

nuevo. Y no notaba el movimiento del bebé. Quizá era demasiado pronto.

Él intentó retirarse, pero ella le sujetó la mano con fuerza sobre el vientre.

–Espera.

Sam estaba convencido de que no notaría nada pero, en ese momento, notó un pequeño golpecito contra la mano.

–¿Lo has notado?

–Sí –se rió sorprendido.

–Es nuestro hijo, Sam.

Él lo notó de nuevo. Como si el bebé le estuviera diciendo: aquí estoy.

Dejó la mano sobre el vientre de Anne para ver si lo notaba de nuevo, pero al cabo de un momento, Anne dijo:

–Ha debido de quedarse dormido.

Sam retiró la mano y Anne se abrochó el batín otra vez.

–¿Por qué no nos tomamos la infusión junto al fuego? –preguntó ella al ver que Sam estaba retirando el agua del hornillo.

Mientras él preparaba las infusiones, Anne agarró un edredón de una de las camas y lo extendió en el suelo.

Se soltó el cabello y se tumbó boca arriba, soltándose el cinturón del batín y dejando su vientre al descubierto.

Sam dejó las infusiones sobre la chimenea y se sentó frente a ella con las piernas cruzadas, pensando que si el bebé volvía a dar pataditas él estaría allí para notarlo.

Anne cerró los ojos y suspiró.

–El calor del fuego es muy agradable.

Sam tenía calor. Se quitó el jersey que llevaba y lo dejó en el suelo. Anne lo miró y sonrió.

–¿Qué?

–Me gusta tu cuerpo. Me encanta mirarte.

–A mí me pasa lo mismo contigo.

–¿No te importa que esté engordando?

–No estás engordando.

–Ya sabes a qué me refiero –dijo ella–. Voy a tener una tripa enorme.

–Y será preciosa –le aseguró él, besándola encima del ombligo.

–Ya me ha salido una estría, así que cuando dé a luz tendré muchas más.

Sam le miró el vientre y sólo vio piel tersa y suave.

–No veo ninguna estría.

–Aquí.

–¿Dónde?

Ella le señaló la parte baja del vientre.

–Aquí, ¿la ves?

Él se inclinó y vio una pequeña imperfección en su piel.

–Es enana.

–Sí, pero probablemente se haga más grande, hasta que sea enorme.

–Podrías tener el cuerpo cubierto de estrías y seguirías pareciéndome preciosa –le acarició el vientre–. De hecho, a mí me parece sexy.

Ella se incorporó apoyándose sobre los codos.

–Y a mí que me estás engañando.

–Lo digo en serio. Si no me gustara, ¿por qué iba a hacerte esto?

Se agachó y la besó en el vientre con delicadeza.

Cuando levantó la cabeza vio que ella tenía los ojos entrecerrados como cuando se excitaba. Al verla así, sufrió una erección.

–Lo ves –dijo él.

–Creo que tengo otra aquí –dijo ella.

–¿Otra estría?

Anne asintió.

–¿De veras? ¿Dónde?

–Más abajo.

–No la veo –dijo él, a pesar de que sabía que estaba bromeando.

–Mírame más de cerca –dijo ella, colocando la mano sobre su nuca para que bajara la cabeza.

Siguiéndole el juego, Sam se acercó lo bastante como para que ella pudiera sentir su cálida respiración sobre la piel. No estaba seguro de si la depilación brasileña potenciaba la sensibilidad en ella pero, desde luego, él la estaba disfrutando al máximo.

Al cabo de un instante, se encogió de hombros y dijo:

–Lo siento, no la veo.

–Mira bien.

–Espera… Ah, sí. La veo. Aquí –la besó en el pubis y deslizó la lengua entre los labios.

Anne gimió e introdujo los dedos en el cabello.

Durante instante, él pensó en torturarla un poquito más, pero su miembro erecto presionaba contra la tela de sus pantalones vaqueros y no lo soportaba más. Se tumbó a su lado, y en dirección contraria, para aliviar la tensión y, al instante, Anne empezó a desabrocharle el cinturón. En unos segundos, le había liberado el sexo y se lo estaba acariciando con la boca. Era maravilloso y Sam decidió darle el mismo placer acariciándole la parte más íntima de su ser con la lengua.

Los gemidos invadieron la habitación y ninguno estaba seguro de quién los emitía. Enseguida, él sintió que estaba a punto de perder el control, pero nunca llegaba al clímax primero. Iba en contra de sus principios. Lo consideraba un gesto egoísta y maleducado. Afortunadamente, sabía exactamente lo que hacer.

Cuando llegó a un punto de no retorno, le acarició un pecho y le pellizcó el pezón con suavidad. Ella gimió y comenzó a temblar, provocando que él alcanzara el orgasmo al mismo tiempo. Al cabo de un instante, ella cayó rendida sobre el edredón y permaneció tumbada a su lado, en la otra dirección y jadeando. Él se sentía débil, como si se hubiera quedado sin energía, y el calor del fuego lo estaba adormilando. Quizá había llegado el momento de echarse una siesta.

Cerró los ojos, pero notó que Anne se sentaba a su lado.

—Eh, despierta —dijo ella, agitándolo un poco.

—Estoy cansado —murmuró él.

—Pero no he terminado contigo.

—No puedo más. Necesito descansar.

Sus palabras no la detuvieron. Al instante, Anne le quitó los pantalones. Sam se quedó desnudo, y agotado.

Abrió los ojos un instante y vio que ella sonreía con picardía y comenzaba a lamerle el cuerpo desde los pies hacia arriba. A pesar del cansancio, Sam comenzó a excitarse otra vez. Al parecer, ella no iba a aceptar un no por respuesta. Y la siesta tendría que esperar.

Si la luna de miel perfecta consistía en estar todo el día desnudo, comer frente a la chimenea y hacer el amor en cualquier momento, Sam consideraba que los tres primeros días de su luna de miel habían sido maravillosos. De hecho, cuando tuvieran que regresar a la vida real lo echaría de menos.

Permaneció tumbado sobre el edredón mientras oía el sonido del agua de la ducha. Sabía que debía levantarse y preparar algo para desayunar, tal y como le había prometido a Anne, pero estaba tan relajado que ni siquiera podía moverse. La comida podía esperar. Cuando Anne regresara la tumbaría a su lado y le haría el amor una vez más. Durante los últimos tres días él había memorizado todos los rincones de su cuerpo. No había ni un solo lugar que no hubiera besado o acariciado.

De pronto, llamaron a la puerta y Sam se sobresaltó. Se puso en pie y se cubrió con una mantita que había sobre el respaldo del sofá. Más valía que fuera importante.

Gunter estaba al otro lado de la puerta y algo en su mirada indicaba que no tenía buenas noticias.

–Hay una llamada urgente del príncipe Christian –le dijo, entregándole su teléfono móvil.

–Gracias –dijo él.

Gunter asintió y cerró la puerta. Antes de oír la voz de Chris, Sam supo lo que le iba a decir.

–Me temo que tengo malas noticias. El rey falleció anoche.

Sam blasfemó en silencio.

–Chris, lo siento mucho.

–Tenéis que regresar lo antes posible. Estoy seguro de que Anne querrá verlo por última vez. Antes de…

–Por supuesto.

–Gunter os llevará a un aeródromo que está cerca de allí y os recogerá un helicóptero. Ya lo he organizado todo para que os traigan las cosas en otro momento. ¿Quieres que se lo cuente a Anne, o prefieres hacerlo tú?

–Yo se lo diré.

–¿Decirme qué? –preguntó Anne.

Sam se volvió y vio que Anne estaba detrás suya, con el batín y el pelo mojado. Ni siquiera la había oído bajar por las escaleras.

–Nos veremos pronto –dijo Chris, y colgó.

–¿Quién era? –preguntó Anne.

–Chris.

–¿Qué quería?

–Me temo que tengo malas noticias.

Ella respiró hondo.

–¿Mi padre?

Él asintió.

–Ha muerto, ¿verdad?

Sam la tomó entre sus brazos.

–Lo siento muchísimo.

Ella apoyó la mejilla contra su pecho y él se percató de que estaba mojada por las lágrimas.

–No estaba preparada para esto.

–Lo sé –¿quién estaba preparado para la pérdida de uno de sus padres?

Capítulo Ocho

Todo el mundo se sorprendió de que no fuera un ataque al corazón. El rey se había ido a dormir y, simplemente, en algún momento de la noche su corazón había dejado de latir. Según el médico, no había sufrido ni sentido nada.

Para Anne, el único consuelo era que por fin estaba descansando en paz. Los últimos años habían sido muy duros y él había luchado mucho, pero al final había asumido que había llegado su momento. Aunque su familia no estuviera preparada para asumir su pérdida, él si lo estaba.

Chris y Aaron estaban tristes, pero como hombres que eran se guardaban los sentimientos para sí mismos. Louisa lloró sin parar el primer día, pero después consiguió tranquilizarse. Lo peor era ver cómo su madre trataba de mantener la fortaleza delante de los niños, aunque en el fondo estuviera destrozada.

Anne tenía el corazón roto. Su padre nunca conocería a sus hijos y ellos nunca conocerían a su maravilloso abuelo. No era justo que alguien con tantas ganas de vivir se marchara tan pronto.

El día del funeral Anne leyó los mensajes de correo electrónico que le habían enviado sus amigos y familiares mostrándole sus condolencias. También había recibido un mensaje de Gingerbread Man. Era muy breve, simplemente ponía *¡Buh!*

Anne se puso tan furiosa que agarró el ordenador portátil y lo lanzó contra la pared.

Durante los días siguientes al funeral Anne pasaba los días sumida en sus pensamientos. Por la noche, se metía en la cama y lloraba entre los brazos de Sam mientras él le acariciaba el cabello y le murmuraba palabras tranquilizadoras.

A medida que pasaba el tiempo ella comenzó a encontrarse mejor. Poco a poco, todo el mundo empezó a recuperar el ritmo de sus vidas. Al cabo de unas semanas Sam y ella habían establecido una cómoda rutina. Y antes de que se dieran cuenta llegó el día en que tenía que hacerse la ecografía.

Cuando llegaron a la zona que el hospital tenía reservada para la realeza, el especialista los estaba esperando. Cuando Anne se tumbó en la camilla y mostró su vientre, él médico se quedó sorprendido.

–Tiene mucha tripa para estar de veintiuna semanas.

–¿Eso es malo? –preguntó Sam preocupado.

–Cada embarazo es diferente –dijo el médico mientras le ponía un gel frío en la tripa para hacerle la ecografía. Al momento aparecieron imágenes en la pantalla.

–Hmm –pronunció con el ceño fruncido–. Eso lo explica todo.

Anne sintió que le daba un vuelco el corazón. No podría soportar otra mala noticia.

–¿Ocurre algo? –preguntó Sam.

–No. Todo está perfecto. Parece que se están desarrollando tal y como deberían. Los dos.

–¿Quiere decir que hay dos bebés? –preguntó Sam–. ¿Gemelos?

El doctor señalo hacia la pantalla.

–Este es el bebé A, y éste el bebé B,.

–Pero sólo se oía un latido –dijo Anne.

–No es raro que los dos corazones latan al unísono, provocando que sea difícil diferenciarlos. Estoy seguro de que su médico le ha explicado que puesto que tiene una hermana gemela había más posibilidades de que tuviera gemelos.

–Por supuesto, pero…

–Supongo que eso explica por qué tienes tanta tripa –dijo Sam con tranquilidad. De hecho, mientras que Anne parecía sorprendida, él no podía parecer más contento.

–¿Les gustaría saber el sexo de los bebés? –preguntó el médico.

Sam y Anne contestaron que sí al mismo tiempo.

–Vamos a ver si conseguimos que cooperen un poco –dijo él, probando desde ángulos distintos–. Miren. Ése es el A. Ésa es su pierna izquierda y ésa es la derecha, ¿ven la protusión que hay en el centro?

–¡Un niño! –dijo Sam con una sonrisa.

El otro bebé no quería colaborar y el médico le pidió a Anne que se tumbara de lado para que se cambiaran de posición.

–¡Aquí lo tenemos! –dijo el médico, mostrándoles las dos piernas.

–Es una niña –dijo Anne al ver que no tenía ninguna protusión–. ¡Una parejita!

El médico tomó los datos que necesitaba y les dijo que todo estaba perfecto. Los bebés estaban sanos, Sam sonreía orgulloso y Anne sentía que era el mejor día de su vida. Después de todo lo que había sucedido, lo merecía.

Cuando el médico terminó la prueba, Anne se dirigió al baño. Al salir, Sam la esperaba con una expresión extraña.

–¿Qué ocurre, Sam?

–El médico y yo hemos tenido una interesante conversación cuando te has ido.

–¿Qué clase de conversación? ¿Ocurre algo con los bebés?

–Le he dicho que estaba preocupado por el hecho de que te estuvieras tomando anticonceptivos cuando te quedaste embarazada. Temía que provocara alguna complicación en los bebés.

–¿Qué te ha dicho?

–Ha mirado tu historial.

Anne sintió que se le encogía el corazón.

–Sam…

–Quiero saber la verdad, Anne. Aquella noche, cuando dijiste que lo tenías todo controlado, ¿era verdad, o me mentiste?

–Puedo explicártelo…

–¿Me mentiste? –estaba enfadado. Furioso. El hombre que nunca levantaba la voz parecía que iba a estrangularla.

Anne tuvo que esforzarse para superar el miedo que la impedía hablar.

–Sí, pero…

Se abrió la puerta y Gunter se asomó para decirles que el coche los estaba esperando.

–Sam –dijo ella, pero él la fulminó con la mirada para que se callara–. Cuando lleguemos a casa.

El trayecto de regreso fue insoportable. Sam estaba sentado en silencio a su lado, pero ella podía sentir su enfado. Era como si su rabia invadiera el ambiente, provocando que resultara difícil respirar. O era porque ella se sentía culpable.

Tenía que haber una manera de arreglar aquello. Una manera de que él lo comprendiera.

Al llegar al palacio se dirigieron directamente a sus aposentos y Sam cerró la puerta con fuerza. Se volvió hacia ella y dijo con amargura:

–Debería haberlo sabido.

–Sam… –intentó acariciarle el brazo, pero él se retiró.

–Me eduqué bajo la teoría de que nunca hay que fiarse de la realeza porque siempre lo tienen todo planeado. Esa noche lo sabía, y aun así ignoré a mi instinto.

A Anne le dolía que él pudiera pensar así sobre ella. Sin embargo, no podía negar que se había acostado con él sabiendo que no habían tomado precauciones.

–No es lo que tú crees. Yo no tenía un plan. No trataba de atraparte.

–Entonces, sólo querías sexo.

–Te deseaba Sam, y de veras que no pensé que fuera a quedarme embarazada. No estaba en las fechas propicias.

–Así que lo que me estás diciendo es que corriste el riesgo sin preocuparte por nadie más que por ti y por tu egoísmo. Ni siquiera tuviste la decencia de pararte a considerar las posibles consecuencias de tus actos y cómo podían afectarme.

–Lo siento –dijo ella con un susurro.

–Lo sientes –dijo él con una carcajada–. ¿Me has

robado todo y lo único que puedes decir es que lo sientes?

–He cometido un error. Lo sé. Pero te quiero, Sam.

–¿Me quieres? –dijo él, sorprendido–. ¿Y por eso jugaste a la ruleta rusa con mi futuro? ¿Mintiéndome? ¿Eso es lo que llamas amor? Creo que sólo hay una persona que te importa, alteza, y eres tú.

Él no podía estar más equivocado. Y ella se odiaba a sí misma por no tener el valor de decirle la verdad allí mismo.

–Sam, sólo quería…

–Querías acostarte conmigo –dijo él–. Lo conseguiste y ahora me has arruinado la vida.

Abrió la puerta y salió dando un portazo.

Anne sintió que comenzaban a temblarle las piernas y se sentó en el suelo deslizándose por la pared.

Sam tenía razón. Todo lo que había dicho sobre ella era cierto, y tenía derecho a estar furioso con ella. ¿Pero estaba lo bastante enfadado como para abandonarla? ¿Para pedirle el divorcio?

Quizá si le dejaba tiempo para que se calmara y para que reflexionara, recordaría lo feliz que habían sido y lo bien que estaban juntos.

Pero ¿y si no era así?

Lo peor era que la única culpable era ella. Y el día más feliz de su vida se había convertido en la peor de sus pesadillas.

Anne no sabía dónde había ido Sam, pero Gunter le había dicho que se había marchado con su coche y sin su guardaespaldas, y teniendo en cuenta que Gingerbread Man cada vez actuaba de manera más violenta, no era lo más sensato.

Él se había tomado la tarde libre para la ecografía, así que sabía que no estaría en la oficina. Podría estar en cualquier sitio. Y aunque supiera dónde podía estar no podría hacer nada al respecto. Tenía que darle espacio y tiempo para pensar.

Anne no tenía nada de hambre, pero sabía que no debía saltarse las comidas porque debía alimentar a las criaturas que llevaba en el vientre. Como no le apetecía enfrentarse a su familia y a sus preguntas, le pidió a Geoffrey que le llevara la cena a su habitación.

Para matar el tiempo mientras esperaba a Sam, comenzó a preparar la lista de las cosas que iba a necesitar. Necesitarían dos cosas de cada. Y tendría que pensar en dos nombres. Todavía le sorprendía que fuera a tener gemelos, y se dio cuenta de que ni siquiera se lo había contado a su familia. Pero ésa era una noticia que Sam y ella deberían anunciar juntos.

Un poco más tarde Louisa llamó a la puerta y Anne le dijo que pasara.

–No os molesto, ¿verdad? –le preguntó Louisa, asomando la cabeza y buscando a Sam con la mirada.

–Estoy sola.

–¿Dónde está Sam? –preguntó Louisa.

Si le contaba a Louisa que se habían peleado ella querría saber por qué y Anne se sentiría avergonzada de lo que había hecho.

–Tenía que ir a ver a sus padres –dijo ella–. Se suponía que yo debía acompañarlo, pero no me encontraba bien.

Louisa frunció el ceño.

–¿Estás bien?

–Sí, cosas del embarazo.

Louisa se sentó a su lado en la cama.

–¿Por eso no has bajado a cenar?

–Le pedí a Geoffrey que me trajera la cena.

–Mamá ha cenado con nosotros otra vez.

–Eso está bien –desde que el padre se había puesto enfermo, su madre había cenado con él en la habitación. Después de su muerte habían tenido que convencerla para que volviera a bajar a cenar al comedor.

–Le ha dicho a Chris que cree que Melissa, los trillizos y él deberían mudarse a la suite principal. Puesto que ahora él es el rey. Además, ellos son cinco y ella sólo es una.

–¿Y que ha dicho él?

–Al principio dijo que no, pero ella insistió y él dijo que se lo pensaría. A lo mejor para ella son demasiados recuerdos.

–No debería apresurarse, ni siquiera ha pasado un mes. Tiene que darse tiempo para superarlo.

–Estoy de acuerdo, pero intenta decírselo. Y la gente se pregunta por qué hemos salido tan cabezotas.

Uno de los bebés se movió y Anne se llevó la mano al vientre.

–¿Da pataditas? –preguntó Louisa, y colocó la mano junto a la de Anne.

–Se mueve.

–A mí me encantaría estar embarazada también –dijo con tristeza.

–Ya te embarazarás. Sólo han pasado unos meses. A veces se tarda un tiempo.

–Desde luego no es por no intentarlo. Anoche mismo…

–Por favor –la interrumpió Anne–. Ahórrate los detalles. Te creo.

Louisa sonrió.

–Voy a cumplir treinta años. Si quiero tener seis hijos, será mejor que empiece a ello. Además, sería divertido que estuviéramos embarazadas a la vez.

–Todavía puede ser. A mí me quedan diecinueve semanas –aunque el médico les había dicho que a veces el parto de gemelos se adelantaba. Eso significaba que podrían ser padres en sólo quince semanas.

–Bueno, si no es ahora, será la siguiente –dijo Louisa encogiéndose de hombros. Pero Anne no le dijo que no habría próxima vez. Ni siquiera había ido buscando el primero e iba a tener gemelos.

Deseaba contarle a Louisa lo de la ecografía, pero se contuvo. Sam y ella debían contárselo a todo el mundo a la vez, y no le parecía justo contarlo sin él. Además, no quería darle otro motivo para que se enfadara con ella.

Cuando Louisa se marchó, Anne trató de empezar una de las novelas de su autora favorita, pero no podía concentrarse y no paraba de mirar el reloj.

Eran casi las once. ¿Dónde estaría Sam?

A medianoche, se puso el pijama y se metió en la cama, pero no podía dormir. Hacia la una, Sam apareció y entró en la habitación.

Él se dirigió al vestidor para cambiarse de ropa y después al baño. Ella permaneció tumbada escuchando el agua de la ducha. Finalmente Sam abrió la puerta, apagó la luz y se dirigió a la cama. Ella percibió el olor a jabón cuando se acostó a su lado.

Durante un momento permanecieron en silencio. Anne no se atrevía a hablar por si todavía estaba enfadado, pero al ver que él tampoco decía nada se volvió hacia él y le preguntó:

—¿Podemos hablar?

—No, no hay nada de qué hablar.

—Sam… —ella le tocó el brazo y él lo retiró—. Por favor.

—Nada de lo que digas o hagas hará que me olvide de lo que me has hecho.

Su tono de voz indicaba que todavía no estaba dispuesto a perdonarla.

—Lo comprendo, pero que sepas que cuando quieras hablar, estaré dispuesta a hacerlo.

Sam se sentó en la cama y encendió la luz. Cuando ella lo miró se percató de que tenía aspecto de cansado, de enfadado y de dolido.

—No lo entiendes. Sé lo que hiciste y por qué lo hiciste, y nada de lo que hagas podrá cambiarlo. Me has robado la vida. Y no voy a superarlo así sin más.

Anne sintió que le daba un vuelco el corazón. ¿Ni siquiera quería intentar perdonarla? ¿Comprenderla? ¿Iba a abandonar sin más?

—¿Qué quieres decir? ¿Que se ha terminado?

—Ambos sabemos que eso no es una opción. Como dijiste, una vez casados no hay vuelta atrás. Los miembros de la realeza no se divorcian.

Anne debió de poner cara de alivio porque, al verla, él añadió:

—Ni se te ocurra pensar que lo hago por ti. Seguiré casado contigo por mis hijos.

Sí, pero mientras él estuviera a su lado, formando parte de su vida, tarde o temprano la perdonaría. No podía permanecer enfadado para siempre.

–Todavía no le he contado a nadie la noticia –dijo ella–. Lo de los gemelos. Pensé que deberíamos contarlo juntos.

–No tenías que haberte molestado en esperarme. Yo ya se lo he contado a mis padres. Cuéntaselo a tu familia cuando quieras y como quieras. A mí no me importa.

Apagó la luz y se tumbó de espaldas a ella, dejando claro que la conversación había finalizado. Ella se contuvo para no forzarlo a seguir a hablando. Necesitaba darle tiempo. Tarde o temprano recordaría lo felices que habían sido juntos.

Sam nunca le había dicho que la amaba, pero ella sabía que así era. Podía sentirlo. Y las personas no dejaban de amar así como así. El hecho de que él se sintiera enfadado y traicionado era una muestra de que ella era importante en su vida. De otro modo no le habría importado lo que ella le hubiera hecho.

Tenía que salir bien. Porque no había otra opción.

Capítulo Nueve

¿Cómo se había metido Sam en ese lío?

Estaba sentado en el escritorio de su nuevo despacho reflexionando sobre el desastre en que se había convertido su vida.

Se suponía que su matrimonio debía de ser perfecto. Y así había sido. Habían sido felices. Hasta el momento en que él descubrió que todo era mentira.

La gente siempre lo acusaba de ser un hombre despreocupado. Demasiado confiado. Pero él siempre lo había considerado una de sus virtudes. Y al parecer, todo el mundo estaba en lo cierto menos él.

Lo único que él deseaba era tener un matrimonio como el de sus padres. Quería una compañera. Una media naranja. No era tan ingenuo como para pensar que nunca tendrían desencuentros, pero lo que Anne le había hecho era imperdonable.

Estaba atrapado en el matrimonio, con una esposa en la que nunca podría confiar. Ni amar. Aunque quisiera. Y había estado a punto de hacerlo.

Al menos, de aquella desafortunada unión, había salido algo bueno. En concreto, tres cosas. Su hijo y su hija. Y su nuevo trabajo para la realeza. Él siempre había sido un hombre sociable y, en su nuevo puesto, la comunicación era un pilar imprescindible. De hecho, deseaba ir a trabajar cada mañana. Incluso antes de que eso significara alejarse de su esposa. Lo último que deseaba era arriesgar su puesto de trabajo. Y a pesar de lo que Anne le había hecho, él no dudaba en que su familia se pondría de su lado. Sam podía imaginarse trabajando en un pequeño despacho ordenando papeles. O peor aún, quizá lo destinaran al departamento de agricultura, así que decidió que lo mejor era que nadie supiera que Anne y él se habían distanciado.

Pero no era fácil fingir el papel de recién casado cuando lo invadía el resentimiento. Y aunque todavía no lo había hablado con Anne, estaba seguro de que ella aceptaría aquella locura. Al menos, le debía tal cosa.

La noche anterior le había costado mucho dormirse, y cuando se despertó por la mañana, estuvo a punto de acariciarla como habitualmente. Hacer el amor por la mañana se había convertido en parte de su rutina.

Entonces, recordó lo que ella le había hecho y salió de la cama.

Sabía que echaría de menos el sexo. Pero no podía acostarse con una mujer a la que ya no respetaba. O que ni siquiera le gustaba.

Cuando él se marchó al trabajo, ella seguía dormida, o fingiendo que lo hacía. Apenas eran las ocho y media y él ya llevaba cuarenta y cinco minutos en la oficina. Pero era mejor que estar en casa. Con ella.

A las nueve, Chris llamó a la puerta.

–He oído que hay que felicitaros.

Sam debió de poner cara de sorpresa, porque Chris añadió.

–Por lo de los gemelos.

–¡Ah, sí! –por supuesto, Anne se lo debía de haber contado esa mañana.

–No me digas que te has olvidado.

–No, es sólo… –negó con la cabeza–. He tenido una mañana muy ocupada. Y anoche no dormí muy bien.

–Como padre de trillizos, puedo decirte que no es tan duro. Al menos de momento. Vuelve a hablar conmigo cuando sean adolescentes.

–Sin duda, ha sido una sorpresa, pero estamos emocionados.

–Y como dice, Anne, ya tenéis uno de cada, así que no tendréis que volver a pasar por esto. Aunque tengo entendido que a algunas mujeres les gusta estar embarazadas. Melissa no tuvo un embarazo muy bueno, pero parece que Anne lo lleva bien.

Sam no estaba seguro de cómo estaba llevando Anne el embarazo, pero la realidad era que apenas se quejaba de nada.

–Imagino que se encontrará peor a medida que se acerque la fecha de parto. De momento sólo se queja de que le están saliendo estrías.

–Eso también le importaba mucho a Melissa. Pero supongo que con embarazos múltiples es algo inevitable. Mel tiene una lista de cirujanos plásticos a los que se está pensando acudir.

–¿Eso significa que os vais a conformar con tres?

–Ninguno de nosotros quiere darse otra vuelta en la montaña rusa de la fertilidad.

A Sam le parecía una ironía que mientras que Chris y Melissa habían tenido que esforzarse mucho para tener un hijo, Anne y él, que ni siquiera estaban probando, hubieran acertado a la primera. A lo mejor ella estaba pensando lo mismo aquella noche. Y por supuesto no era excusa para jugar con su futuro sin consultarle. Si ella hubiese sido sincera y le hubiera dicho que no estaba tomando anticonceptivos, pero que no estaba en un momento fértil, quizá él se habría acostado con ella de todas maneras. Pero habría sido su elección. Ella lo había privado de la capacidad de elegir.

Chris oyó que sonaba su teléfono y al mirar la pantalla dijo:

—Es Garrett.

Contestó y tras diez segundos de conversación Sam pudo ver por su expresión que algo iba mal.

—¿Dónde se ha hecho daño?

Sam escuchó con atención. ¿Había habido otro accidente?

—¿Es grave? —preguntó Chris—. Enseguida voy.

Cerró el teléfono y miró a Sam.

—Tengo que ir al invernadero de la zona este.

Sam sabía que allí estaba el centro del negocio de agricultura orgánica de la familia real.

—¿Ha ocurrido algo? —preguntó él.

—Sí, acaba de saltar por los aires.

Era una bomba idéntica a la que había estallado en la boda de Sam y Anne y, aunque había sido activada desde un lugar desconocido, estaba colocada en el lavabo de caballeros. La explosión hizo que una cómoda atravesara el tejado y que aterrizara sobre un coche aparcado. Afortunadamente estaba vacío. Pero media docena de personas resultaron heridas, dos de ella con quemaduras de tercer grado, y una con metralla incrustada en un ojo, algo que probablemente haría que perdiera la visión. El invernadero también había sufrido daños valorados en un montón de libras.

Estaba previsto que una hora más tarde un autobús escolar hiciera un tour por la zona y Anne se estremeció sólo de pensar lo que habría pasado si la bomba hubiera explotado entonces. De hecho, toda su familia comentó lo aliviada que se sentía cuando, la noche siguiente, se reunieron en el estudio después de cenar para hablar de lo sucedido. El otro punto favorable de aquella trágica situación era que Gingerbread Man hubiera cometido un error crucial. Había permitido que lo grabaran las cámaras de vigilancia. Y no sólo una parte de su cabeza, sino una imagen de su rostro.

El día anterior había entrado en el lugar fingiendo que era un técnico y puesto que tenía las credenciales adecuadas nadie se lo pensó dos veces a la hora de dejarlo pasar. Llevaba una gorra y mantenía la cabeza agachada de manera que la visera le cubría el rostro. Fue cuestión de suerte que cuando se disponía a salir, una persona que llevaba una pieza grande se chocara con él en el pasillo y se le cayera la gorra. Durante un segundo, él levantó la cabeza y resultó que estaba bajo una cámara de vigilancia. Si lo hubieran planeado no podría haber salido mejor.

–No es el monstruo que esperaba –dijo Louisa, mirando la imagen del rostro que habían grabado en la cámara. Ya se la habían entregado a las autoridades y pronto saldría en las noticias. Alguien lo reconocería y así podrían detenerlo.

–Tiene una mirada intensa –dijo Liv, mirando la foto–. Son sus ojos. Demuestran inteligencia.

–Si es tan inteligente –dijo Aaron–, ¿por qué ha cometido ese error?

–Por muy inteligente que sea era inevitable que metiera la pata –dijo Chris, mirando la foto otra vez. Después la dejó sobre la barra y se sentó junto a su madre–. Esta pesadilla está a punto de terminar.

–Tu padre se habría alegrado de oír eso –dijo ella con una triste sonrisa–. Ya era hora de que tuviéramos buenas noticias,. Deberíamos brindar para celebrarlo. ¿No crees?

–Estoy de acuerdo –dijo Aaron.

–Estoy seguro de que podríamos descorchar un par de botellas de champán –dijo Chris, y llamó a Geoffrey.

–Geoffrey, tráenos una botella de champán, por favor –dijo su madre cuando entró en su habitación.

Geoffrey asintió y dijo:

–Por supuesto, alteza.

–A mí tráeme un poco de agua –dijo Anne.

–A mí también –añadió Melissa.

–Creía que habías dejado de dar de mamar –dijo Louisa.

–Sí. Pero el champán me da sueño y tengo que despertarme para el biberón de las dos.

«Así estaremos Sam y yo dentro de unos meses» –pensó Anne, confiando en que su situación mejorara para entonces. Y por mucho que deseara que detuvieran a Gingerbread Man, era difícil sentir ganas de celebrarlo.

Durante toda la noche Sam había actuado como si no sucediera nada de lo normal, pero ella sabía que lo hacía por el bien de su familia. Ambos se habían puesto de acuerdo en que era mejor seguir actuando como unos felices recién casados. Pero de los que no se acostaban. Ni hablaban. Al menos se ahorraría la humillación de tener que admitir que apenas un mes después de la boda ya estaban teniendo problemas.

De pronto, hubo un estruendo detrás de la barra y todos se volvieron para mirar.

–Pido disculpas –dijo Geoffrey, agachándose para recoger la copa que había tirado. Anne estaba cerca y se agachó para ayudarlo a recoger los pedazos grandes. Mientras él barría los pedazos pequeños ella se percató de que le temblaban las manos y que estaba pálido.

Ella lo agarró de la mano. Estaba helado.

–¿Te encuentras bien?

–Es la artritis –dijo él disculpándose y retirando la mano.

Ella lo ayudó a servir el champán y cuando todo el mundo tuvo su copa brindaron por el nuevo rumbo de la investigación.

–Tengo una idea excelente –dijo la madre–. Deberíais jugar al póquer. Es viernes.

Todos se miraron. Los viernes solían jugar al póquer, pero no lo habían hecho desde la muerte del rey.

–Estaría bien –dijo Chris.

–Yo juego –intervino Aaron, y se volvió hacia Sam–. ¿Juegas?

–No he jugado desde la universidad, peo estoy seguro de que me acordaré.

Chris y Aaron sonrieron como tiburones.

–Contad conmigo –dijo Garrett.

–Creo que yo me iré al laboratorio –dijo Liv.

–¿No juegas al póquer? –le preguntó Sam.

–No la dejamos –dijo Aaron sonriendo–. Hace trampas.

–¡No es cierto! –dijo ella sonrojándose.

–Cuenta las cartas –dijo Aaron.

–No es a propósito –le dijo ella a Sam–. Es sólo que tengo mucha memoria fotográfica cuando se trata de números.

–¿Y tú, Anne? –preguntó Chris–. ¿Echas una partida?

Aunque Anne solía jugar decidió que era mejor dejarle un poco de espacio a Sam. Quizá si se relajaba con sus hermanos y se tomaba unas copas conseguiría olvidarse de lo enfadado que estaba con ella.

–No creo.

–¿Por qué no me ayudas a acostar a los trillizos? –sugirió Melissa–. Para que vayas practicando. Después te parecerá sencillo tener dos hijos.

–Encantada.

–¡Yo también os ayudo! –dijo Louisa entusiasmada.

–Pensé que podríamos ver una película –dijo su madre.

–Por supuesto –dijo Louisa con una amplia sonrisa, aunque suponía que en el fondo prefería ayudar a Melissa.

Todos se marcharon y Anne siguió a Melissa hasta el cuarto de los niños.

–¿Habéis decidido si os mudáis a la habitación principal? –le preguntó Anne.

–No lo sé. Creo que debería seguir perteneciendo a la reina.

–¿Te has olvidado de que tú eres la reina? –le dijo, a pesar de que a su madre la habían nombrado Reina Madre.

–Es difícil de aceptar –dijo Melissa–. Hace tres años ni siquiera sabía que pertenecía a la realeza. Pero no puedo negarte que estaría bien tener tanto espacio.

En lugar de entrar en el cuarto de los niños, Melissa se dirigió a su cuarto y abrió la puerta.

–Pensaba que... –dijo Anne confusa.

–La niñera ya los ha acostado. Quería hablar contigo y no quería decirlo delante de todo el mundo.

Anne sintió que se le encogía el corazón. ¿Era tan transparente que Melissa se había percatado de que algo iba mal? ¿O era que los había oído discutir la otra noche?

Se sentaron en el sofá junto a la ventana y Anne contuvo la respiración. Si Melissa le preguntaba por Sam ¿qué le diría? No quería mentir, pero le había prometido a Sam, por el bien de su trabajo, que no se lo contaría a nade.

–Quería hablar contigo de una cosa. Sobre Louisa.

–¿Louisa? ¿Qué ha hecho? –preguntó Anne, confusa pero aliviada.

–No ha hecho nada. Ha pasado algo... –se detuvo y suspiró.

–¿Qué ha pasado?

–Chris y yo vamos a dar una noticia y temo que ella se disguste. He hablado con tu madre, pero ella me sugirió que hablara contigo. Conoces a Louisa mejor que nadie. Pensé que a lo mejor se te ocurría una manera de que pudiéramos suavizar el efecto.

–¿Qué es lo que puede disgustarle tanto? ¡Oh, cielos, Melissa! ¿Estás embarazada?

Ella se mordió el labio inferior y asintió.

–Ayer me hice la prueba.

–¿Ya? –se rió. Los trillizos apenas tenían cuatro meses.

–Evidentemente no estaba planeado. Después del tratamiento de fertilidad y de la fecundación in vitro, no pensé que pudiera quedarme embarazada naturalmente. Por no mencionar que se supone que no te puedes quedar embarazada mientras se da de mamar. Parece ser que conmigo ha ocurrido justo lo contrario. Si hubiésemos sabido que existía esa probabilidad habríamos tenido mucho más cuidado.

–¿De cuánto estás?

–Probablemente de cuatro o cinco semanas.

–O sea que tus hijos se llevarían un año.

–No me lo recuerdes.

–Seis bebés nacidos en un año –Anne negó con la cabeza con incredulidad–. Vamos a tener que construir otra ala en el castillo.

–Por eso me preocupa Louisa. Está desesperada por quedarse embarazada. ¿Te has fijado en Garrett últimamente? El pobre chico está agotado.

–Sí, pero siempre está sonriendo.

–Aun así, ella es tan delicada… Me da miedo que esto sea demasiado.

Louisa era mucho más fuerte de lo que todos creían.

–Primero, Louisa no es tan delicada. Y segundo, si fuera al revés, sabes que no dudaría un instante en dar la noticia al mundo entero. Aunque eso supusiera herir los sentimientos de alguien.

–Tienes razón –dijo Melissa.

–Louisa nunca ha tenido paciencia. Cuando desea algo, no quiere esperar para conseguirlo. Pero Garrett y ella sólo llevan un par de meses intentándolo. Puede llevarles algún tiempo. Tendrá que aceptarlo.

–¿De veras crees que no debería preocuparme?

–Sí. Y si se disgusta ya se le pasará.

–Gracias –dijo ella, agarrando la mano de Anne.

Después estuvieron un rato hablando del embarazo de Anne y ella fingió que todo iba bien y que no estaba asustada. Sólo habían pasado dos días, pero ¿y si Sam no la perdonaba? ¿Podría estar con un hombre que no la aceptaba?

Cuando Sam entró en la habitación aquella noche ella ya estaba acostada, pero seguía despierta. Él no dijo ni una palabra y se acostó de espaldas a ella. Aquella noche, Anne durmió de manera interrumpida y hacia las seis y media se levantó para ir a tomarse un vaso de leche.

Al entrar en la cocina se sorprendió al ver que Chris estaba allí, tomando café y leyendo el periódico.

–Has madrugado mucho –dijo ella, sirviéndose un vaso de leche.

–Tenía que levantarme para la toma de las cuatro –dijo él, dejando el periódico–. Después no he podido volver a dormirme. Cuando los trillizos duerman toda la noche de un tirón estaré encantado.

–¿Y no tenéis niñeras para eso?

–Sólo para echarnos una mano. Mel y yo acordamos que si íbamos a tener hijos no queríamos encargarle todo el trabajo sucio a las empleadas.

–Discúlpeme, alteza.

Ambos se volvieron y vieron que Geoffrey estaba de pie en la puerta de su residencia, junto a la cocina. Tenía un aspecto terrible. El cabello alborotado y los ojos enrojecidos, como si no hubiera dormido nada.

–Quería hablar un momento con usted –dijo Geoffrey.

–Por supuesto, ¿qué ocurre?

Él se acercó con una hoja de papel en la mano. Era la foto que las cámaras de vigilancia habían tomado de Gingerbread Man.

–Tengo que hablar con el equipo de seguridad sobre esta foto –dijo dejándola sobre la encimera.

–¿Lo reconoces? –preguntó Anne.

–Así es –asintió Geoffrey.

–¿Quién es? –preguntó Chris.

–Este hombre es mi hijo –dijo con voz temblorosa.

Capítulo Diez

Su nombre era Richard Corrigan.

Toda la familia se sorprendió al enterarse de que Gingerbread Man era el hijo de Geoffrey, pero al menos ya sabían por qué había comenzado toda esa historia.

Según la madre de Richard, con quien Geoffrey habló inmediatamente, a su hijo siempre le había caído mal la familia real. Sobre todo los niños, porque sentía que su padre los prefería a ellos que a él. Pero su resentimiento no se convirtió en violencia hasta tiempo después.

Pertenecía al cuerpo de Operaciones Especiales del ejército y había recibido muchas condecoraciones hasta que lo enviaron a una misión en Afganistán y vio cómo asesinaban a muchos de sus compañeros. En lugar de recibir apoyo para superar el síndrome postraumático, fue retirado de la misión. Al parecer, fue entonces cuando empezó a culpar a la familia real por sus problemas.

Geoffrey tenía que admitir que hacía meses que sospechaba que el acosador podría ser su hijo, pero no se atrevió a reconocer la verdad hasta que no vio la foto.

Intentó dejar su trabajo en la familia real, pero nadie admitió su dimisión. Era parte de la familia y las familias debían permanecer unidas. Chris le prometió que cuando detuvieran a Richard se aseguraría de que recibiera la ayuda psiquiátrica que necesitaba.

Por desgracia, un mes después, todavía no lo habían arrestado.

Anne no podía evitar pensar que se habían anticipado al celebrar su futura captura con champán. Y aunque confiaba en que lo detuvieran antes de que hiciera estallar otra bomba y provocara heridos, los problemas que tenía en su relación con Sam, hacían que esperara lo peor.

Había transcurrido un mes desde la discusión, pero a Sam todavía no se le había pasado. Anne no soportaba la indiferencia que mostraba hacia ella. Ni el silencio. Sólo hablaban cuando era necesario y, aun así, sólo obtenía monosílabos como respuesta. A menudo, él trabajaba hasta tarde, o salía de copas con sus amigos. Delante de su familia actuaba como si fueran un matrimonio feliz, algo que ella agradecía.

Sin embargo, no la había besado en todo el mes y, aunque ella había intentado iniciar una relación sexual en más de una ocasión, él se había comportado con indiferencia. Ella sabía que los hombres no podían pasar sin sexo mucho tiempo y temía que cualquier día él llegara a casa oliendo al perfume de otra mujer.

Por ese motivo, continuó intentando seducirlo y aprovechaba las noches en que sabía que estaba de buen humor y que podía haber bajado la guardia. Seguía pensando que si hacían el amor y le recordaba lo bien que se llevaban, él querría perdonarla.

Después, comenzó a pensar que a lo mejor no

quería hacer el amor con ella porque ya no le excitaba su cuerpo. A lo mejor no se sentía atraído por su vientre abultado y por eso no quería ni tocarla.

Anne comenzó a obsesionarse hasta el punto en que ya no le gustaba mirarse en e espejo. Siempre se había sentido contenta con su cuerpo y nunca le había importado lo que pensaran los demás. Sin embargo, empezó a utilizar ropa ancha para ocultar su silueta, dejó de desvestirse delante de él y comenzó a ducharse con la luz apagada para no tener que ver su propia imagen.

Se convenció de que era tan despreciable que dejó de intentar seducir a Sam. Y se resignó ante la idea de que tarde o temprano él encontraría a otra mujer para satisfacer su deseo sexual. Se convertirían en una de esas parejas que fingían ser felices delante de los demás, a pesar de que todo el mundo rumoreara sobre ellos.

–Pobre Anne –dirían–. Es demasiado ingenua y no se da cuenta de que la está engañando.

Al pensar en esa posibilidad sentía como si le hubieran dado la puñalada final.

Anne se acostaba cada día más temprano, de modo que cuando Sam llegaba tarde a casa después de trabajar no le sorprendía oír que a las nueve ella ya se había acostado.

Después de picar algo en la cocina y de hablar un ratito con Chris sobre la reunión a la que habían asistido, Sam se dirigió al piso de arriba. Esperaba que Anne ya estuviera dormida, pero la cama estaba vacía. Se dirigió al vestidor para cambiarse de ropa y oyó el agua de la ducha. La puerta del baño estaba entreabierta y Sam tuvo que contenerse para no asomar la cabeza.

A pesar de lo que había sucedido, seguía sintiéndose atraído por ella y la deseaba tanto que a veces tenía que darse una ducha fría para controlar sus impulsos o despertaba en mitad de la noche empapado en sudor.

Acostarse a su lado cada noche sin acariciarla, era una tortura. Había necesitado mucha fuerza de voluntad para rechazarla cuando lo provocaba. Pero no le parecía justo hacerle el amor y darle esperanzas de que la situación podía cambiar cuando sabía que no era cierto.

Sam sabía que le estaba haciendo muchísimo daño y, a pesar de lo que ella pudiera pensar, no era su intención.

Habían pasado casi dos semanas desde la última vez que ella intentó mantener relaciones sexuales con él y Sam cada día la deseaba más. Sin embargo, sabía que hacer el amor con ella sólo complicaría las cosas.

Sam se acercó a la puerta del baño, con la idea de golpearla accidentalmente con el codo mientras se quitaba la chaqueta. Al hacerlo, se percató de que no se veía nada en el interior. La habitación estaba completamente a oscuras.

¿Por qué se estaba duchando con las luces apagadas?

Perplejo, se dirigió al dormitorio y dejó el reloj y el teléfono móvil sobre la mesilla. Recordó que tenía que levantarse temprano para asistir a una reunión y puso la alarma a las seis y media. Regresó al vestidor y se quitó la camisa. Vio que Anne estaba secándose de espaldas a él. Al verla desnuda sufrió una erección. Ella dejó caer la toalla y se volvió hacia él, gritando al verlo allí de pie. Inmediatamente se agachó para recoger la toalla y cubrirse el cuerpo.

—¿Qué diablos te pasa?

Al oír el tono duro de sus palabras, ella dudó un instante.

—Lo siento… No sabía que estabas aquí.

¿Qué creía que estaba haciendo? ¿Lo castigaba impidiendo que la viera desnuda? ¿Torturarlo? Pues tenía noticias para ella. Daba igual que estuviera vestida o desnuda. Era una tortura de todas maneras. La deseaba. Además, estaba en deuda con él.

Se acercó a ella, agarró la toalla y se la quitó. Ella trató de cubrirse con las manos, buscando a su alrededor para taparse con otra cosa.

Sam se percató de que estaba sonrojada. Avergonzada.

—Anne, ¿qué te pasa?

—Estoy gorda —dijo ella con lágrimas en los ojos—. Mi cuerpo es asqueroso.

De pronto, todo cobró sentido. El motivo por el que no se desvestía delante de él. Y por el que se duchaba con las luces apagadas. Estaba avergonzada de su cuerpo. Una mujer que seis semanas antes no tenía problema en ir desnuda por ahí, mostrándose ante él.

SI hubiese sido otra persona él quizá hubiera sospechado que estaba fingiendo para hacerlo sentir culpable por ignorarla. Pero sabía que aquello era verdad.

Lo había conseguido. Le había roto el corazón.

Había conseguido que se odiara a sí misma y que lo odiara a él por ello.

Y Sam no podría vivir si no lo solucionaba.

Cuando Sam se acercó a ella con furia, ella pensó que iba a pegarle. Incluso se cubrió con las manos para protegerse. Sin embargo, el la tomó en brazos y ella notó su erección contra la cadera.

¿Era eso lo que necesitaba para excitarse? ¿Humillarla?

Sam la llevó hasta el dormitorio y la tumbó en la cama. Ella trató de cubrirse con la colcha y él la retiró. Después, comenzó a desabrocharse los pantalones.

–¿Qué estás haciendo? –preguntó ella, y se amonestó por parecer tan frágil y débil.

–¿Qué te parece que estoy haciendo?

–No… No quiero.

–Es evidente que te has creado una versión equivocada de la realidad y me siento obligado a corregirte –se quitó los pantalones–. No tocarte ha sido la peor de las torturas. Pero me he contenido. Pensé que no era justo darte esperanzas de que todo podía cambiar. Pero ahora me doy cuenta de que sólo he empeorado las cosas.

Anne tenía miedo de pronunciar palabra. Él se tumbó sobre su cuerpo y ella tuvo que contenerse para no gemir.

–Esto no cambia nada –dijo él–. Ni nuestra relación ni lo que siento por ti. ¿Lo comprendes?

Anne lo comprendía aunque no podía aceptarlo. Pero lo echaba tanto de menos que no le importaba lo que pasara después. Deseaba acariciarlo, sentirlo en su interior. Tenía un nudo en la garganta y temía ponerse a llorar si hablaba, así que asintió.

–Eres una bella mujer, Anne. Siento si mi manera de comportarme te ha hecho pensar otra cosa –agachó la cabeza y la besó. Se colocó entre sus piernas y la penetró con fuerza, una y otra vez, casi como si intentara castigarla. Pero era tan maravilloso saber que él todavía la deseaba, que las lágrimas escaparon de sus ojos. Casi inmediatamente, empezó a temblar y Sam no tardó mucho en acompañarla. Ella no quería que aquello terminara porque deseaba permanecer junto a él. Entonces, se percató de que él todavía no había terminado. Apenas tuvo tiempo de recuperar la respiración antes de que él empezara a penetrarla de nuevo, aguantando más tiempo y provocando que ella llegara al orgasmo dos veces antes de que él alcanzara el clímax. Y tras descansar unos instantes, él estaba preparado para continuar. Era como si su cuerpo estuviera recuperando el tiempo perdido y se negara a descansar hasta que se hubiera saciado. Anne lo recibió con deleite.

Llegó un momento en que se quedaron dormidos, abrazados. Entonces, a mitad de noche, ella despertó al notar que él tenía la mano entre sus piernas y la estaba acariciando. Ella gimió, lo atrajo hacia sí e hicieron el amor una vez más.

Capítulo Once

Cuando Anne despertó a la mañana siguiente, Sam estaba en la ducha. Ella permaneció en la cama esperándolo. Nunca había estado tan satisfecha físicamente y sentía una mezcla de alegría y temor.

Jamás había tenido una relación sexual tan apasionada como la de la noche anterior. ¿Y después qué? ¿Sam continuaría ignorándola? ¿Podría ella vivir así? ¿Merecía la pena?

Oyó que cerraba el grifo y que se abría la puerta del baño. Él apareció con la toalla enrollada en la cintura y el cabello mojado. Se acercó a la cama y se sentó sin decir palabra. Al cabo de un momento, se volvió para mirarla.

—Estoy harto de estar enfadado. Es agotador y no nos hace ningún bien. Sin embargo, eso no cambia el hecho de que sigo aquí por nuestros hijos —la miró a los ojos—. ¿Te queda claro?

—Sí —dijo ella, convencida de que, tarde o temprano, él volvería a admitir que había estado a punto de enamorarse de ella. Podría conseguirlo. Sólo tenía que tener paciencia.

—Y dicho esto, no hay motivo por el que no debamos intentar sacar lo mejor de la situación.

—Yo lo he intentado —le recordó ella.

–Lo sé. Y yo he sido un egoísta: Pero esta vez será diferente. Lo prometo.

Anne deseaba creerlo. Tenía que creerlo.

Uno de los bebés se movió y comenzó a darle patadas. Ella se llevó la mano al vientre.

–¿Se está moviendo? –preguntó él.

–¿Quieres notarlo? Hace mucho que no lo tocas.

–Los noto todas las noches. En cuanto te quedas dormida empiezan a moverse. Me sorprende que tú puedas dormir.

Anne no tenía ni idea de que él notaba moverse a sus hijos mientras ella dormía. Eso significaba algo, ¿no?

Sam se colocó de lado y puso la mano sobre su vientre.

–Tenemos que pensar en los nombres –dijo ella–. Me gustaría ponerle James. Por mi padre.

–Está bien –dijo él, acariciándole el vientre más abajo y provocando que ella empezara a excitarse–. Yo pensaba en Victoria, por mi abuela.

–Me gusta ese nombre –dijo ella, y cerró los ojos para disfrutar de la sensación de sus caricias. Entonces, Sam movió la mano y comenzó a acariciarle la entrepierna. Anne no pudo contener un gemido.

–¿Ya estás excitada? –preguntó él, acariciándola con los dedos–. Podría hacer que tuvieras un orgasmo ahora mismo –le dijo mientras le acariciaba el pezón con la lengua.

Era cierto que podía hacerlo, pero ella deseaba que no fuera así. Quería que durara un rato, por si era la última vez. Deseaba saborear cada momento.

Anne le abrió la toalla y al ver su miembro erecto lo introdujo en su boca. Sam gimió y le acarició el cabello, echando su cabeza hacia atrás sobre la almohada. Ella sabía muy bien cómo hacer que perdiera el control. El ritmo perfecto, el punto clave bajo su sexo… Pero cuando él empezó a tensar el cuerpo, la hizo parar. La tumbó boca arriba y se colocó sobre ella. Le agarró las piernas y se las colocó sobre los hombros. Entonces, la penetró. Por las mañanas solían hacer el amor de manera tranquila, pero esa vez era diferente. Aquello era sexy y salvaje. Al cabo de un momento, ella se estremecía de placer, pero él no cedió hasta que no le provocó el orgasmo por segunda vez. ¿Se preocuparía tanto por que obtuviera placer si no le importara? ¿Si no la amara?

Anne decidió no pensar en ello y cerró los ojos para dejarse llevar por las sensaciones.

Al cabo de un momento, Sam se derrumbó a su lado con la respiración acelerada.

–Santo cielo…. Ha sido fantástico.

–Habrás notado que mi vientre empieza a molestar.

–Sí –la miró y sonrió–. La próxima vez lo intentaremos a cuatro patas.

Ella estuvo a punto de decirle que lo intentaran en ese momento, pero Sam miró la hora en el teléfono y blasfemó.

–Has hecho que llegue tarde.

–No me eches a mí la culpa. Tú has empezado.

–Sí, pero si no fueras tan irresistible, no habría caído en la tentación. Tengo que irme –dijo él, y la besó en la frente antes de bajar de la cama.

Ella observó cómo se preparaba para ir a trabajar, tal y como había hecho montones de veces.

Como por arte de magia, Sam volvía a ser el mismo de antes. Le hablaba, bromeaba, y pasaba tiempo con ella. Mantenían relaciones muy a menudo y él no parecía cansarse de ella.

Aunque le había dejado bien claro que sólo estaba con ella por el bien de sus niños, se comportaba como si fueran un matrimonio de verdad. Había cambiado por completo, como si las semanas anteriores no hubieran tenido lugar. Sam volvía a ser el hombre paciente y encantador con el que se había casado.

Sin embargo, ella se sentía nerviosa. Tenía miedo de decir o hacer algo incorrecto y que él volviera a echarla de su vida.

Comenzaba a sentir que le pasaba algo. ¿Por qué no podía relajarse y ser feliz?

Quizá fuera cierto que era la rara de la familia. Quizá estaba destinada a vivir la vida en agonía. ¿O era que le daba miedo ser feliz porque sufriría más cuando las cosas fueran mal?

Desde la boda, Anne sólo había visto a los padres de Sam en un par de ocasiones. Y siempre antes de la pelea. Cada vez que él había ido a verlos desde entonces, había encontrado una excusa para no llevarla. Aunque en la mayoría de las veces ni siquiera le contaba dónde iba. Era como si estuviera evitando que tuvieran una buena relación. Ella no quería que ellos pensaran que los estaba evitando o que no le caían bien. Deseaba tener una buena relación con sus suegros.

Finalmente, cuando los invitaron a cenar una

noche de noviembre, Sam aceptó. Y Anne descubrió que estaba nerviosa. ¿Qué les había contado acerca de su matrimonio?

–¿Lo saben? –preguntó a Sam a cuando estaban a punto de marcharse.

–¿El qué? –preguntó Sam.

–Lo nuestro. Cómo nos han ido las cosas.

–Yo nunca les he contado nada –dijo él, ayudándola a ponerse el abrigo–. Por lo que ellos saben, todo va bien. Y por lo que a mí respecta, así es.

A Anne le hubiera gustado sentirse más segura.

Aquella mañana había empezado a nevar por primera vez en la temporada, y cuando llegaron a casa de los padres de Sam las carreteras empezaban a complicarse bastante.

Lo primero que hizo la madre de Sam, después de que se quitaran los abrigos y las botas, fue llevar a Anne al piso de arriba para que viera la habitación que estaba preparando para los gemelos.

–¡Es preciosa! –dijo Anne acariciando una de las cunas. Las paredes estaban pintadas de un tono verdoso y había unas estanterías llenas de libros y juguetes, muchos de los cuales habían pertenecido a Adam y a Sam.

–Yo ni siquiera he empezado a preparar el cuarto de los niños –dijo Anne–. Cuando Chris y Melissa se muden a la suite principal, nosotros nos mudaremos a su habitación porque el cuarto de los niños está al lado.

–Espero que no te importe que haya montado una habitación para ellos –dijo la madre.

–Por supuesto que no.

–Sabemos que a las parejas les sienta bien tener

algunos ratos para estar a solas. Nos encantaría que los gemelos pasaran aquí la noche de vez en cuando.

–Son vuestros nietos. Por supuesto que podrán quedarse aquí.

–Me alegro. No estábamos seguros de lo que pensabas.

Porque Anne no había estado presente en sus vidas. Su suegra no dijo nada, pero Anne supo que lo estaba pensando. ¿Qué podía decir? No iba a contarles la verdad.

Decidió que a partir de entonces intentaría pasar más tiempo con ellos. Invitaría a su suegra a tomar el té, o quizá podía invitarla a ir de compras a Milán o a París. También podía invitar a ambos a cenar al castillo.

–Siento no haber venido a veros más a menudo –dijo Anne–. Me parece que no he sido una buena nuera.

–Oh, Anne –dijo la madre tocándole el brazo–. Por favor, no hace falta que te disculpes. Sam nos ha contado lo difícil que es salir del castillo por el tema de seguridad y todo eso. Nos dijo que estáis prácticamente prisioneros en el castillo.

Eso era cierto, pero no era el motivo de su ausencia.

–Me alegraré mucho cuando detengan al hombre que os ha estado molestando –dijo la madre de Sam.–. Deberían encerrarlo y tirar la llave.

Era curioso, pero desde que se habían enterado de que era el hijo de Geoffrey y que tenía problemas psicológicos, ya no sentía tanto odio hacia él. Más bien lástima. Por supuesto, deseaba que lo detuvieran, pero para que pudiera recibir la ayuda que necesitaba. No quería ni imaginar los horrores que debía de haber vivido en la guerra.

—Es un hombre enfermo que necesita ayuda psiquiátrica —dijo Anne—. Todos nos alegraremos cuando lo detengan.

El padre de Sam apareció en la puerta.

—Supuse que os encontraría aquí. La cena está lista.

Durante toda la cena, Anne tuvo la sensación de que ocurría algo. Los padres de Sam parecían nerviosos. Después del postre se dirigieron al salón para tomar una copa. Anne bebió agua mineral. Cuando la doncella salió de la habitación, Sam les preguntó a sus padres:

—Bueno, ¿nos vais a contar qué es lo que os está preocupando?

Al parecer, Anne no había sido la única que había notado que sucedía algo.

—Hay algo que tenemos que deciros —dijo el padre, y su esposa lo agarró de la mano.

—¿Qué ocurre? —preguntó Sam con el ceño fruncido.

—Hace unas semanas fui a hacerme la revisión médica anual y el médico descubrió que tengo la próstata muy grande. Me hicieron unas pruebas y resulta que tengo cáncer. Sin embargo, todavía no está muy avanzado y dice que es de los menos agresivos.

—Ni siquiera recomienda que se someta a una operación —dijo la madre—. Creen que con una serie de radioterapia tu padre se pondrá bien.

Anne notó que Sam suspiraba aliviado.

—Eso es estupendo —dijo él, sentándose al lado de Anne—. ¿Podría ser mucho peor, no?

–Muchísimo peor.

Sam miró a sus padres.

–Hay algo más, ¿no es así?

Ellos se miraron. Después, su padre comentó:

–He decidido que en vista de mi estado de salud, ha llegado el momento de retirarme.

–¿Retirarte? Pero si te encanta ser primer ministro. ¿Qué vas a hacer?

–Relajarme. La verdad es que ya estoy cansado de la política. De trabajar muchas horas y de los conflictos constantes. Estoy cansado. Abandono, y hasta que termine mi mandato dentro de seis meses, el primer ministro suplente ocupará mi cargo.

Anne supo enseguida lo que Sam estaba pensando. Si no hubiera sido por su matrimonio, por ella, Sam tendría la oportunidad de ocupar el puesto de su padre. Y lo conseguiría, porque sería el más cualificado de todos los que pudieran optar al cargo. Habría llegado a ser primer ministro, tal y como siempre había deseado.

Pero eso nunca sucedería. Y era culpa de ella.

–Imagino que después de eso se quedará a cargo –dijo Sam.

–Seguro que sí –dijo el padre, y Anne supo lo que Sam estaba pensando. En más de una ocasión había dicho que los suplente eran unos imbéciles.

–Sé que esto es difícil para ti, hijo –dijo su padre, evitando mirar a Anne.

–Estoy bien –dijo Sam, forzando una sonrisa–. Ni siquiera deberías preocuparte por cómo me afecta esto. Lo único importante en estos momentos es tu salud. Si tú estás contento, me alegro por ti.

Parecía sincero, pero Anne era capaz de reconocer su ironía.

Puesto que el tiempo estaba empeorando, se marcharon de casa de los padres de Sam poco después. Una vez en el coche y de camino al castillo, Sam bajó la guardia y permitió que ella viera lo disgustado que estaba.

–El suplente es un idiota.

Pero era atractivo y tenía carisma, y la gente lo había elegido por eso.

–Sam –comenzó a decir Anne, pero él levantó la mano para que se callara.

–Por favor, ahora no.

Ella sabía que aquello era inevitable. Por desgracia, aquello no hacía que la realidad de la situación fuera más fácil de aceptar.

Se acomodó en el asiento del coche y miró cómo los copos de nieve caían sobre la ventana, tratando de convencerse de que en un par de días todo estaría bien.

Trataba de convencerse de ello porque la alternativa era inimaginable. Si él se encerraba de nuevo en sí mismo, ¿cuánto tiempo tardaría en volver a recuperarlo?

¿Y querría intentarlo?

Capítulo Doce

Sam sabía que estaba siendo injusto y egoísta, pero ni siquiera podía mirar a Anne.

La idea de no seguir los pasos de su padre siempre le había disgustado, pero era más fácil de asimilar cuando lo imaginaba como algo lejano en el futuro. Enfrentarse a ello tan pronto, sólo le servía para recordar todo lo que había perdido. Todo lo que deseaba y nunca tendría. Y no podía evitar culpar a Anne.

Además, su padre tenía cáncer. Sam confiaba en que le hubieran dicho la verdad y que no estuvieran restándole importancia para que no se preocupara.

Debido al mal tiempo, tardaron el doble de lo normal en llegar a casa y una vez allí decidió que necesitaba estar solo unos días para asimilar lo que estaba pasando. Si encontraba la manera de ausentarse un par de días, lo haría. La reforma de su casa había terminado hacía meses, así que podría quedarse allí. Pero estaba el problema de la familia de Anne. Si no tenía cuidado, podría quedarse sin empleo. Al menos, con un trabajo que le agradaba tenía un lugar donde refugiarse.

De otro modo, estaba atrapado.

Anne permaneció en silencio mientras se preparaban para irse a la cama, pero cuando se metieron en ella trató de acariciarlo.

Sintiéndose como un cretino, él la rechazó. Anne sólo trataba de consolarlo, de ser una buena esposa, pero él no podía permitírselo. Todavía no. La herida estaba demasiado reciente.

«Mañana me encontraré mejor», pensó él. Pero al día siguiente, después de haber pasado casi toda la noche sin dormir, se sentía peor. Anne intentó hablar con él, pero Sam negó con la cabeza y dijo:

—No estoy preparado —odiándose al ver una expresión de dolor en su rostro que ella trataba de ocultar. No estaba siendo justo con ella. Tenía que llegar un momento en que la perdonara, pero no podía evitar lo que sentía. Amargura y resentimiento. Y cada día que pasaba, se encerraba más en sí mismo.

Sólo unos días antes había estado a punto de perdonarla. Sin embargo, se sentía como si fuera a estar enfadado con ella de forma indefinida.

Anne se sentía horrible al ver a Sam tan disgustado.

Desde que su padre le había dado la noticia dos semanas antes, todo había empeorado. Ella había intentado ser paciente y comprensiva. De darle tiempo y de dejarle espacio para que lo asimilara. Pero ya no estaba segura de poderle dar nada más.

A pesar de que lo amaba, no tenía fuerza para seguir luchando. Y menos cuando se trataba de una batalla unilateral. Forzarlo a que se quedara a su lado cuando él no lo deseaba no era lo correcto. No era justo para él, ni para ella. Ni siquiera para los bebés.

Era evidente que debían separarse. Por el bien de todos.

Tomar la decisión le resultó muy duro, pero al mismo tiempo se sentía aliviada. Lo más difícil era hablar con Chris y admitir que, tan sólo unos meses después de casarse, su matrimonio había terminado.

–Tenía la sensación de que algo iba mal –le dijo él–. Pero confiaba en que lo solucionaríais.

–Lo hemos intentado. Pero no va a funcionar. No somos felices.

–Entonces, lo que me estás pidiendo es permiso para divorciarte.

–Comprendo la posición en que dejo a la familia, y lo siento de veras.

Él suspiró.

–Un pequeño escándalo no acabará con nosotros.

–¿Me darás permiso?

–Si hay una cosa que he aprendido es que la vida es demasiado corta. Te mereces ser feliz y no estar anclada a un matrimonio que no funciona. No puedo negar que Sam me cae muy bien. Y que ha hecho un trabajo excelente como embajador.

–Pero si nos divorciamos podrá regresar al mundo de la política otra vez.

–Perderá el título, así que podrá optar a cualquier cartera.

Al menos podía darle eso. Y tras habérselo contado a Chris se sentía mucho mejor. Tuvo que esforzarse para no ceder ante el dolor, y buscar en su interior para encontrar a la vieja Anne. La arpía. Aquella Anne que no necesitaba a nadie, a la que no le importaba lo que la gente pensara de ella. Y aun así, no podía evitar aferrarse a la esperanza de que cuando se enfrentara a la realidad, a la idea de que su matrimonio iba a terminar, Sam se daría cuenta de todo lo que estaba abandonando. Quizá entonces comprendería que la amaba.

Esperó a que llegara la noche para hablar con él. Sam acababa de llegar de trabajar y estaba en la habitación cambiándose de ropa para cenar. Ella entró y cerró la puerta.

—Tenemos que hablar —dijo ella.

—Ahora no es buen momento —dijo él sin mirarla.

—Entonces, hablaré yo y tu escucharás.

Él se volvió con expresión de dolor.

—No estoy preparado. Necesito tiempo.

—No podemos seguir haciendo esto —dijo ella.

—¿El qué?

—Esto. Ambos somos infelices, creo que sería mejor si… —se le trabaron las palabras y enderezó los hombros para intentar continuar—. Creo que sería mejor si nos separáramos.

Él la miró con los ojos entornados y preguntó:

—¿Es aquí cuando tengo que darme cuenta de que no podría vivir sin ti?

Al parecer no. Ella tragó saliva para deshacer el nudo que tenía en la garganta. Ya estaba. Era el verdadero final. Su matrimonio había terminado.

—No. Es ahora cuando te pido que te vayas, y te digo que quiero el divorcio.

—¿Lo dices en serio?

Ella asintió.

—¿Así sin más?

Ella se encogió de hombros tratando de fingir que no estaba destrozada.

—Así sin más.

–Estás abandonando.

–Hacen falta dos para que un matrimonio funcione, Sam. Tú abandonaste hace mucho tiempo. Y yo no puedo seguir luchando.

Sam no lo negó porque sabía que ella tenía razón.

–Ya he hablado con mi abogado y está preparando los papeles del divorcio.

–Una vez dijiste que cuando estuviéramos casados no habría vuelta atrás.

–He hablado con Chris y va a darnos permiso. Me aseguró que en el momento en que el divorcio se haga efectivo perderás el título. Deberías tener tiempo para presentar la campaña y presentarte a primer ministro. Conseguirás lo que siempre has querido.

–¿Por qué estás haciendo esto? ¿Por qué ahora?

–Porque no puedo seguir viviendo así. Puede que haya cometido un gran error, Sam, pero no puedo pagarlo el resto de mi vida. Merezco ser feliz. Casarme con alguien que me quiera, y no con un hombre que me aguanta por el bien de nuestros hijos.

–Me casé contigo por ellos.

–No tiene sentido que sus padres sigan casados si todos están descontentos. Compartiremos la custodia, y crecerán sabiendo que ambos los queremos mucho, aunque no vivamos en la misma casa. Tendrán una vida feliz, como tantos otros niños cuyos padres están divorciados.

–¿Y mi cargo de embajador?

–Chris está buscando un sustituto. Eres libre para buscar el trabajo que quieras.

–Me gustaba mi trabajo.

–Ahora podrás tener el que deseas.

Sam permaneció en silencio mucho tiempo, como si estuviera reflexionando sobre ello.

Después asintió y dijo:

–Probablemente sea lo mejor.

–Me gustaría que te fueras esta noche –dijo Anne, tratando de mantener la compostura. De hablar y actuar con frialdad.

Al fin y al cabo era La Arpía. No permitía que la gente le hiciera daño.

–Si eso es lo que quieres –dijo él.

«No», deseaba gritar ella. Lo quería a él, tal y como habían estado después de la boda. El hombre que se había comportado de manera dulce y cariñosa cuando ella perdió a su padre. Su pareja.

Quería que él la amara. Pero eso no iba a suceder nunca.

–Es lo que quiero. Me iré para que puedas recoger tus cosas.

–¿Estás segura?

–Nunca he estado tan segura de algo en mi vida. Yo sólo… –tragó saliva–. Ya no te quiero.

–Nunca tuvo que ver con el amor.

No para él, pero sí para ella. Y que ya no lo amaba era una mentira.

Sam se sintió aliviado.

Ya no tenía trabajo, estaba a punto de firmar el divorcio y no viviría en la misma casa que sus hijos gemelos. Eso lo alegraba.

Al menos, de eso era de lo que había tratado de convencerse. Una y otra vez. Y estaba seguro de que con el tiempo terminaría creyéndoselo.

Se mudó a su casa de la ciudad. Exactamente donde quería estar. Sólo para descubrir que ya no se sentía cómodo allí.

Trató de convencerse de que con el tiempo se acostumbraría. Podría continuar con su vida. Seguir los pasos de su padre y llegar a ser primer ministro. Pero la idea de soportar una dura campaña lo agotaba. Ni siquiera había pensado a quién contrataría para llevarla a cabo.

Pero había tomado la decisión correcta al separarse de Anne. Claro que tampoco le habían dejado mucha opción.

Y si estaba tan seguro de ello, ¿por qué no se lo había dicho a sus padres después de tres días? Sólo era cuestión de tiempo que la noticia llegara a los periódicos y él no podía permitir que ellos se enteraran por los periódicos que su hijo había fracasado como esposo.

Y así era como se sentía. Como un fracasado.

—¡Qué agradable sorpresa! —le dijo su padre cuando Sam se presentó sin avisar. Pero mientras se quitaba el abrigo, el padre frunció el ceño.

—¿Has estado enfermo?

—¿Por qué lo preguntas?

—Bueno, es miércoles. No estás trabajando. Y perdona que te diga, pero tienes un aspecto terrible.

Sam llevaba el cabello alborotado, tenía barba de varios días y la ropa sin planchar.

—No, no estoy enfermo. Pero tengo que hablar con vosotros de un asunto.

—¿Te apetece una copa? —le ofreció su padre.

—Pónmela doble —mientras el padre se la servía, Sam añadió—. ¿Está mamá por aquí?

–Tenía una comida benéfica –le entregó la copa–. ¿Quieres que nos sentemos en el estudio?

–Claro.

Siguió a su padre hasta el estudio y, una vez sentados, el padre preguntó:

–¿Qué ocurre?

Sam se sentó en el borde del sofá con los codos sobre las rodillas y la copa en la mano.

–Creo que deberíais saber que la semana pasada me mudé del castillo. Anne y yo vamos a divorciarnos.

–Siento oír tal cosa, Sam. Parecíais muy felices.

Lo fueron. Durante un tiempo. Hasta que se complicaron las cosas.

–¿Puedo preguntarte qué ha sucedido?

Sam pensó en decirle la verdad sobre cómo Anne le había mentido, pero se percató de que aquello no tenía que ver con la realidad.

Sí, ella había cometido un error y él se había sentido traicionado. Después había intentado castigarla y cuando por fin la perdonó se sintió aliviado.

Aquello era diferente. No se trataba de lo que ella había hecho, aunque al principio le había resultado más sencillo culparla que admitir lo que en realidad le molestaba. Porque así era como le gustaban las cosas. Sencillas.

–Lo he estropeado todo –le dijo al padre, y bebió un trago para calmar el dolor de su corazón–. Lo he estropeado y no sé cómo arreglarlo. Ni si quiera sé si puede arreglarse.

–¿La quieres?

–Sí –dijo, sorprendiéndose de la facilidad con la que había contestado.

–¿Se lo has dicho?

No. De hecho, le había dicho que no la amaba. Que nunca la amaría. Que sólo estaba a su lado por sus hijos.

–Se suponía que no tenía nada que ver con el amor. Eso no formaba parte del plan.

Su padre se rió.

–En mi experiencia, hijo, las cosas nunca salen como se planean. Sobre todo en lo que al amor se refiere.

–No debería ser así de complicado –dijo Sam, bebiéndose la copa de un trago.

–¿El qué?

–Las relaciones. El matrimonio. No debería ser tan duro.

–Si fuera fácil ¿no crees que sería aburrido?

–¿Es demasiado pedir tener una relación como la de mamá y tú?

–¿Y qué es lo que tenemos?

–El matrimonio perfecto. Nunca os habéis peleado, ni habéis tenido problemas. Ha sido tan fácil para vosotros.

–Sam, nuestro matrimonio no es perfecto.

–De acuerdo. Sé que habéis tenido algún problemilla, pero…

–¿Consideras a la infidelidad un problemilla?

Sam se quedó boquiabierto.

–¿Has engañado a mamá?

–No. Jamás he sido infiel a tu madre. Y no porque no tuviera la oportunidad. Peor la quería demasiado. Demasiado por mi propio bien.

–Y si tú no… ¿Estás diciendo que mamá te ha sido infiel?

–Recuerdas que viajaba mucho y que siempre llamaba la atención. Por no mencionar que es una mujer increíblemente guapa.

Sam no podía creer lo que estaba oyendo.

–¿Cuándo?

–Tú tenías ocho años.

–Me dejas helado. No tenía ni idea.

–No quisimos que te enteraras. Ahora pienso que ocultarte la realidad de nuestra relación fue un error. Los matrimonios implican mucho trabajo, hijo. Son complicados y difíciles.

–¿Qué hiciste cuando lo descubriste?

–Me quedé destrozado. Y pensé en marcharme seriamente. Llegué a empaquetar mis cosas, pero ella me convenció para que la perdonara. De que le diera una segunda oportunidad. Decidimos que iríamos a terapia para tratar de salvar la relación. Tu madre dejó de viajar durante un año, para demostrarme que iba en serio. Que nuestra relación era lo prioritario.

–Lo recuerdo –dijo Sam–. Recuerdo que se quedó en casa mucho tiempo, pero nunca me paré a pensar por qué.

–¿Y por qué ibas a haber pensado en ello? No eras más que un niño. Y siempre estabas feliz. No queríamos que nuestros problemas te afectaran negativamente. Ni a Adam. Aunque creo que él sospechaba que algo iba mal.

–¿Y cómo pudiste confiar en ella otra vez?

–No fue fácil. Sobre todo cuando empezó a viajar otra vez. Tuvimos algunos años difíciles. Pero creo que gracias a ello nos va mejor. Si superamos aquello podemos superar cualquier cosa.

Sam se sentía como si todo su mundo se hubiese vuelto patas arriba.

El matrimonio de sus padres tampoco había sido perfecto. Y él había pretendido que Anne se ajustara a la idea que él tenía de lo que creía que era una mujer perfecta, sin saber que esa persona ni siquiera existía.

—Soy un imbécil.

Su padre sonrió.

—No puedes aprender si no cometes errores.

—Pues yo he cometido uno tremendo. Todos los problemas que he tenido con Anne giran en torno a una cosa, mi deseo de llegar a ser primer ministro. Y he estado más centrado en lo que no podía tener que en lo que tengo, tanto que he pasado por alto el hecho de que ya ni siquiera quiero ser primer ministro.

Cuando su padre había anunciado que se retiraba, él había tenido la excusa perfecta para distanciarse de Anne y evitar admitir que se estaba enamorando de ella.

—¿Estás disgustado? —le preguntó a su padre.

—¿Por qué iba a estar disgustado?

—Siempre pensé en seguir tus pasos.

—Sam, tendrás que seguir tu propio camino. Tienes que hacer aquello que te haga feliz.

—Estoy contento trabajando de embajador. Y se me da muy bien. O al menos, se me daba.

—¿Te han despedido?

—Anne, el trabajo… Todo iba dentro del mismo paquete.

Y lo había estropeado todo.

Durante toda su vida, Sam había sabido lo que

quería. Nunca había tenido miedo de nada, sin embargo, en aquellos momentos se sentía aterrorizado. Temía que fuera demasiado tarde.

–¿Quieres recuperarla? –preguntó su padre.

–Más que nada en el mundo. Pero no estoy seguro de que vaya a darme otra oportunidad. Ni siquiera de si me la merezco.

–¿Puedo darte un pequeño consejo?

Sam asintió.

–Las cosas más preciadas de la vida son aquéllas por las que tienes que luchar. Hazte la siguiente pregunta, ¿merece la pena que luches por ella

–Por supuesto que sí.

–Entonces, ¿qué piensas hacer?

Sólo había una cosa que pudiera hacer.

–Supongo que voy a luchar por ella.

Capítulo Trece

Sam regresó a su casa para ducharse y cambiarse de ropa antes de ir a ver a Anne. En la puerta encontró un sobre con los papeles del divorcio.

Él ni siquiera se molestó en abrirlo, puesto que no tenía intención de firmarlos. Era evidente que cuando llegara al castillo, ella no le pondría fácil la reconciliación.

–Lo siento, señor –dijo el guarda de la puerta–. No puedo dejarle pasar.

–Es muy importante –dijo Sam–. Vamos, me conoce bien.

–Lo siento, señor. Tengo órdenes estrictas de no dejarle pasar.

–¿Podría avisarla y decirle que estoy aquí?

–Señor…

–Hágame el favor. Avísela y dígale que necesito verla.

Él dudó un instante, pero entró en la garita y agarró el teléfono. El guarda asintió un par de veces y colgó. Sam esperó a que diera al botón para abrir la puerta y lo dejara pasar. Sin embargo, salió de la garita y se acercó a la ventana del coche de Sam.

–Si quiere audiencia con la princesa le sugiero que contacte con su secretaria personal.

Era ridículo. Todavía estaban casados. Y ¿había

olvidado que él era el padre de las criaturas que llevaba en el vientre?

Sam sacó el teléfono y marcó el número privado de Anne. Sonó tres veces y salió el contestador automático. La llamó al teléfono móvil. También saltó el contestador.

–Anne esto es ridículo. Contesta el teléfono –dijo él.

Colgó y marcó de nuevo. Otra vez el contestador.

Decidió enviarle un mensaje de texto: *Llámame.*

Al cabo de un instante, el guarda se acercó de nuevo y dijo:

–Señor, voy a tener que pedirle que se vaya.

–Espere.

Intentó contactar con Louisa y con Melissa, pero no tuvo suerte. Entonces llamó al despacho de Chris. La secretaria le dijo que no se encontraba en la oficina.

Envió otro mensaje de texto: *No voy a abandonar. Voy a luchar por ti.*

–Señor Baldwin –le dijo otro guarda en un tono más serio–. Voy a tener que insistir en que se marche ahora mismo.

Sam podría haber insistido en que no se marcharía hasta que viera a Anne, pero sabía que terminaría metiéndose en un lío.

–Está bien, me marcho –masculló.

Ella lo había echado de su vida. ¿Y no era eso lo que le había hecho él a ella? Estaba probando su propia medicina.

Anne le había dicho que estaba cansada de ser la única que luchaba por salvar el matrimonio. Pues si lo que quería era luchar, lo conseguiría.

***

–¿Sam, otra vez? –preguntó Louisa cuando sonó el teléfono de Anne por enésima vez. Estaban en la habitación de Louisa preparando la fiesta del nacimiento de los bebés que celebrarían en enero.

–¿Quién si no? Voy a tener que cambiar el número. Y mi dirección de correo electrónico.

Louisa se mordió el labio.

–¿Qué? –preguntó Anne.

Ella puso cara de inocente y dijo:

–No he dicho nada.

–No, pero te gustaría.

–Sólo que Sam está insistiendo mucho. A lo mejor deberías hablar con él.

Según todos los mensajes que le había enviado, y que Anne había leído, pero no había contestado, él la amaba y quería luchar para que su matrimonio funcionara. Pero ella ya no tenía energía para luchar más.

–No tengo nada que decirle.

–Vas a tener hijos suyos, Annie. No puedes ignorarlo para siempre.

Anne hablaría con él, pero cuando se sintiera segura. Cuando ya no despertara por la mañana con una sensación de vacío, cuando pudiera pasar más de cinco minutos sin imaginar su rostro o sin oír su voz en la cabeza. Cuando pudiera verlo sin lanzarse a sus brazos para que la abrazara.

Necesitaba tiempo para olvidarlo.

Su teléfono vibró y entró un mensaje de texto: *No voy a abandonar. Te quiero.*

Al parecer, él había olvidado que aquello no tenía nada que ver con el amor. Además, él no la amaba. Simplemente no le gustaba perder. Y ella no iba a perdonarlo para que volviera a partirle el corazón otra vez.

–Sabes que te quiero mucho, Annie, y que siempre estaré de tu lado… –comenzó a decir Louisa.

–¿Pero?

–¿No crees que estás siendo un poco injusta?

–¿Injusta? ¿Y Sam fue justo cuando me ignoró durante semanas?

–¿Te estás vengando? ¿Estás dándole a probar su propia medicina?

–¡No! No es eso lo que pretendo.

–Llámalo. Dile que ha terminado.

–Ya se lo dije. La noche que lo eché de aquí.

–Pues al parecer no ha captado el mensaje, y hasta que no se lo aclares seguirá pensando que haya esperanza.

Sonó el teléfono otra vez. Louisa lo agarró y se lo entregó a Anne.

–Habla con él. Aunque sea hazlo por mí.

Anne dudó un instante pero agarró el teléfono. Louisa salió de la habitación. Ella respiró hondo, temiendo derretirse cuando oyera su voz.

«Eres La Arpía», se recordó. «No necesitas a nadie».

Ya sólo tenía que creérselo.

Anne le había rechazado tantas llamadas que cuando por fin contestó él se olvidó de lo que quería decirle. En realidad no supuso un problema porque ella no le dio oportunidad de decir palabra.

–He contestado para pedirte por favor que dejes de molestarme. No quiero hablar contigo.

–Entonces, yo hablo y tú escuchas.

–Sam…

–Siento cómo te he tratado. Te quiero, Annie.

–Se supone que esto no tenía nada que ver con el amor –dijo ella, recordándole sus palabras.

–Lo sé, pero me he enamorado de ti de todas maneras. Y me he asustado.

–¿Por qué?

–Pensaba que amarte sería demasiado difícil. Resulta que amarte era la parte fácil. Lo difícil era distanciarme de ti.

–No puedo estar con alguien que me haga daño cada vez que se complican las cosas. Cada vez que cometo un error.

–Sé que hasta ahora no me he portado bien, pero si me das otra oportunidad, prometo que será diferente.

–Eso es lo que dijiste la última vez.

–Esta vez lo digo en serio.

–Me gustaría creerte. En serio. Pero no puedo correr el riesgo. No puedo pasar por ello otra vez…

–Annie…

–Sam, se ha terminado. Por favor, no vuelvas a llamarme.

Colgó el teléfono y Sam se quedó mirando al aparato con cara de tonto.

¿Lo había rechazado?

¿Y por qué no iba a hacerlo? ¿Pensaba que después de cómo la había tratado se rendiría a sus pies?

Por un lado quería sentirse enfadado. Creer que sólo lo hacía porque era muy testaruda. Para vengarse de él. Pero ése no era su estilo. Ella lo había amado y había hecho todo lo posible por intentar que su matrimonio funcionara. Había permanecido a su lado aunque él la hubiera ignorado. ¿Y cómo se lo había agradecido él? De ninguna manera. Ni siquiera se había esforzado para que la relación funcionara.

Lo cierto era que no merecía tenerla a su lado. Y quizá ambos estuvieran mejor si la dejaba en paz.

Anne tenía los pies hinchados y le dolía la espalda. Lo que menos le apetecía era estar de pie, muerta de frío, frente a un grupo de médicos, enfermeras y periodistas. Melissa no se encontraba bien y Chris le había pedido a Anne que lo acompañara a la inauguración de la obra de un centro pediátrico para el tratamiento del cáncer en el hospital.

Ambos estaban esperando a que el director del centro terminara su perorata. Ella tenía las manos en los bolsillos y sujetaba con fuerza el teléfono móvil, como esperando que entrara una llamada o un mensaje de texto. Pero desde las últimas dos semanas, el aparato había estado en silencio.

Estaba deseando oír la voz de Sam. No podía dejar de pensar en lo que él le había dicho la última vez, preguntándose si hablaba en serio. Él le había dicho que la amaba y empezaba a pensar que era verdad. Pero tenía miedo de enfrentarse a la posibilidad de que él volviera a hacerle daño una vez más.

Pero si Sam volviera a llamarla y diera el primer paso… ¿Y por qué iba a hacerlo si ella le había pedido que la dejara en paz?

Se estremeció y encorvó los hombros para defenderse de una racha de aire helado.

–¿A quién se le ha ocurrido hacer esto en diciembre?

–Ya casi ha terminado –dijo Chris–. Aguanta un poco.

Ella lo miró enojada y se fijó en que tenía un punto rojo en la solapa de su abrigo. Pensó que era una mancha o un pedazo de hilo. Entonces, vio que se movía.

¿Qué diablos?

El punto rojo se había desplazado hasta el lado izquierdo del pecho de Chris. Era una luz, como un puntero de láser…

Al percatarse de lo que podía ser, se le encogió el corazón. Sabía que no tenía tiempo de avisar a Gunter, que estaba justo detrás. Tenía que hacer algo. Deprisa.

Sacó las manos de los bolsillos y empujó a Chris con fuerza. Ella vio su cara de sorpresa al mismo tiempo que sentía que alguien la agarraba del brazo y tiraba de ella. Aterrizó en el suelo, pero sobre una persona. Era Gunter. Él la había tirado y la había protegido con su cuerpo. Entonces, alguien gritó pidiendo un médico y ella sintió que se le helaba el corazón. ¿Había actuado demasiado tarde? ¿Habían herido a Chris?

Trató de incorporarse sobre un codo y Gunter le gritó:

–¡No te muevas!

Ella permaneció tumbada imaginando que su hermano se desangraba a poca distancia de allí. Oyó que la gente empezaba a gritar y a correr de un lado a otro.

De pronto, la oscuridad se apoderó de ella.

***

Sam estaba sentado en el sofá de su casa tomándose un whisky.

Su teléfono móvil llevaba sonando más de dos horas, pero ninguna de las llamadas era de Anne y no tenía ganas de hablar con nadie.

Los papeles del divorcio estaban sobre la mesa, sin firmar. No tenía fuerza para agarrar un bolígrafo. No quería el divorcio. No quería perder a Anne.

Pero ella quería perderlo de vista y quizá debía permitírselo. La idea de que se enamorara de otro hombre y de que él criara a sus hijos lo aterrorizaba. Pero conocía a Anne y sabía que aunque él se negara a firmar el divorcio ella continuaría con su propia vida.

Se incorporó y agarró el documento. No lo había leído, pero su abogado le había dicho que era muy preciso. Ambos se separarían llevándose lo que habían aportado al matrimonio. Sería como si nunca se hubiera celebrado.

Buscó la página donde debía firmar y agarró el bolígrafo. Respiró hondo, acercó el bolígrafo al papel y… El maldito teléfono comenzó a sonar de nuevo.

–¡Maldita sea! –agarró el teléfono y contestó–. ¿Qué quieres?

–¿Sam? –era su hermano Adam.

–Sí, soy yo. Me has llamado.

–¿Dónde te has metido? Llevamos una hora tratando de localizarte.

–Estoy en casa. Y si no te he contestado es porque no quiero hablar con nadie.

–Pensé que a estas alturas ya estarías en el hospital.

–¿Y por qué?

–¿No te has enterado?

–¿Qué ha pasado?

–Alguien disparó. El rey y Anne estaban fuera del hospital en una ceremonia y hubo un atentado.

Sam encendió la televisión.

–¿Chris está bien?

–No le han dado. Anne lo empujó en el momento justo. Ella le ha salvado la vida. Pero, Sam…

Las palabras de Adam se desvanecieron mientras en la televisión aparecía los titulares: «Intento de asesinato. La princesa Anne ingresa en el hospital». Sam dejó caer el mando a distancia y su corazón comenzó a latir con fuerza.

Eso no podía ser cierto.

Las imágenes mostraban cómo Anne y Chris estaban escuchando el discurso del director del hospital, cómo Anne miraba a su hermano y de pronto lo empujaba. Gunter se colocó encima de ella para protegerla. Después no se veía nada más. Sam no pudo ver si ella había resultado herida, pero la reportera anunció que no se conocía el estado de la princesa, sólo que se había quedado inconsciente.

Sam se puso en pie, agarró las llaves y se puso el abrigo. Entonces, se percató de que todavía tenía el teléfono en la mano y que Adam estaba gritando su nombre.

–Te llamó luego –le dijo. Tenía que marcharse al hospital.

Había sido culpa suya. Él debería haber estado a su lado. Nunca se perdonaría si ella o los bebés hubieran sufrido algún daño.

Capítulo Catorce

Si una persona debía recibir un tiro, ¿qué mejor lugar que en la puerta de un hospital?

Anne estaba sentada en la cama de la habitación reservada para la familia real. Llevaba uno de esos camisones de hospital que dejan la espalda al descubierto y no comprendía por qué, ya que únicamente tenía algunos moretones. La habían ingresado debido a que se había desmayado y querían asegurarse de que los bebés estaban bien. A pesar de que así era, habían insistido en que pasara la noche en observación.

Chris había resultado ileso.

La policía le había dicho que si no hubiera empujado a Chris, lo más probable era que hubiera muerto.

Si ella hubiera actuado un momento más tarde, Chris habría recibido una bala en el pecho, y si hubiera reaccionado un segundo más pronto, la bala le habría dado en la cabeza. Chris o ella estarían muertos. La idea la hacía estremecer.

La mejor parte era que la policía había detenido por fin a Richard Corrigan. Al parecer, ni siquiera había intentado escapar. Su plan era matar a Chris y después suicidarse, pero la policía lo detuvo antes de que pudiera llevar a cabo la segunda parte del mismo.

Por fin la pesadilla había terminado. Volvían a ser libres.

Tan pronto como el médico le permitió recibir visitas, su familia invadió la habitación. Todos querían comprobar que se encontraba bien.

Chris la regañó por poner en peligro su vida y la de los gemelos para salvar la suya, pero después la abrazó con fuerza. A ella incluso le pareció ver que tenía lágrimas en los ojos.

Quería llamar a Sam. Lo último que quería era que se enterara de lo ocurrido por las noticias, pero había perdido el teléfono en medio del caos. Todo el mundo había intentado hablar con él. Su familia, Gunter, e incluso la policía, pero al parecer no contestaba el teléfono.

—Estoy segura de que en cuanto se entere vendrá para acá —le aseguró su madre. Había estado sentada en la cama, agarrando la mano de Anne desde que le habían permitido recibir visitas. Louisa estaba en el otro lado y sus dos hermanos, a los pies. No había nada como sufrir una situación así para que la familia se sintiera unida.

Todos menos Sam.

Quizá Sam se había enterado de la noticia, pero como ella lo había echado de su vida ya ni siquiera se preocupaba.

Anne trató de no pensar en ello, convenciéndose de que era ridículo.

Gunter entró en la habitación quince minutos más tarde y Anne lo miró esperanzada. Él negó con la cabeza.

—Hemos enviado un coche a recogerlo, pero no estaba en casa.

–¿Dónde diablos puede estar?

–Ya vendrá –le aseguró Louisa.

–¿Quizá se haya marchado de la ciudad? –preguntó Melissa.

–¿O a casa de sus padres? –sugirió Liv.

–Allí ya lo hemos buscado –dijo Anne.

En ese mismo instante, se abrió la puerta y apareció Sam.

Miró hacia la cama y al ver que ella estaba sentada, suspiró aliviado. Todo el mundo salió de la habitación antes de que Sam se acercara hasta la cama para abrazarla. Al sentir el calor de su cuerpo y percibir su aroma, se le llenaron los ojos de lágrimas.

–En las noticias sólo han dicho que podías haber resultado herida –la abrazó ocultando el rostro entre su cabello–. No sabía si estabas viva o muerta. Si volvería a verte. Además, al llegar aquí no me querían dar información.

–Estoy viva –dijo ella, y él la abrazó con más fuerza.

–¿Estás bien? ¿Los bebés están bien?

–Estamos bien. Sólo me han ingresado porque me desmayé.

–Pensé que te había perdido para siempre –le sujetó el rostro entre las manos y la besó.

Cuando se retiró ella se fijó en que no se había afeitado en varios días y que necesitaba un corte de pelo. Al ver que tenía ojeras, supo que había dormido tan mal como ella en los últimos días. Además de todo, bajo el abrigo llevaba una camiseta y unos pantalones de algodón con dibujos de cómic.

Tenía un aspecto horrible. Y maravilloso.

Él se miró y se rió, como si acabara de darse cuenta de que había salido de casa en pijama. Ella le acarició la mejilla.

—Se nota que he salido corriendo –dijo él, besándole la mano–. Annie, he sido un…

Ella lo silenció cubriéndole los labios con un dedo.

—Ambos hemos sido idiotas. Pero ahora somos más listos.

—Sin duda –le besó los dedos y la muñeca–. No he firmado los papeles del divorcio. Y no voy a hacerlo. Me niego. Pienso pasar el resto de mi vida contigo.

—Bien. Porque yo tampoco los he firmado. Cuando regreses al castillo los quemaremos en la chimenea.

Él la miró a los ojos.

—Y haremos el amor toda la noche.

Ella suspiró. Sonaba de maravilla.

Él sonrió y le acarició el rostro.

—Estoy orgulloso de ti.

—¿Por qué?

—¿Por qué? –se rió–. ¿Tú qué crees? Has salvado la vida de tu hermano. Eres una heroína.

—No pretendía serlo. Todo sucedió muy deprisa. Vi el puntero del láser sobre su abrigo y lo empujé.

—Debería de haber estado a tu lado.

—Pero ahora estás conmigo.

—No voy a volver a dejarte, Annie. Te quiero mucho.

—Yo también te quiero, Sam.

—Lo he dicho en otra ocasión, pero las cosas serán de otra manera esta vez. Lo sé porque yo también soy diferente.

—Yo también. No hay nada como estar al borde de la muerte para saber cuáles son tus prioridades.

Él la besó y le dijo:

–Muévete.

Se quitó el abrigo y se metió en la cama con ella. Anne nunca se había sentido tan feliz en la vida. Y era agradable saber que no era la oveja negra de la familia. Por fin podía relajarse y ser feliz.

–Tengo que confesarte una cosa –dijo él–. La noche del baile benéfico mis amigos me retaron para que te sacara a bailar. Y yo iba lo bastante alegre como para picar el anzuelo.

–Y yo que pensaba que habías sido muy valiente –bromeó ella.

–¿No estás enfadada?

–De hecho me parece divertido. Teniendo en cuenta que conseguiste mucho más que un baile.

–¿Sabes qué? Me alegro de que me mintieras aquella noche. Si no fuera por los bebés nunca habría tenido el valor de darme una oportunidad –la besó en la punta de la nariz–. De dárnosla. Porque estamos hechos el uno para el otro.

–Creo que de eso ya me di cuenta hace tiempo.

Él sonrió.

–Eres mucho más lista que yo.

–Yo también he de confesarte una cosa –dijo ella–, y es un poco picante…

–Soy todo oídos.

Ella metió la mano bajo su camiseta y le acarició el vientre.

–Siempre me he preguntado cómo sería hacer el amor en un hospital.

–No me digas –dijo él con una pícara sonrisa.

–Pero hasta ahora nunca he tenido la oportunidad de probarlo.

Sam debió de presionar el mando de la cama porque, de repente, comenzó a bajar el respaldo.

–Tengo una idea, princesa.

–¿Ah, sí? ¿Y cuál es?

Sam agachó la cabeza y la besó, susurrando contra sus labios.

–Vamos a descubrirlo.

Epílogo

Junio

Los bebés se habían quedado dormidos por fin.

Anne sopló un beso a sus angelitos y se aseguró de que el monitor de la cámara estuviera encendido. Después, agarró la falda de su vestido y salió en silencio.

–Más tarde vendré a ver cómo están –le dijo a Daria, la niñera.

–Páselo bien, alteza.

Miró el reloj y vio que llegaba una hora tarde pero, en aquellos días, la maternidad era su prioridad. Aun así, no quería hacerlo esperar demasiado.

Pasó un instante por su habitación para retocarse el maquillaje y se dirigió al salón de baile. En honor a su padre estaban celebrando el segundo baile benéfico y, al bajar las escaleras, vio que el montaje era incluso más espectacular que el año anterior.

En medio del salón estaba la familia real de Morgan Isle, familiares de Melissa, hablando con Chris y con ella. El rey Phillip y la reina Hannah, el príncipe Ethan y su esposa Lizzy, y el duque, Charles Mead y su esposa, Victoria.

A su lado estaba Louisa y la princesa Sophia, ambas embarazadas y comparando el tamaño de sus vientres mientras sus esposos sonreían.

Pero la única persona a la que ella deseaba ver, y que supuestamente estaba esperándola, no estaba por ningún sitio.

Anne agarró una copa de champán de una bandeja y recorrió el salón con la mirada. Se había sacado leche para que los bebés tomaran biberón y así ella pudiera beber alcohol.

—Está preciosa, alteza —le dijo alguien desde detrás.

El sonido de su voz la hizo estremecer.

—Es un placer volverlo a ver, señor Baldwin.

Él hizo una reverencia y dijo:

—Por favor, llámame Sam.

—¿Te apetece bailar, Sam?

Él sonrió. Después de un año todavía resplandecía la llama del amor en su mirada.

—Pensaba que no me lo ibas a preguntar nunca.

Sam la agarró de la mano y la llevó a la pista. La abrazó con fuerza y ella apoyó la mejilla contra la suya, inhalando el aroma de su colonia.

—Soy la envidia de todos los hombres de la sala —susurró él.

Ella no lo sabía, pero ya nadie la llamaba La Arpía. Aquella mujer había dejado de existir desde que conoció a aquel hombre maravilloso. Él había sacado lo mejor de ella.

—Soy el hombre más afortunado. Y el más feliz.

—¿Cuándo crees que podremos escaparnos de aquí y celebrarlo de verdad? —preguntó ella.

Él la miró con una sonrisa. Al fin y al cabo era su primer aniversario. Y aunque habían pasado momentos tristes y difíciles, tenían mucho que celebrar. Mucho que agradecer. Dos criaturas preciosas y saludables, una familia que los quería y los apoyaba.

Y sobre todo, se tenían el uno al otro.

DESEO
MICHELLE CELMER

LA PRINCESA INOCENTE

Para Garrett Sutherland, ser el terrateniente más adinerado de Thomas Isle no era suficiente. Se había pasado toda la vida amasando su inmensa fortuna… y su fama sensacionalista.

Pero quería ser recordado, sobre todo, por seducir a la princesa Louisa, conocida como la princesa virgen.

Lo había planeado todo al detalle: entraría poco a poco en el corazón de Louisa y, luego, en su cama. Y, cuando se hiciera público, le propondría matrimonio. Pero el millonario de duro corazón no había previsto que arrastrar a Louisa a aquella unión podía costarle más de lo que estaba dispuesto a pagar.

N.º 572

EL CORAZÓN DE LA PRINCESA

Había bailado con ella como parte de un reto, pero Samuel Baldwin había seducido a la princesa Anne para saciar su propio deseo. Vencer la frialdad de Anne había sido puro placer… hasta que descubrió que en su noche de pasión se había quedado embarazada.

Estaba destinado a ser el próximo primer ministro, pero casarse con un miembro de la realeza pondría fin a su carrera. Sin embargo, Sam tenía un gran sentido del honor, así que la boda se celebraría. Después de que él hiciera tal sacrificio, ¿conseguiría Anne su corazón?

JULIET LANDON
La falsa amante

Humillada y traicionada por los hombres, lady Annemarie vio la oportunidad de vengarse de todos los malos maridos: descubrió unas cartas íntimas que podrían difamar el nombre del príncipe regente.

Pero lord Jacques Verne se interponía en su camino. Trabajaba para el príncipe y tenía órdenes de recuperar las cartas a cualquier precio..., aunque tuviera que seducir a Annemarie.

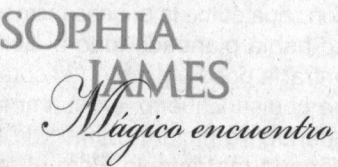

SOPHIA JAMES
Mágico encuentro

Modelo de virtudes, la señorita Lillian Davenport poseía una reputación sin igual. Entonces, ¿por qué se ofreció a pagar a Lucas Clairmont, el peligroso americano, por un simple beso?

Lucas se negaba a dejarse moldear por la sociedad y a menudo bordeaba el lado oscuro de la justicia, pero la bondad y vida impecable de Lillian lo fascinaban, e intuía que detrás de aquellos exquisitos modales se ocultaba una mujer de extraordinaria sensualidad.

No. 89

JAZMÍN™

TERESA CARPENTER
NO SOLO PROMESAS

El director de instituto Alex Sullivan tenía muy claro que la nueva enfermera de la escuela estaba completamente fuera de su alcance. Pero cuando la bella rubia se presentó en su casa con aquel bebé empeñada en demostrar que él era el padre, Alex supo que tenía un problema.

Después de la muerte de su hermana, Samantha Dell se había encargado de criar a su sobrino como si fuera su propio hijo. Y aunque el pequeño necesitaba un padre, ella no había esperado que Alex quisiera serlo a tiempo completo... y menos que también quisiera casarse con ella.

LUCY GORDON
GANAR UNA ESPOSA

Rinaldo Farnese y su hermano Gino acababan de descubrir que una inglesa llamada Alexandra había heredado parte de sus propiedades. Parecía haber sólo una solución para no perder la tierra: lanzarían una moneda al aire y el ganador se casaría con Alexandra.

Gino era un hombre encantador, pero sólo salían chispas cuando Alex y Rinaldo se miraban... Él parecía odiarla, pero tampoco podía negar la atracción que había entre ellos.

N.º 591

BARBARA HANNAY
PRINCESA A LA FUGA

Isabella Martineau estaba harta de ser princesa y creía que había llegado el momento de escapar y vivir la vida a su manera. La libertad la llamaba desde el desierto australiano, donde el duro Jack Kingsley-Laird enseguida descubrió que, bajo su delicada apariencia, había una mujer salvaje y aventurera. ¿Sería suficiente una increíble pasión para salvar la enorme distancia que existía entre sus mundos?

BIANCA™

ABBY GREEN

LEYENDA DE PASIÓN

El primer encuentro entre Gracie O'Brien y Rocco de Marco, multimillonario y soltero de oro, fue memorable; él la vio robando canapés. Pero el segundo fue inolvidable… La inesperada visita de Gracie a su despacho era demasiado sospechosa… Él no podía creer en su inocencia y la experiencia le había enseñado que era mejor tener a los enemigos cerca, hasta averiguar la verdad.

Sin embargo, era muy difícil seguir enojado con la fascinante pelirroja… Ella le hacía sentir emociones que Rocco creía haber enterrado para siempre.

UNA SOLA NOCHE CONTIGO

Entre los espectaculares viñedos de Argentina, Nicolás de Rojas y Magdalena Vázquez tuvieron un romance secreto… hasta que Magda descubrió un devastador secreto sobre Nic, y huyó sin tan siquiera despedirse.

N.º 508

Magda volvió al heredar una propiedad deteriorada, y se encontró a merced de Nic… precisamente donde quería tenerla. Él poseía una de las bodegas más prestigiosas de Argentina y ella necesitaba su ayuda desesperadamente. Pero no estaba segura de poder aceptar la condición que Nic le imponía: pasar una noche con él… para acabar lo que habían empezado ocho años atrás.

¡YA EN TU PUNTO DE VENTA!

BIANCA™

Exigencia en la oficina.
Química fuera del horario laboral

INFILTRADA EN SU CORAZÓN

LOUISE FULLER

N.º 3198

Al borde de la quiebra, la *hacker* profesional Sydney Truitt tuvo que aceptar un lucrativo trabajo que tenía como objetivo la empresa del despiadado CEO Tiger McIntyre. A punto de conseguirlo, el jefe la pilló con las manos en la masa y le dio un impactante ultimátum: enfrentarse a la cárcel o hacerse pasar por su novia.

La cuidada imagen de *playboy* de Tiger estaba diseñada para mantener al mundo a distancia. Llevar a Sydney como su cita a una prestigiosa gala hacía precisamente eso. Pero él no contaba con que sería imposible fingir la cruda necesidad que su proximidad desataba...

Al esforzarse tanto en dejar fuera a los demás, ¿habrá dejado entrar a Sydney?

BIANCA™

**Me perteneces.
¡Y también las gemelas!**

LA MUJER EQUIVOCADA

TARA PAMMI

N.º 3199

Nyra huyó de su matrimonio con Adriano Cavalieri cuando él quebró la confianza entre ambos al pensar que ella lo había traicionado. Ni siquiera descubrir que estaba embarazada de gemelos la convenció para regresar a Capri. Hasta que su marido descubrió su secreto…

Adriano quería una segunda oportunidad. El deseo puro y vivo que existía entre ellos era tan potente, que dejarse llevar por esa pasión le parecía arriesgado. No obstante, una vez que encontró a Nyra, decidió enmendar su error. Primero, reclamaría a su familia. Después, rompería las barreras que protegían el corazón de su esposa y desnudaría su propio corazón…